Sparkys Edition

Zum Buch

Klaus Freisen, siebenundzwanzig und Mathestudent, geht Klausuren und Menschen aus dem Weg. Als die Eltern ihm sein Geld kürzen, muss er handeln.

In die Heimat möchte er nicht zurück, also vermietet er zähneknirschend unter.

Jeff, ein Familienvater, und die Auszubildende Linda ziehen bei ihm ein. Besonders die umwerfende Freundin Lindas, eine Studentin, weckt in Klaus das Vertrauen, wieder zu studieren. Nebenbei fängt er an zu leben.

Wäre da nicht dieser Hiobsbrief.

Jürgen W. Müller

Pop-up

Alle Handlungen und Personen sind frei erfunden. Ähnlichkeiten mit lebenden Personen oder Institutionen sind reiner Zufall.

E-Mail: service@sparkys-edition.de
Lektorat: Tanja Bochmann
Korrektorat: Andrea Arendt
Umschlaggestaltung: Designwerk-Kussmaul, Weilheim/Teck,
www.designwerk-kussmaul.de

Herstellung und Verlag: Sparkys Edition,
Zu den Schafhofäckern 134, 73230 Kirchheim/Teck
ISBN: Softcover: 978-3-949768-11-8

Inhalt

1. 7
2. 15
3. 26
4. 33
5. 38
6. 45
7. 56
8. 67
9. 77
10. 112
11. 137
12. 167
13. 211
14. 241
15. 291
16. 305
17. 324
Der Autor Jürgen Werner Müller 333
Danksagung 334

Für all diejenigen Suchenden, die sich zwischenzeitlich auf ihrem Lebensweg verlaufen haben.

1.

Niemand zu sehen draußen, also runter zum Briefkasten! Vierzig Stufen der Ungewissheit lagen vor ihm, hin und zurück. Was könnte Klaus nicht alles passieren? Eine Stufe verfehlen, hinfallen oder einem Nachbarn begegnen.

Lange hallten seine Schritte im Treppenhaus nach, als würde dadurch die Schwere der Sache betont werden.

Klang genauso, wenn jemand anderes durchs Haus stampfte. Und wer wusste, ob es immer dieselben Leute waren. Vielleicht wohnten jetzt ganz andere hier, von ihm unbemerkt.

Mit einem Rentner im Parterre sprach er manchmal, eher aufgezwungen, sonst kannte er niemanden im Haus. Hinter jeder dieser Türen, an denen er vorbeihuschte, verbarg sich eine Geschichte. Aber bis auf Essensgerüche drang nichts raus.

Die Klappe des Briefkastens quietschte, als sei sie häufig geöffnet worden. Was hatte wohl früher darin gelegen?

Warteten Urlaubsgrüße, Liebesbriefe oder Scheidungsklagen auf seine Vormieter? Nichts dergleichen erreichte ihn. Nur die Zeitung, Mahnschreiben und allerlei Prospekte, die er nicht brauchte und so lange ignorierte, bis nichts mehr hineinpasste.

Klaus schnappte sich den Anzeiger, schloss den Kasten und eilte zurück. Nachdem er eine Windung umkurvt hatte, öffnete sich Altwegners Tür.

Aufmerksam überflog dessen Blick den Flur.

Lauerte der Rentner ihm auf?

„Ah, Sie san's. Ham's a bisserl …?" Altwegner malmte auf etwas rum, wahrscheinlich Kautabak.

Klaus wendete sich ab. „Tag, ich … ich muss hoch."

„Sieht man Sie auch mal. Viel zu tun, gell?"

„Hab Essen auf dem Herd", rief er. Gelogen, aber oben roch es nach Brokkoli.

„Rennen's schon."

Vor sieben Jahren war Klaus hergezogen und eingangs hatte der Rentner ihn gefragt, ob er Deutscher wäre. Das hatte er bejaht und angefügt, inwiefern das wichtig sei.

„Na, das nicht grad", hatte sich der Exilbayer aus der Affäre gezogen und an seiner Strickjacke rumgezupft.

Hätte Klaus länger mit dem reden sollen? Altwegner hätte ihm wohl von seinem künstlichen Seitenausgang erzählt.

Darüber erfuhr er ungern weitere Details. Trotz Handicap schaffe der Rentner fünfzig Kniebeugen und marschiere durch das Viertel, jeden zweiten Tag. Sein eigener Aktionsradius erschien ihm so noch kläglicher.

Wieder oben legte er die Zeitung auf den Tisch, setzte sich hin und atmete durch. Wenn er wie jetzt einfach nichts tat, plagte ihn oft sein Gewissen. Im Bauch schmerzte es ihn dann, als wucherte dort ein Geschwür. Doch heute fühlte er sich weniger schuldig. An diesem Ruhetag entspannten auch die Normalos. Morgen widmeten sich die anderen wieder ihrer Pflicht, während er seine ignorierte.

Er lauschte dem surrenden Kühlschrank, um den trüben Gedanken auszublenden.

Und da es ansonsten totenstill war, übertönte dieses Geräusch mühelos seinen Herzschlag.

Das hässliche Klingeln seines Telefons zerriss die Stille. Klaus zuckte zusammen. Jedes Mal passierte ihm das. Nicht der Anruf als solcher erschreckte ihn. Das kam vor, sogar bei ihm. Nur kein Klingeln mehr. Er hatte den Ton vor Wochen deaktiviert. Doch scheinbar hatte ihn die Technik überlistet. Es klingelte lauter, als er es in Erinnerung hatte. Das schallte bestimmt durchs ganze Haus. Und das, obwohl er lieber keinerlei Aufsehen erregte.

Klaus verharrte auf dem Stuhl. Einfach aussitzen. Irgendwann gab der Anrufer schon auf.

Aber wer zum Teufel war dran? Vielleicht jemand mit einer Umfrage, Werbung oder etwas noch Schlimmerem? Derjenige ließ es nicht Abend werden.

Nein, er wählte den Mittag aus, um ihn zu erreichen. Könnte wichtig sein: Geiselnahme, Bombenfund, Einsturzgefahr oder so etwas.

Riefen die an, weil die sich nicht mehr in die Nähe des Hauses trauten? Nach einem weiteren Klingeln wog er den möglichen Nutzen gegen einen potenziellen Schaden eines Anrufes ab. Schließlich knickte er ein.

Er bemühte sich zum Telefon und setzte sich samt Apparat auf die Bettkante. „Jo, Klaus hier."

„Guten Tag, ist doch jemand da. Georg Albrecht von der Ruhrwohn. Spreche ich mit Herrn Freisen?", hörte er eine wohlklingende Stimme.

„Was … was gibt es denn?"

„Nun, ich würde Sie gern dar…"

„Moment." Klaus legte den Hörer neben sich und entwirrte

geräuschvoll das Kabel. „Jo.“

„Herr Freisen, Sie sind ja Mieter bei uns. Womöglich können Sie sich denken, worum es geht.“

Die schleppende Klospülung oder wilde Koituslaute, ausgerechnet aus seiner Wohnung, würde der Herr wohl nicht meinen. „J-Jo?“ Klaus wischte sich über die Stirn.

„Sollte der Restbetrag bis am Freitag bei uns eingehen, kein Problem. Dann lassen wir den Knüppel im Sack.“

Welch ein Komiker, dachte er. „Klar. In Ordnung.“

„Wunderbar. Auf Wiederhören, Herr Freisen.“

Ehe er noch etwas zu seiner Verteidigung vorbringen konnte, war die Leitung tot.

Das hätte nicht passieren müssen, ein grober Fehler.
Sonst war der Stecker vom Telefon ausgestöpselt.
Er hatte vergessen, ihn herauszuziehen.

Klaus hatte keinen Schimmer, warum er damals hier eingezogen war. Drei Zimmer hatte er, von denen er im Endeffekt nur eines brauchte. All dieser Platz, den er mitbezahlte, verkümmerte weitestgehend ungenutzt.

In den anderen Räumen verstaubten mit Klamotten gefüllte Kisten, ein Plasma-TV und kniehoch gestapelte Magazine. Er blätterte manchmal darin, um zu sehen, was die Forscher seitdem widerlegt hatten.

Verschwendete er damit Zeit, über so etwas zu grübeln? Nur wenn er nicht lachte oder mit anderen sprach, wäre Zeit verloren. Von dieser Weisheit hörte Klaus irgendwann und an zu vielen Tagen missachtete er sie.

Änderte sich daran jemals etwas? Im Haus kannte er niemanden, nur der Rentner von eben schwallte ihn häufiger zu, trotzdem kannten sie sich nicht.

Herr Altwegner wusste nichts über ihn, höchstens, dass er viel zu tun hatte. Gerne ließ Klaus ihn das glauben. Die anderen Nachbarn wussten selbst das nicht. Mit denen, die alle Familienaura verströmten, ergaben sich keine Gespräche. Außerhalb des Wohnhauses würde er sie niemals erkennen und umgekehrt verhielt es sich bestimmt genauso.

Unterhielten sich die anderen im Flur, spitzte Klaus ab und zu die Ohren. Inhaltlich sagten sie nichts, produzierten sich aber wie eine Nachrichtensendung mit Liveticker im Sekundentakt. Spräche er mit denen, käme Klaus sowieso nicht zu Wort.

Und nach einem solchen Smalltalk läge unausgesprochen in der Luft, sich mal wieder auszutauschen. Er ließ es lieber gleich sein und fügte sich dieser anonymen Großstadt im Ruhrpott.

Klaus schlug den Anzeiger auf. Zur Region stand nichts Interessantes drin. Nur die üblichen Mauscheleien in Politik und Wirtschaft. Im Mittelteil entdeckte er eine Info für seine Karteikarten, die er mit Fakten zu einer Vielzahl von Ländern speiste. Warum damit aufhören, die Kärtchen upzudaten? Schließlich machte er das schon ewig.

Den Chef Kolumbiens radierte er aus und trug den neuen Staatsmann ein, als hätte er den Wechsel bewirkt.

Online hätte er das auch erfahren, doch blieb sein Verhältnis zu diesem Medium zwiespältig.
Die Eltern sträubten sich gegen die Community, weil Klaus sich sonst noch mehr der Welt entziehe, sagten sie. Was sie mit „Welt“ meinten, wusste er nicht genau.

Vielleicht die Nachbarn, Kollegen und den Fußballverein. Mehr gab es dort nicht.
Die Eltern glaubten, er fühlte sich jetzt wohler, nur weil er woanders lebte. Dabei war das relativ. Ganz entziehen konnte sich Klaus nicht.

Wo bliebe er ohne ihre Kohle? Allein die Miete fraß die Hälfte vom Etat, der Rest verschwand meistens spurlos wie Sprühregen. Checkte er wie jetzt seinen Kontostand, mutierte er zum Bittsteller, der von ihrer Gnade abhing. Dieses Gefühl verstärkte sich, wenn er am Jahresende zu ihnen fuhr. Zum einen wegen Weihnachten, und zum anderen, weil er dann Geburtstag hatte und noch einen Bonus bekam.

Zum zweiten Mal versemmelte er das Passwort des Kontos. Das merkte er sich nie. Sonderzeichen, Großbuchstaben, dazwischen irgendwelche Striche. Alles musste sicher wie Fort Knox sein und um das zu toppen, speicherten die es nicht ab.

Auf welchem verdammten Zettel stand das Passwort?

Er ging zum Regal, zog eine Schublade auf und kramte darin. Metallisch klackerte es. Ganz unten lag ein Schreibblock, darauf die Zugangsdaten.Verschüttet von Schrauben, Münzen und allerlei Krimskrams, der besser in einem Mülleimer aufgehoben wäre.

Feinsäuberlich tippte er die Zeichen ab und die Seite baute sich auf, nach dem dritten Versuch. Er schärfte seinen Blick.

Was die Bank ihm als Gutschrift präsentierte, war eine Frechheit. Es war etwas faul im Staate Dänemark, da dem Betrag über sechshundert Euro fehlten. Buchten die den Rest gleich nach?

Klaus hämmerte auf die Maustaste, um den Browser neu zu laden. Nichts. Noch mal.

Die Summe kümmerte das nicht.

»Blutsauger!« Bloß nicht ausrasten, nur das nicht. Auch wenn er hoffte, das werde sich irgendwie aufklären, seinen Verstand täuschte er nicht.

Diejenigen, die hinter diesem Manöver steckten, saßen außerhalb der Bankmauern. Im heimischen Garten genossen sie den sommerlichen Anblick der Büsche und Blumenbeete, um sich von ihrer Arbeitswoche zu erholen, die ihnen all das gestattete.

Passte er als ihr Sohn dazu? Seit dem Tod seiner geliebten Großmutter immer weniger. Hinge Klaus in der Heimat ab, würde er auch nichts Weltbewegendes tun, doch bitte keinen Mist verzapfen.

Er stellte sich vor, die steile Treppe dort raufzugehen. Vor jeder der vielen Türen wartete er und starrte sie an wie einen Sargdeckel. Das Mobiliar dahinter interessierte ihn nicht. Dann ging er raus auf den Balkon und spähte befangen über Bäume und Nachbarzäune hinweg.

Zurück nach Hohenlockstedt, diesem Drecknest?

Klemmte der Geldhahn weiterhin, bliebe ihm nichts anderes übrig. Zu arbeiten kam für ihn nicht infrage, denn er müsste stundenlang mit fremden Leuten in einem stickigen Büro sitzen. Überall Blicke und stumme Fragen, nein, das war nichts für ihn. Auch die Hürde zur Uni packte er selten. Meistens lugte er in den Hörsaal rein, lauschte kurz und ging dann fort, als hätte er sich im Raum geirrt.

Räume? Er hielt inne, dachte kurz nach.

Vorhin hatte ihn die Größe seiner Wohnung mit voller Wucht angesprungen. Seine leeren Zimmer nutzte er, um Sachen darin zu parken. Wäre es ihm möglich, sie mit einem Geldgeber auszuschmücken? Irgendwie schräg. Einen Zettel aushängen oder eine Anzeige schalten, um einen Untermieter zu finden?

Im Bad und der Küche ginge eine fremde Person ein und aus. Auch nachts. Nebenan ein Bett, ein Schrank, eine andere Welt.

Bei diesem Gedanken richteten sich seine Nackenhaare auf. Jemandem seine Zimmer überlassen?

Nur im äußersten Notfall.

2.

Jeffs Civic, dessen Tachometer an der halben Million kratzte, verhöhnte ihn. Die Sitze schienen ihn zu fragen, warum er erneut allein unterwegs war. Eine Leere ergriff Jeff, von den leuchtenden Schaltern und Anzeigen nur noch verstärkt. Sie warfen ihr trostloses Licht ins Wageninnere, fast bis zur Rückbank, auf der noch der Kindersitz steckte. Es versetzte ihm einen Stich.

Seit einigen Ampeln schlichen zwei Cadillacs vor ihm her, da bot sich eine Lücke und Jeff überholte. Diejenigen, die die Karossen lenkten, schauten selbstgefällig drein, obwohl es dafür keinen Grund gab.

„Aufschneider", stieß er aus. „Heischen nach Anerkennung für diese Rostlauben."

Nach ihm erreichte seitlich ein Renault den Kreisverkehr und wartete dort. Jeff bog ein, war noch anderthalb Fahrzeuglängen entfernt und bereitete sich darauf vor, die Hand zu heben oder zu nicken. Sie war es, daran zweifelte er nicht. Ihr Profil und das Kennzeichen verrieten es ihm.

Mittlerweile wohnte Rabea, so hieß sie, am Niederrhein.

Aus welchem Grunde war sie wieder hier? Hatte sie beruflich in der Stadt zu tun oder besuchte sie jemanden? Eine Freundin oder einen neuen Partner?

Ein Sekundenblick und sie verließ sein Sichtfeld, das er im Rückspiegel verlängerte. Schon tauchte sie irgendwo hinter ihm in die Masse der Lichter ein, wozu das

Cellokonzert im Radio den würdigen Soundtrack lieferte. Hatte sie ihn gesehen, nicht bemerkt oder nicht erkannt?

Schwungvoll legte er sich in die Linkskurve, arbeitete sich zum Scheitelpunkt vor, doch sie nahm kein Ende. Das Konzerthaus passierte er, und das Vestibül starrte ihn düster an, als wüsste es all die Antworten auf die jemals dahinter gestellten Fragen. Preisgeben wollte es die keinesfalls.

Jeff ging vom Gas und rollte bis zur Ampel aus. Eine Ansagerin kündigte das Programm an und er schaltete zum Indie Sender, auf dem eine Pop Hymne lief.

Der Refrain des Songs „True Faith" umschmeichelte seine Sinne. Jeff sang die Zeilen mit und trommelte den Rhythmus auf das Lenkrad. Als Jugendlicher hatte er das Lied auf eine Kassette überspielt, dreimal hintereinander, und es ständig in Wohnungslautstärke gehört.

Leise klang der Song aus, das gab es heutzutage selten. Meistens endeten die Lieder abrupt.

Er ließ die Stadt hinter sich und erreichte den Vorort, in dem sein ehemaliger Studienkollege Richie wohnte.

Abgesehen von drei Kindern, die der Dämmerung trotzten und Bälle warfen, war die Glückaufstraße ruhig. Birken säumten die Seiten, dazwischen boten sich großzügige Parklücken.

Auf Höhe des Satteldachhauses hielt er an. Sein Provisorium hier war ein winziger Raum, wohl einem Kind zugedacht. Darin stand eine abgewetzte Chaiselongue, die ihn nicht zur Ruhe kommen ließ.

Mit jedem weiteren Tag spürte er, dass er Richies Gastfreundschaft über die Norm strapazierte. Auch der Gesprächsstoff neigte sich dem Ende zu.

Die Anekdoten taugten nicht mehr zum Ablachen wie früher.

Sie beide kannten sie auswendig und Britt, seine Partnerin, hörte aufmerksam zu und schmunzelte meistens an den richtigen Stellen. Dabei schaute sie skeptisch, so wie eine Mittzwanzigerin dies einer älteren Generation gegenüber tat.

„Hab neulich deine Frau gesehen“, hatte Richie letzte Woche in eine Phase des betretenen Schweigens hinein gesagt.

Auf Nachfrage hatte Jeffs Kumpel, der bei der Stadt Raumplaner war, zu seiner Freundin geschaut und sie hatte geschickt zu einem anderen Thema gelenkt. Seither stand eine leise Ahnung im Raum, die Jeff verunsicherte. An den freien Tagen verstärkte sich das beklemmende Gefühl, weil er in einer fremden Wohnung aufwachte.

Das würde sich schnellstens ändern, hoffte er und bückte sich hinab. Den kümmerlichen Rest von Sultaninen klaubte er auf und warf ihn zur Straße hinaus.

Jeff stieg aus. Das Auto verriegelte er, ohne hinzuschauen. Die gewohnte Klick-Salve ertönte und er genoss die Frischluft im Sicherheitsabstand zur City.

„Den hol ich nicht“, „Du bist aber dran“, „Nein, du“, „Ich war doch grade“, zankten sich die spielenden Kinder darum, wer den Softball in einem der Vorgärten suchen musste.

„Wohnst du hier?“ Einer der Jungen peilte ihn an.

„Wir sehen uns häufiger, nicht?“

„Holst du unsern Ball?“

Jeff überhörte es und ging bis zur Straßenmitte weiter.

„Vorn im Baum.“ Spitzbübisch wies der ungefähr

Achtjährige zu einem der Grundstücke. Jeff stoppte, lief widerwillig zurück und um seinen Wagen herum.

In der kargen Ulme, zu der der Junge zeigte, verbarg sich kein Fremdkörper.

„Unten. Siehst du ihn denn nicht?"

Einen Meter über dem mannshohen Lattenzaun wucherte ein Ast, in dem der Neonball feststeckte.

„Macht nächstes Mal eine Räuberleiter", sagte Jeff und bemerkte, dass die Jungs nicht kapierten, was er meinte. Einen Arm streckte er hoch, griff den Ball und befreite ihn vorsichtig aus der Astgabelung.

„Gebt andermal Obacht."

Jeff warf ihn den Kindern hin. Sie riefen ihm freudig zu und spielten weiter.

Seine Fernbrille klemmte er in die Hemdtasche, erreichte den Gehsteig und drehte seinen Kopf herum. Wie erwartet beugte sich aus einem Fenster eine Anwohnerin, der Lockenwickler im Grauhaar steckten. Den herben Blick, der auf ihn herabfiel, hielt Jeff aus, als sähe er etwas Interessantes. Er wendete sich der Haustür zu und schloss auf.

***

Jetzt war es also doch passiert. Das, was Klaus insgeheim befürchtete, aber lieber von sich weggeschoben hatte, überrollte ihn.

„Warum das?", fragte er brüchig in den Hörer.

„Haben wir kein Recht dazu, Klaus?" Ihre Stimme klang belegt, wie meistens im Spätsommer, wenn sie abends zu lange draußen saßen.

Von weit weg kamen ihre verwaschenen Worte.

Kein Wunder, es waren vierhundertzwanzig Kilometer von Holstein bis zu ihm ins Ruhrgebiet.

„Euch ist piepegal, wie's mir geht, oder?"

„Ich hoffe, du bist wohlauf", redete sich Mutter heraus. „Vater lässt dich von Herzen grüßen. Ach, und sage bitte, bis wann musst du geräumt haben, Kind? Verstehe, dass wir uns darauf einstellen müssen."

„Ich bleibe hier wohnen."

„Dort? Das bekommt dir nicht, wie du weißt. Du möchtest … du kannst überhaupt nicht o…"

„Ich komme super zurecht." Nicht ein wahres Wort verließ seinen Mund. Doch er hatte Glück. Würde seine Mutter weiter darauf eingehen, fiele seine dürftige Verteidigung wie schief gestapelte Bauklötze in sich zusammen. Stattdessen sagte sie lapidar: „Scheinbar brauchst du unser Geld nicht mehr."

Vor über einem Monat hatten sie seine Unterstützung auf einen Hungerlohn gekürzt, gerade für die Kaltmiete reichte es noch. Wohnen durfte er, nur leben nicht.

Ein leeres Leben – zugegeben – aber immerhin seins.

„Stört mich nicht. Das mit dem Geld."

Das war nicht er, der das gesagt hatte. Irgendetwas in ihm hatte diese Worte ausgespuckt. Endlich einmal selbstbewusst ihr gegenüber aufzutreten, musste seine Mutter gehörig verblüffen.

„Du bist undankbar uns gegenüber, Kind, ganz undankbar geworden. Überlege dir …"

„Ich habe keine Zeit, Mutter, wir sehen uns vielleicht zu Weihnachten." Bevor sie noch etwas erwidern konnte, drückte sein Daumen auf den roten Hörer.

Weg waren ihre zeternde Stimme und ihre Angewohnheit, ihm Schuldgefühle einzureden. Immer wieder krochen diese Biester in ihm hoch, drückten ihm auf den Magen, wenn er mit ihr telefonierte. Dabei hatten sie sich beide rasant auf ihr Nichtverhältnis zubewegt.

Fuhr er am Jahresende zu ihnen, war das von ihm Gesagte bis dahin vergessen. Spätestens in einer Woche, dafür sorgte ihr Terminkalender.

Der Druck auf seiner Brust, der sich gerade kräftig meldete, hatte ihn stets gewarnt, dass etwas mit ihm nicht stimmte. Er ging zum Regal und warf anderthalb Tabletten ein, zwang sie mühsam seine Kehle herunter. Bitterer Speichel sammelte sich.

„Vererbt", hatte sein Vater letzten Dezember geantwortet, als Klaus ihm seine Schmerzen schilderte. Danach hatte sein alter Herr ihm wortlos das Messgerät von „Hartmann" in die Hand gedrückt. Den Firmennamen hielt Klaus für Programm, da rasche Blutzufuhr auch ein Organ belebte, das unterhalb der Gürtellinie lag. Zunächst hatte er sich nicht in das Management eingemischt, das Blut wusste doch Bescheid, lief an die richtigen Orte und kannte die Wege und Bahnen aus dem Effeff.

Irgendwann hatte er sich dazu durchgerungen, das Messgerät einmal zu testen. Den Blutdruck zu messen, stellte eine Momentaufnahme dar, zufällig wie ein Lottogewinn. Doch seither plagten ihn seine Werte, die alarmierend hoch gewesen waren. Vielleicht erkrankte er, weil er glaubte, es schon zu sein. Der umgekehrte Placeboeffekt irgendwie.

Von zu Hause konnte er nichts mehr erhoffen, jedenfalls kein Geld. Das hatte ihm das Telefonat mit seiner Mutter unmissverständlich aufgezeigt.

Er kannte seine Eltern gut genug, um zu wissen, dass sie ihre Drohung wahr machten.

Vielleicht würden sie ihm nicht sofort ihre gesamte Unterstützung streichen, aber bestimmt weiterhin genug, um ihn allmählich in die Knie zu zwingen.

Ein langsamer Finanztod erwartete ihn. Wollte er das zulassen?

Ein schon bekannter Gedanke überfiel ihn, poppte auf wie eine Cookie-Warnung, ließ sich allerdings nicht entfernen.

Er ging zu seinem Schreibtisch und setzte sich. Der Block, der darauf lag, war noch unbenutzt. Er schlug ihn auf. Dann griff er zu einem Kugelschreiber.

„Zwei Zimmer zu vermieten, 12 und 16 qm, citynah.“ Er überlegte, wieviel er dafür verlangen könnte.

Fünfhundert? Das wären dreiviertel seiner Miete.

Gedanklich ging er in Zehnerschritten zurück und stoppte abrupt. Das klang nach einer runden Zahl, die wie eine herzliche Einladung wirken müsste.

Vierhundertfünfzig Euro für beide Zimmer müssten ihm reichen, um für eine Weile über Wasser zu bleiben.

Das wäre für die Superlage und weitere Annehmlichkeiten wie die nahe U-Bahn-Station nicht zu viel, dachte er.

Im Gegenteil, es wäre fast geschenkt. Er würde sich vor Anrufen von sparwilligen Studenten nicht retten können. Die würden ihm die Bude einrennen. Mit solch einer Aktion rechneten seine Eltern nicht.

Bisher hatte er sich ihnen noch nie entgegengestellt, nicht richtig.

Widerworte hatte er schon das eine oder andere Mal parat gehabt, von Kindestagen an. Aber letztlich hatte er doch kleinlaut immer das getan, wozu sie ihn gedrängt hatten. Schließlich saßen sie am längeren Hebel. Leider immer noch.

Es machte ihn ein wenig stolz, so einfallsreich gewesen zu sein, an einen Aushang an der Uni zu denken. War das nicht überaus erwachsen von ihm?

Sollte sich wider Erwarten niemand darauf melden oder nur Leute, die er nicht leiden könnte, käme auch eine Zeitungsannonce in Betracht.

Aber eins nach dem anderen. Dies war ein kluger Schachzug, der erste seit Langem.

***

Linda öffnete die Wohnungstür und schloss hinter sich ab. Metallisch klickte es. Sie hängte die Jacke an den Kleiderhaken, darunter verstaute sie den karierten Rucksack. Durch die aufgeblasenen Backen ließ sie Luft ausströmen, versuchte so, die Erregung aus sich herauszupusten. Unglaublich, was sich manche erlaubten.

„Wissen Sie nicht, wer ich bin?“, hatte Frau Brömmers Linda vor den anderen Kunden angeschnauzt.

Als Stammkundin erwartete sie, mit ihrem Nachnamen angesprochen zu werden. Sollte sie sich als Aushilfe jedes Gesicht merken? Wenigstens hatte eine Begleiterin die Furie beschwichtigt. Trotzdem hatte Linda sich beim Wechselgeld verzählt und war danach noch ganz fahrig gewesen. Hoffentlich beschwerte die Frau sich nicht bei ihrem Chef. Den Nebenjob musste sie unbedingt behalten, Stress hatte sie schon genug.

Linda horchte in den Flur hinein. Es war ungewöhnlich ruhig in der Fünfzimmerwohnung. Ihre Mutter, deren Jacke am Haken fehlte, war wohl nach dem Feierabend unterwegs. In einem der Kinderzimmer lief der Fernseher.

Sie ging in die Küche und warf einen Blick auf den Haushaltsplan. Eigentlich hätte ihre Mutter darauf für jeden Tag Linda eintragen können, nur einmal stand dort Renée, der Name ihrer nächstjüngeren Schwester.

Ihr Blick fiel auf die Kaffeemaschine, die schon lange aus dem letzten Loch pfiff. Eine angenehme Art, sich vom Koffein zu entwöhnen.

"Renée!", rief sie.

Nach ein paar Momenten öffnete sich ihre Tür. Leise Fernsehgeräusche drangen auf den Flur.

„Ja?“

„Hast du was gegessen?“

„Bisschen.“

„Ich meine was Richtiges, nicht Chips oder Schokozeug!“

„Hmm“, brummte Renée.

„Ich mache schnell was. Sag Fiona Bescheid.“

„Die ist nicht da.“

„Wo denn?“

„Unten bei dieser kleinen Zicke.“

„Geh hin und hol sie!“

„Essen ist ja noch gar nicht fertig, oder?“

„Aber gleich.“

Mit einem strengen Blick auf den Flur untermalte Linda das Gesagte.

Daraufhin trottete Renée widerwillig nach draußen. Die Tür ließ sie einen Spaltbreit offen.

Währenddessen kochte Linda Wasser und schüttete Spiralnudeln in einen Topf.

Ein paar Bockwürste dazu müssten reichen. Die Kleinen aßen sowieso kaum mehr als ein Spatz.

Vielleicht schmeckte es ihnen auch nicht, was Linda auf den Tisch zauberte.

Mit Fiona im Schlepptau kam Renée zurück, als Linda das Kochwasser in die Spüle goss.

„Da ist die Kleine“, sagte Renée und stupste sie an.

„Selber klein.“ Kurz kabbelten sich die beiden. Fiona puffte ihrer Schwester mit der Faust gegen die Schulter. Beinahe geriet sie durch den Schwung aus dem Gleichgewicht. „Aua!“, sagte Renée und holte mit ihrem Arm aus.

„Hallo, Fiona. Schluss damit und setzt euch.“

Linda schaufelte dampfende Nudeln auf ihre Teller und gab eine zerplatzte Wurst dazu.

„Schon wieder?“, sagte Fiona und verdrehte die Augen.

Linda nickte trotzig.

„Ohne Senf?“, sagte Renée.

„Du weißt, wo der Kühlschrank ist.“

Linda hatte ihrer Schwester im Haushalt alles Wissenswerte beigebracht. Oft half Renée ihr bei der Spül- und Waschmaschine, räumte das Geschirr ein und legte die gebügelte Kleidung zusammen.

Allzu gerne verließ sie sich jedoch auf ihre ältere Schwester.

Es erinnerte Linda an die Zeit, als sie selbst in diese Rolle schlüpfte, ungefähr im selben Alter wie ihre Schwester jetzt. Immer noch Kind, war sie plötzlich in der Lage zu funktionieren, wie eine Erwachsene zu denken und zu handeln. Was zum einen gut war, hatte den Nachteil, dass sie ihre Kindheit nie richtig gespürt hatte.

Nicht mehr seit diesem Tag vor mehr als sieben Jahren, als ihr Vater tödlich verunglückt war.

Ein Schlüsselgeräusch riss sie aus den traurigen Gedanken.

Nach einem Klappern an der Garderobe schaute ihre Mutter zur Küche herein.

„Hallo, Süße."

„Wo warst du denn noch?"

„Na, die Kinder sind versorgt?" Ihre Mutter fuhr sich durchs frisch geschnittene Kurzhaar.

„Ja, hat das große Kind gerade erledigt."

„Ist noch was vom Galadinner übrig?"

Linda nickte schmunzelnd.

Sie stellte einen Teller samt Besteck auf den Tisch. Dann wünschte sie ihrer Mutter einen guten Appetit.

Beide Hände legte Linda an ein Ohr und verzog müde ihren Mund. „Schönen Abend dir."

„Schlaf gut, Schätzchen", sagte ihre Mutter.

Auf ein ernstes Gespräch hatte Linda keine Lust. Hoffentlich störte sie niemand mehr.

3.

Am nächsten Morgen erwachte Klaus voller Unruhe. Er blickte zum Schreibtisch, auf dem die Zettel mit seinem Wohnangebot lagen. Vorwurfsvoll starrten sie ihn an. Natürlich konnte er den Kopf unter die Decke stecken und so tun, als ob sein Schreibtisch leer wäre. Aber hatte er das nicht viel zu lange gemacht?

Von selbst würden seine Wohnangebote nicht an die Aushangwand der Uni gelangen. Schließlich raffte er sich auf und schleppte sich ins Bad, um sich zu waschen. Sein Haar triefte, als er sich kurz darauf an den Küchentisch setzte, um eine Kleinigkeit zu frühstücken.

Schon eine Dreiviertelstunde später lief er über den Campus.

Wann war er zuletzt hier gewesen? Es musste Monate her sein. Trotzdem glich das Terrain exakt seinem Erinnerungsbild, so als hätte jemand seit seinem letzten Besuch die Zeit angehalten, um sie nun weiterlaufen zu lassen. Es gab keine neuen Sitzbänke oder Absperrpfosten. Auch die Bäume waren natürlich noch da, trugen aber, dem Herbst geschuldet, weit weniger Blätter.

Dass er wieder hierherkommen könnte, hatte Klaus vor Kurzem noch ausgeschlossen. Den Grund, weshalb er nun hier war, hatte es vor Wochen noch nicht gegeben.

Vielleicht nahm er deshalb die kargen Mauern und Fenster der Vorlesungssäle anders wahr. Im Moment stellten die Gebäude keine Bedrohung für ihn dar, weil er in diesem Ort und den darin befindlichen Aushängen nur eines sah: eine Chance, seine Zimmer zu vermieten.

Im Mathegebäude, das er mit kurzen Schritten betrat, lagen auch die Fakultäten für Chemie und Physik.

Deshalb lag ein unangenehmer Geruch in der Luft, den bezüglich Aufdringlichkeit wohl nur Krankenhäuser toppten. In einem der Seitentrakte hantierten die Angestellten häufiger mit Reagenzgläsern, denen beißende Dämpfe entstiegen.

Würde sich ausgerechnet jemand aus diesen Fachbereichen bei ihm melden? Das wäre unter Umständen gar nicht so schlecht.

Bisher nahm er Studenten dieser Fächer als pflegeleicht wahr. In gemeinsamen Vorlesungen verhielten sie sich ruhig und hörten dem Prof aufmerksam zu. Einer hatte Klaus sogar bereitwillig Auskunft gegeben, als er selbst einmal nicht aufgepasst hatte. Waren das nicht exzellente Voraussetzungen für einen Mitbewohner?

Er musterte die Aushangwand, die von Gesuchen und Angeboten überquoll. Wie erwartet, steckten keine vergessenen Reißzwecken oder ähnliche Hilfsmittel in der Holzwand.

Wer hier etwas erreichen wollte, musste gut vorbereitet sein. Aus seiner Jackentasche nahm er die gefalteten Zettel heraus.

Einem Plastiktütchen entnahm er achtsam die Reißzwecken, die er zu Hause in einer Schublade entdeckt hatte.

Vorsichtig befestigte er das Papier, drei Stück waren es. Die Lücken an der Wand, die sich ihm boten, verteilten sich strategisch gut: Links in Augenhöhe, dann mittig oben und eine weit rechts. So musste er keines der anderen Angebote verdecken oder abreißen.

Klaus prüfte noch einmal seine Kontaktdaten und wie seine Zettel inmitten der anderen wirkten. Nahtlos fügten sie sich ein, als wären sie schon immer dagewesen.

Das war geschafft. Länger als nötig wollte er sich doch nicht hier aufhalten. Allmählich rief ihm dieser Ort unrühmliche Erinnerungen zurück.

Verpasste Seminare, schlechtgelaunte Profs, deren Wutreden und unzählige Prüfungen, durch die Klaus krachend gefallen war.

Nach einer herben Niederlage im Fußball besuchte die unterlegene Mannschaft bestimmt auch ungern das Stadion, in dem es passiert war. Es sei denn, sie hatte seitdem einen dortigen Erfolg verbucht. Dieser stand jedoch für Klaus noch in den Sternen einer anderen Galaxie.

Er ging hinaus und blickte Richtung Parkplatz, der nur zwanzig Meter vom Gebäude entfernt lag. Die Fahrertür eines Autos, das ihm bekannt vorkam, schloss sich.
Der sparsame Blick der Fahrerin traf auf seinen. Zu seiner Überraschung war es Solveig, eine seiner Kommilitoninnen. Sie hatte es wohl eilig. Flüchtig hob sie eine Hand, was er verdutzt erwiderte. Dann bog sie in die Straße ein und verschwand.

***

Später in der Wohnung ging er zackig auf und ab. Jetzt war es nicht mehr zu ändern. Jederzeit konnte ihn jemand anrufen und Interesse an seinen Räumen anmelden.

Er nahm seinen Telefonapparat und prüfte wiederholt, ob dieser funktionstüchtig war.

Sollte er einen Testanruf machen? Aber wen sollte er anrufen? Die Zeitansage? Er wusste, wie spät es war, 13:25 Uhr.

Oder könnte er Solveig anrufen? Sie hatte den Campus zwar verlassen, aber das hieß nicht, dass sie erreichbar war. Wie würde sie reagieren, wenn er sich nach so einer langen Zeit einfach bei ihr meldete? So reserviert, wie sie ihn zuvor gegrüßt hatte? Klaus wurde es unwohl, bei dieser Überlegung, also ließ er es sein.

Wenn er sich schon keinen Anruf bei Solveig zutraute, wie sollte er in dieser Verfassung Gespräche mit Leuten ertragen, die sich für seine Zimmer interessierten?

Er brauchte den nötigen Mut dafür, um diese Prozedur durchzustehen.

Im Moment beliefen sich seine Kontakte auf Null, wohlwollend auf 0,5, rechnete er Solveig dazu. Das war aber nicht immer so gewesen.

Er hatte doch einmal viele Leute gekannt und sie ihn auch.

Wie viele waren es allein während seines Studiums gewesen? Das ließe sich herausfinden, zumindest annäherungsweise.

Er schnappte sich einen Zettel und legte los, alle seine Weggefährten zu vermerken, an die er sich erinnerte. Schon war er bei zehn angelangt. Erstaunlich!

Eine halbe Stunde später war das Blatt kreuz und quer vollgeschrieben. Er hielt es hoch gegen das Licht, dann nah vor die Augen, sodass die Namen verschwammen.

Viele Vor- und Nicknamen fielen ihm ein, zu denen sich häufig keine Gesichter formten.

Manchmal glaubte Klaus, da sei es, merkte dann aber, dass es jemand anderes war.

Nur die beiden Bekannten, die seines Wissens tot waren, hatte er klar vor sich gesehen.

Einer war bei einem Autounfall gestorben, der andere hatte sich vor einen Zug geworfen. Er war nicht einmal achtzehn Jahre alt gewesen. Bei seiner Beerdigung hatten viele geweint.

Würde das auch jemand wegen Klaus tun? Bestimmt niemand von der Namensliste.

Aber konnte er wissen, wem er etwas bedeutet hatte?

Machten sich seine Eltern wirklich etwas aus ihm? Über das Gerede hinaus, dass er doch wisse, wie lieb sie ihn hätten. Nie hatte er die beiden weinen gesehen.
Was sie tief berührte, war ihm immer verborgen geblieben.

Auf dem Blatt Papier versammelten sich virtuell hundertsechzehn Gefährten, meistens flüchtige Bekannte. Ihre Dunkelziffer schätzte er höher ein. Trotzdem verblüffte ihn diese Zahl, die genügend Zeit hatte, zu entstehen. Währenddessen hatte sich die Welt weitergedreht und seine Wohnung ausgelassen, in der seine Gedanken wie ein Hagel aus Pingpongbällen auf ihn zurückgeprallt waren.

Meistens überlegte er, was das alles sollte, fragte sich, warum er hier war und das tat, was er jeden Tag so tat. Oder er hinterfragte die Dinge, die er nicht für nötig hielt.

Seit vorhin ging ihm Solveig nicht aus dem Kopf.

Bestimmt lernte sie gerade, wie an vielen Nachmittagen. Eine ihrer Routinen, um in der Regelzeit zu bestehen. Für ihn kam das nie infrage, weshalb sein Mathestudium nur noch pro forma lief.

Klaus hatte Solveig für eine Weile verdrängt, wusste nicht, ob die Verbindung zu ihr reell oder großzügig aufgerundet war. Da sie ihr Studium sicher noch nicht beendet hatte, fehlte sie auf der Liste mit seinen alten Bekannten. Er hoffte, dass es noch lange dauern würde, bis er sie hinzufügen musste. Im Gegensatz zu ihr, hatten die anderen auf der Liste bereits Staub angesetzt.

Die Namen fielen in sich zusammen, als Klaus den Zettel zerknüllte, ihn zu einem festen Ball formte. Drei Punkte, wenn er jetzt traf. Oder behielt er ihn lieber, damit er die Kollegen nie vergaß und sich an die legendären Partys mit ihnen erinnerte?

Der Ball prallte an der Wand ab, landete zwei Zentimeter neben dem Mülleimer. Klaus lächelte bitter.

Zeit für einen Zimtkaffee, der seine Laune meistens etwas verbesserte. Auf dem Flur stieß er gegen einige Bierflaschen - „Pling, Pläng“ -, sie drehten sich auf dem Holzboden, es klang wie zwei Sprinter auf den Schlussmetern.

Niemand reagierte, keine Stimme, es war egal, was er machte.

Wieder im Zimmer, sprang ihm aus allen Ecken seine Kindheit entgegen. Hatte seine Mutter recht und gängelte ihn, weil er an diesen alten Gegenständen festhielt?

Das Bücherregal enthielt nach Epochen sortierte Lexika, über denen ein Schlachtschiff, ein Panzer und Flugzeuge die Stellung hielten. Unten eingequetscht

warteten Lehrbücher, darüber Manga Hefte.
Seine Sammlung von Comics wegzuwerfen, brachte er nicht übers Herz, nicht einmal einen einzigen davon. Diese Zeichnungen und Stories hatten ihn all diese Jahre begleitet, schon als Kind. Damals hatte er viele Ausgaben hierhin mitgenommen, da er sich schneller eingewöhnen wollte.

Jetzt sorgten sie nur dafür, dass sein altes Zuhause drohend über ihm schwebte. Ein Ort, wo er nicht mehr hingehörte. Von anderen bemerkt, aber nicht wahrgenommen. Höchstens würden die Eltern ihn im Obergeschoss ihres Hauses dulden, was er auf keinen Fall zulassen wollte. No way!

4.

„Bist du heute unterwegs?“, fragte ihn Richie und nahm einen Schluck Kaffee.

Dessen Bauchansatz, den er lange durch Racquetball im Zaum gehalten hatte, wölbte sich in Richtung Tischplatte.

„Ich habe frei. Vielleicht gehe ich später vor die Tür“, sagte Jeff.

Richie nickte, dabei lag ein Funken der Enttäuschung in seinen wasserblauen Augen. Es kam Jeff wie damals vor, nachdem er seinem Kumpel gesagt hatte, dass er für die nächsten Bandproben keine Zeit hätte.

Richies Partnerin Britt warf diesem einen Blick zu, der ein Übereinkommen zwischen den beiden zu besiegeln schien. Jeff beschlich dieses Gefühl, nicht vollends erwünscht zu sein. Oder nicht mehr.

Richie klopfte auf den Tisch, stand auf und ging auf den Flur. Seine Partnerin räumte in Windeseile ab. Dann verließ sie wortlos die Küche.

Kurz steckte sein Freund den Kopf, den er leicht einzog, zur Küchentür hinein. Sich im rötlichen Vollbart kratzend sagte er: „Du hast hier ja alles im Griff.
Schönen Tag, Jeff.“

Er räusperte sich. „Danke, euch auch.“

Gemurmel im Flur. Die Haustür öffnete und schloss sich, danach Stille.

Jeff schloss kurz die Augen, um sich zu entspannen.

Sein Aufenthalt hier war nur eine Zwischenstation,

gedacht für ein paar Tage. Und doch wohnte Jeff schon fast zwei Wochen bei seinem Studienkumpel.

Wenn er die Umstände ehrlich bewerten würde, hieße seine Antwort: Er war zu lange hier.

Hatte sich in dieser Zeit irgendetwas verändert? Höchstens wechselten die Farben von Richies Oberhemden, die er allmorgendlich am Frühstückstisch präsentierte.

Britt vertraute ihren zierlichen Körper meist einem Blazer, Shirt und häufig auch einem Rock an.

Jeff hingegen hatte seine Auswahl an Hemden und Hosen in den letzten Monaten auf ein Minimum reduziert. Warum sollte er sich irgendeine Mühe geben, in der Firma jemandem zu gefallen, wenn er dort auf verlorenem Posten stand?

Seine private Situation, die ihn hierher zu Richie gebracht hatte, stellte sich anders dar.

Jeff würde um seine Familie kämpfen, die drohende Trennung nicht einfach akzeptieren und somit in den Augen seiner Frau eine mögliche Schuld ihr gegenüber eingestehen.

Welches Fehlverhalten seinerseits könnte so schlimm gewesen sein, eine solch barsche Reaktion von ihr hervorzurufen? Dazu fiel ihm nichts ein.

Zuerst war Jeff froh gewesen, dass Richie als einziger seiner ehemaligen Weggefährten ihn nicht abgewimmelt hatte. Die anderen, die er zuvor angerufen hatte, gönnten ihm einen kurzen Smalltalk am Telefon, das war man sich schuldig. Sie wiesen ihn aber doch entschieden genug ab, um keine Missverständnisse aufkommen zu lassen.

Ein einziger guter Kontakt aus vielen Jahren der Schule und des Studiums war ihm also geblieben.

Seine Verbindung zu Richie war über die Jahre stark genug gewesen, um eine längere Sendepause zu überstehen. Bei seinen anderen Kollegen verhielt es sich nicht so. Vereinzelt hatte Jeff ein Klassentreffen besucht, einmal gab es eine Zusammenkunft des Abschlussjahrgangs an der Uni. Was hatten sie sich noch zu sagen?

Der Lärm der unzähligen Partys war längst verklungen, die Räusche samt Erinnerungslücken danach hatten sie ohne bleibende Schäden überstanden.

Unerbittlich hatte das Erwachsenenleben sie vereinnahmt und allmählich ermüdet.

Jeff und Richies Gemeinsamkeiten waren jedoch so groß, dass sie sich stets aufeinander verlassen konnten. Dazu hatte ihre Band, die sie während des Studiums gegründet hatten, erheblich beigetragen. Durch ihre eigenen Songs hatten sie dem jeweils anderen ihre Gedanken, Gefühle und damit auch ihre Schwächen entblößt. Das war schwieriger gewesen, als vor ein paar Leuten zu spielen, die sowieso nicht so genau zuhörten.

Und doch wusste Jeff, dass er sich bei Richie nicht weiter einrichten durfte, sondern sich endlich weiterbewegen musste. Er wollte einem Rausschmiss, wenn auch bestimmt höflich formuliert, zuvorkommen.

Wäre Richie alleinstehend gewesen, hätten Jeff und er sich in der kurzen Zeit noch weiter angenähert. So aber wurde jedes Wort und jede ihrer Aktionen von Britt skeptisch begutachtet.

Ein respektables Besäufnis am ersten Abend hatte sie toleriert, an folgenden Abenden rollte sie zunehmend mit den Augen, weil sie sich wohl von den Gesprächen der beiden ausgeschlossen und deshalb überflüssig fühlte.

Als gute Kumpel verstanden sie sich auch ohne viele Worte, ganz wie damals. Richie war als Sänger ihrer Band das Sprachrohr von Jeffs Texten gewesen. Und Jeff hatte Melodien auf der Gitarre gespielt, die Richie oft während einer Vorlesung, in der Cafeteria oder woanders eingefallen waren.

Nun war Jeff allein in dieser fremden Wohnung, die nur wenig von der Musikleidenschaft ihres Mieters erkennen ließ. Bis auf die Tonträger konnte er nichts dergleichen entdecken. Keine Bilder seiner Heroen prangten wie damals an einer der Wände.

Fast fühlte er sich wie ein Dieb, der sich in Ruhe in deren Wohnung umschauen konnte, bis er womöglich auf viel Geld und kostbaren Schmuck stoßen würde.

Oder auf ein wohlbehütetes Geheimnis.

Er musterte die Küche, die wieder penibel aufgeräumt war. Nichts stand herum, alles war an seinem Platz, der Fußboden glänzte. Es roch frisch und immer noch nach Kaffee.

Ob es auch vor seiner Ankunft so ordentlich gewesen war? Er dachte an Richies alte Bude zurück. Überall hatten leere Flaschen herumgestanden, teils noch mit Resten gefüllt. CDs und Kassetten stapelten sich wild, dazwischen lagen Songbooks oder gelegentlich auch ein vergessener Damenslip.

Ein Lächeln strich über Jeffs Gesicht.

Er griff zur Tageszeitung, die gefaltet an Richies Platz lag. Nach einigen Seiten, die er überflog, blätterte er zu den Kleinanzeigen.

Menschen suchten wie er ein neues Zuhause. Tiere wechselten bald die Besitzer. Eine der Wohnanzeigen sprang ihm ins Auge, obwohl sie kleiner als die anderen war. Es handelte sich sogar um zwei Zimmer, citynah und günstig. Eins der Zimmer würde ihm völlig reichen, beide waren schließlich größer als seine damalige Studentenbude.

Jeff blickte zur Wand unterhalb des Geschirrschranks. Daran klebten viele bunte Notizzettel: „Kreta buchen!, Holundertee, Versicherung anrufen!, Geburtstag Mama!", las Jeff etwa darauf.

Unverkennbar war es Britts Handschrift, denn Richies Klaue kannte er zur Genüge.

Im Studium und innerhalb der Band hatte Richie stets den Ton und eine Richtung vorgegeben. Jetzt hatte anscheinend Britt in seinem Leben das Kommando übernommen.

Jeff stand auf, riss einen Klebezettel von einem Block ab und nahm einen Kugelschreiber aus dem Stiftehalter.

„Wirtschaftsförderung Ruhr" war aufgedruckt, für die Richie seit einigen Jahren arbeitete.

Er notierte sich die Telefonnummer und die Eckdaten der Annonce. Wer würde bereitwillig zwei seiner Zimmer untervermieten? Dass es sich wohl nur um ein Arrangement handeln konnte, war Jeff durch seine jetzige Bleibe klargeworden.

5.

Das Gesicht spiegelte sich auf dem Boden der Kaffeedose, nur noch von wenigen Pulverinseln bedeckt. „Bloody shit!“, fluchte Klaus. Besser gleich zum Superladen, noch herrschte dort wenig Betrieb.

Im Bad gurgelte er und fuhr sich mit kaltem Wasser übers blasse Gesicht. Schon wieder klingelte sein Telefon. Vor fünf Tagen noch hatte ihn dieses Geräusch richtig aufgeschreckt. Jetzt sah er die Anrufe als eine lästige Pflichtaufgabe, ähnlich einem Arztbesuch. Die Gespräche waren unangenehm, aber notwendig. Er trocknete sich zügig ab, ging in sein Zimmer und meldete sich.

Ein gewisser Brian Degeiter, dessen Brokerstimme eher nach zwanzig als dreißig Jahren klang, legte los. Warum sprach der den Vornamen so komisch aus, wie ‚Ian' mit einem Br davor? Bei der Deckenhöhe und möglichen Schrägen hakte der nach. Wollte alles ganz genau wissen. Hatte der etwa Übergröße?

Nach wenigen Momenten wusste Klaus Bescheid, denn diese Typen kannte er aus dem Effeff. Die lungerten den ganzen Tag in der Bibliothek, der Bibo, herum und trugen bügelfrische Oberhemden und Arroganz zur Schau.

Mit jedem weiteren Wort hämmerte sich das Bild in Klaus' Kopf.

Als der Jüngling betonte, er wolle eine Kammer mieten, die er nur ab und an brauche, beendete Klaus das Gespräch.

Vorher knallte er Degeiter noch um die Ohren, dass dieser, mit wem auch immer, besser eine Absteige aufsuchen solle.

Mit zittriger Hand ließ er den Hörer sinken und legte das Telefon weg.

Vielleicht steckte ein Fünkchen Establishment in ihm, was ihn die Luftblase, in der er sich wähnte, kurz vergessen ließ.

Tief atmete er durch, das Pochen in seiner Brust flachte allmählich ab. Wo war er vor diesem Anruf stehen geblieben? Ah, sein Magenknurren erinnerte ihn daran.

Seine Vorratslage duldete keinen Aufschub, also streifte er sich seine Boots über, warf sich die Lederjacke um, die sein Vater in den Siebzigern getragen hatte, und ging raus.

Die Häuserfront gegenüber ähnelte derjenigen hinter ihm. In der Samstagsidylle flatterte auf einigen Balkons Buntwäsche. Darunter wartete eine gelbe Telefonzelle täglich auf ihr Ende.

Auf dem Schild, das eher zur Fassade als zur Fahrbahn wies, prangte Martinusstraße 4 – 36; das zweite s im Schriftzug blätterte immer mehr ab. Bei den Farbresten konnte es sich auch um Fliegenschiss handeln. Davon unbeeindruckt, rauschte ein Fahrzeug nach dem anderen vorbei, es klackerte auf dem Asphalt, entferntes Getöse. Sekundenlang war es still, dann setzte der Krach wieder ein.

Von der Straßenecke aus konnte er letztes Jahr noch die Schlote einer Kokerei in weiter Ferne sehen; Neubauten einer Versicherung verdeckten sie jetzt.

Der Superladen rückte näher und Klaus hob den Kopf an, bemühte sich, die Brust vorzuschieben. Hoffentlich kam niemand mit Hund vorbei. Kurz sah er den Kläffer seiner Nachbarn vor sich, mit dem er eins der schmerzhaftesten Erlebnisse seiner Kindheit verband.

In der Schiebetür des Marktes spiegelte sich „Dinos Büdchen“, es zischte und er betrat den Schauplatz.

Nervige Musik, Brutwärme und die Leuchtröhren begleiteten seine schneidigen Schritte durch die Gänge. Überall fremde Blicke, die ihn musterten, wogen und gnadenlos einsortierten. Bückte er sich nach günstiger Ware, entsprach das seiner Stellung als Single oder Schmarotzer. Warum blieb Klaus nicht unten und wurde festgetreten?

In jedem jüngeren Unsympathen, der ihm begegnete, vermutete er den letzten Anrufer, diesen Degeiter. Von denen gab es mehr, als ihm lieb war. Trendfrisur, Brille, Business Casual und das Gegenteil von ihm. So einer strahlte eine Distanz aus, von der jemand wie Klaus vernichtet worden wäre. Mit solch einem hätte er nie zusammen wohnen können.

Der Boden des Superladens klebte und er wich erst Scherben, dann gelben Trikots aus, die Promille fürs Stadion brauchten. Er roch Bier, verdrängt von Fleischgeruch und huschte dreizehn Schritte am Kühlregal entlang, dessen blutrote Auslagen er getrost ignorierte.

Blitzschnell verglich er Preise und Mengen, und zwei Reisgerichte, Wasser und Brot, Ingwer Cookies, Röstkaffee und Export Ale ließen in seinem Beutel viel Luft nach oben. „Jeden Tag ’n bisschen besser“, wobei schlechter auch nicht ginge.

Dass er einmal Kakao- mit Bananenpulver und Pils mit Malzbier verwechselt hatte, wunderte ihn nicht, denn sein Verstand schien hier wie eine Strichlinie unterbrochen zu sein. Seine Nase tropfte, er griff nach einem Taschentuch, schon prickelte es salzig auf seiner Zungenspitze.

„Shit“, fluchte Klaus. „Nicht schon wieder.“

Er riss ein Stück vom Stoff ab, rollte es zusammen und steckte es in das blutende Nasenloch, von dem er mit Speichel die Spuren beseitigte. Unsicher schaute er sich um, niemand schien ihn zu beachten. Starre Blicke waren auf die Einkaufswagen oder die Auslagen gerichtet. Er wollte rasch vergessen und vergessen werden. Drei Kassen waren geöffnet, das war leicht zu erkennen. Fünfzehn Leute warteten, nein, sechzehn. So viele Menschen.

Vorne, bei den Checkpoints, saßen Tuschkästen auf der Stange, dazu bereit, die Kundschaft abzufertigen. Keine Resignierte um die fünfzig, auch kein gestrandeter Abenteurer erwartete ihn. Für diese Gleichstellung fehlte der Platz im Superladen.

Er mied die Puppen und wählte das kleinste Übel.

Mit beiden Händen hielt er die Tasche vor sich und zog seine Schultern hoch. Links traf er auf die abweisenden Blicke eines Rentners. Sah man das Kügelchen?

Wie wäre es jetzt, woanders zu sein, an einem Lieblingsort, doch die hektische Atmosphäre ließ es nicht zu, sich etwas auszumalen.

Manchmal verspürte er schon bei Betreten des Ladens den Drang, sofort wieder abzuhauen, weil die Gänge von Leuten überquollen. Öfter, als seiner Geldbörse lieb sein konnte, hatte er deshalb das Nötigste gegenüber bei Dino gekauft. Und stellte er sich in dieser Schlange an, fühlte es sich so an, als würde er den Kioskbesitzer dadurch betrügen.

Endlich war Klaus an der Reihe, und die Leute hinter ihm warteten darauf, dass er bezahlte und verschwand. Sie wollten an seine Stelle. Eilig packte er seine auserkorenen Produkte auf das Kassenband, das den immer gleichen Weg lief.

„Acht bitte zur Fünfzehn“, drang die codierte Durchsage in sein Unterbewusstsein. Bestimmt lauerten im Geheimtrakt Argusaugen, um zu klären, warum es dem Freak gelang, erneut unterm Durchschnitt zu bleiben. Noch fühlte Klaus sich nicht gläsern.

Die spröde Frau Lebrecht versteckte ihren Kaugummi in der Backentasche, ebenso die Begrüßung. Begleitet von nervigem Gepiepe flogen Barcodes wie Pfeilsalven über den Scanner. Jede Berührung lieferte einen Namen, die Güteklasse und das Gewicht. Praktisch, wenn das auch bei Frauen ginge.

Gleich gab das Kundendisplay, das ihn an den Kopf von E. T. erinnerte, seinen Wert preis: einen Cent plus zehn Euro, weithin sichtbar. Um ihn spannte sich ein Brustpanzer, denn hinter ihm warteten die Leute ohne Diskretionsabstand. Sie blickten ihm über die Schulter. Er schielte zur Seite und verglich seine Produkte mit denen dahinter.

Ein Einkaufswagen streifte seine Hacke. Er unterdrückte den Impuls, sich umzudrehen und loszubrüllen. Nicht auszudenken, was das auslösen konnte. Einfach bezahlen und raus hier.

Jetzt poppte der Betrag auf, neun Euro und sechsundachtzig Cent, also musste er sich verrechnet oder der Laden Preise gesenkt haben.

Frau Lebrecht wollte weder seinen Ausweis sehen noch wissen, ob er etwas sammelte. Selbst diesen Trost missgönnte sie ihm.

Klaus öffnete seine Börse, doch der labbrige Schein blieb darin haften. Alle schauten, es wurde noch wärmer, er roch Schweiß, die Laute schwollen an.

Zwei Griffel schnappten die Ecke, der Schein wechselte den Besitzer, seine Börse wanderte zum Gesäß, die Ware rutschte in den Beutel. Vierzehn Cent und der Bon landeten achtlos in seiner Hosentasche.

„Tsch…“, sagte er, was wie eine Chiffre aus zwei Floskeln unerwidert verhallte. Er eilte hinaus und atmete durch.

Eigentlich stellte der Laden ein ideales Trainingscamp dar, um Nahkontakt zu üben. Käme er öfter her, würde ihm das helfen, die Gespräche und Besichtigungen locker zu meistern. Und doch wusste er, dass er das nicht tun würde.

Zu Hause streifte er seine Sohlen an der Fußmatte ab, auf der in bunten Farben „Come in and find Klaus“ geschrieben stand.
Vor Jahren hatte er aufgrund eines unterschwelligen Gruppendrucks seinen Geburtstag gefeiert und die Matte neben einer Flasche Bourbon geschenkt bekommen.

Lange schon hatte sich niemand darauf die Schuhe abgetreten. Außer ihm.

Das Telefon klingelte. Wollte sich dieser Degeiter bei ihm entschuldigen?

Er sauste hin, doch der Mann am anderen Ende hieß Josef, seine Stimme klang sonor und eindringlich.

Mehrmals habe er angerufen und erst jetzt Glück gehabt.

6.

In Klaus brodelte es, denn heute würde dieser Josef vorbeikommen. Drei Tage war dessen Anruf her. Schon den ganzen Tag drückte ein unsichtbares Gewicht auf seine Brust. Aus Routine schnürte er das Messgerät um sein Handgelenk, es lieferte ihm drei Zahlen. Alle waren zu hoch.

Könnte er aufgrund des Drucks, der auf seinen Arterien lastete, einen Herzinfarkt erleiden? Er würde hier verrecken, weil er es nicht nach draußen schaffen würde.

Niemand würde sein verzweifeltes Röcheln hören. Wann würde man ihn wohl finden? Diese Frage hatte er sich oft gestellt. Angenommen, er verletzte sich so stark, dass das Blut nur so sprudelte. Das passierte in Haushalten ständig. Der Mieter unter ihm, falls es einen gab, könnte Tropfen an der Decke bemerken, die durch den löchrigen Beton sickerten. Nach wie vielen Tagen?

Kein schöner Anblick.

Um sich zu beruhigen, drückte er eine Tablette heraus, fasste sie zwischen Daumen und Zeigefinger und hielt sie gegen das Licht wie eine wehrlose Kleidermotte. Noch eine halbe. War das jetzt der Alltag? Seine Gedanken blieben ebenso unbeantwortet wie die Nachrichten, die die NASA ständig ins All schickte. Seine körperliche Verfassung stand hingegen außer Frage: nicht unsportlich, Body-Mass-Index gerade noch normal.

Nichtraucher einerseits, häufiger Alkoholkonsum und Stress andererseits. Trotzdem traf der Hochdruck einen Statisten wie ihn. „Ruhig Blut“, sagte er sich.

Er würde schon am Leben bleiben, denn er aß und trank regelmäßig, schluckte die richtigen Tabletten. Und doch hieß es Kranken-, nicht Gesundheitskasse.

Deren Brief wartete mahnend auf dem Küchentisch und er ahnte, was darin stehen würde. Es ging um Geld, doppelt so viel wie bisher. Dieser Josef musste unbedingt bei ihm einziehen, daran führte kein Weg mehr vorbei. Ein wohnlicher Eindruck konnte dabei nicht schaden.

Im Flur hockte er sich nieder und packte die leeren Flaschen in eine Kiste. Die Staubflusen saugte er auf, schrubbte und putzte, und obwohl ihm am liebsten nach einer Pause war, nahm er das Bad in Angriff. Überall klebten Haare, auf der Duschwand und sonst wo.

Nach der Hälfte stützte er sich auf den Besenstiel und pustete wie ein Straßenkehrer. Nicht jeder teilte seine Schmutztoleranz, also würde er das öfter tun müssen.

Unermüdlich schoben die Minuten die Stunden bis zum Termin vor sich her. Ein latenter Hunger hatte ihn bis jetzt verfolgt und gewann letztlich die Oberhand. Er entnahm einer Packung die letzten Brotscheiben und überließ sie der Ofenhitze des Toasters. Das Gerät funktionierte nicht. Als Klaus losließ, schnellte der Bügel sofort in seine Ausgangsposition zurück. War der Strom weg? Für die letzte Rechnung hatte das Geld doch noch gereicht. Hatten die wieder erhöht, ohne ihm etwas zu sagen?

Eine Schrecksekunde später entdeckte er erleichtert, dass er vergessen hatte, den Toaster einzustöpseln.

Gebannt verfolgte er den Uhrzeiger, der erbarmungslos den vereinbarten Zeitpunkt überrundete. Hatte Josef ihn vergessen?

Er selbst war nie der Pünktlichste gewesen und setzte bei früheren Treffen auf das Verständnis der anderen. Sie kannten schließlich viele seiner Schwächen.

Um vier nach klingelte es doch. Zweimal mittellang.

„Hmm pff hmm." In seiner Vorstellung war es heftig genug gewesen, jetzt wurde es ernst.

Klaus drückte auf den Türöffner. Zeit, um noch einmal durchzuatmen. Wenige Minuten später, in denen er seine Fingernägel aneinander rieb, klopfte es. Klaus öffnete die Tür.

„Herein", sagte er einen Tick zu laut und zuckte zusammen.

Es trat ein Mann ein, der ihn überragte, sicher maß er über einen Meter achtzig. Josef wies markige Züge und ein Spitzkinn auf. Ein schnurgerader Seitenscheitel grub sich durch sein meliertes Haar, durch eine Stoffweste erschien er agil. Trotzdem wirkte er wie ein Midlifeanwärter.

„Klaus … ich bin Klaus. Hallo." Er schlug in eine Hand ein, so rau wie Schmirgelpapier.

„Josef Gonnaire. Grüße dich", sagte der Mann mit sonorer Stimme. Er rollte kräftig das r und sprach den Nachnamen am Ende mit einem kehligem ch. „Aber alle nennen mich nur Jeff."

Sein Rufname wirkte weder angestaubt noch biblisch und passte besser zu ihm.

„Ich ziehe die lieber aus", sagte Jeff und schlüpfte, ehe Klaus den Mund schließen konnte, aus seinen Norwegern. Draußen stellte er sie auf die Matte und schob die Tür zu.

„Soll ich … dir gleich die Zimmer zeigen?"

„Deswegen bin ich hier." Jeff folgte ihm in den ersten Raum, der direkt neben seinem lag.

„Dies hier", sagte Klaus, „das ist schon bisschen klein." Die Kisten mit Klamotten und daneben die Stapel von Magazinen ließen das Zimmer noch mickriger wirken.

Der Blick des Mannes hellte sich trotz der Unordnung auf. „Keineswegs. Sagt mir ausgesprochen zu."

Meinte der das ernst? Irgendwie kaufte er Jeff diese Worte nicht ab. Sie klangen nicht aufrichtig. Auch die anderen Räume schaute er sich mit zu offensichtlichem Interesse an.

Klaus tendierte dazu, sich bei ihm für den Anblick seiner Wohnung entschuldigen zu wollen. Für den dunklen Flur samt verfilztem Teppich und der klapprigen Garderobe.

Zwar waren das Bad und die Wohnküche halbwegs sauber und aufgeräumt. Nach seinen eigenen Maßstäben sogar vorzeigbar. Nur um diese ging es nicht.

Würde es so jemand bei ihm aushalten? Bisher hatte der wohl ein Luxusleben geführt. Sein Outfit ließ darauf schließen. Auch die elegante Stoffhose wirkte nicht wie von der Stange.

Klaus hatte nie in solchen Kreisen verkehrt. An der Uni hielt er gehörigen Abstand zur vermeintlichen Elite, die sich gebärdete, als säße sie schon in der Chefetage. Und doch war Jeff willens, hier einzuziehen. Sicher standen ihm ganz andere Türen offen.

***

Klaus bot ihm ein Bier an. Hatte er Lust darauf, noch länger hierzubleiben? Nach einem Moment des Zögerns willigte er schließlich ein.

„Für den zweiten Raum hast du wen?“

„Du kannst beide kriegen.“

„Lange würde ich nicht bleiben.“

Jeff merkte, dass Klaus diese Aussage nicht schmeckte.

Halb öffnete dieser den Mund, als wollte er etwas sagen, verzog ihn dann. Den Kommentar, vermutlich nichts Erbauliches, schluckte er hinunter. Wäre Klaus ihm auf der Straße begegnet, hätte es Jeff nicht verwundert, falls dieser verhuschte Typ ihn nach Kleingeld gefragt hätte.

Hintereinander betraten sie die Küche. Klaus wies zum Klubtisch in der Ecke, an dem Jeff Platz nahm und seinen Kaschmirschal ablegte. Auf dem Holzfußboden verteilten sich bunte Farbkleckse, darauf wirkte der elegante Glastisch wie ein Fremdkörper. Klaus riss zwei Dosen Ale auf und füllte einen Bierkrug randvoll. Der Schaum türmte sich auf, vorsichtig goss er weiter ein. Mit den Getränken ging er zum Tisch, reichte das Glas Jeff, der mit den Fransen seines Schals spielte, und setzte sich ihm gegenüber.

„Danke dir.“

Beide setzten an, wobei Jeffs Silberring das Deckenlicht reflektierte. Klaus musterte ihn.

„Der hat seine Magie verloren“, beantwortete Jeff ihm die stumme Frage.

„Oh.“

„Die Jocelyne leidet freilich am meisten unter der Trennung."

„D-deine Frau?"

„Unsere Tochter. Ein Studienkumpel hat sich erbarmt. Da wohne ich vorübergehend."

„Schön. So was."

„Nun, solange die Sonne noch scheint."

Draußen waren Wolken zu sehen, die über den rostbraunen Dächern lagen. Jeff hatte selten erlebt, dass jemand so verschlossen war. Gerne würde er erfahren, was mit Klaus los war. Einen Arm hielt dieser fest und zupfte wiederholt am Handgelenk herum. Sein Blick suchte die Tischplatte entlang, wobei er nur kurz Jeff seinen fand. Ob er überhaupt etwas Richtiges machte?

Unverblümt fragte er ihn danach.

Klaus rutschte auf dem Stuhl hin und her. Dann setzte er ihn stockend darüber in Kenntnis, dass er für Mathe eingeschrieben war. Es wirkte, als wollte er noch etwas nachschicken, biss sich aber wohl im letzten Moment auf die Zunge.

„Vor fünfzehn Jahren habe ich zuletzt ähnlich gewohnt", erzählte Jeff weiter, um Klaus' Verlegenheit, die unverkennbar anstieg, zu mildern.

„Auch zu zweit?" Seine Mundwinkel hoben sich.

„Nein, wir hatten Gruppenstärke. Vierzehn, nein, bis zu sechzehn Leut'." Jeff schwang mit dem Kopf.

„Damals im Studentenheim. War eine Wahnsinnszeit."

Er dachte schmunzelnd an einige der Partys zurück, hörte im Geiste die Musik und Gelächter. Beinahe roch er das Nikotin und andere Substanzen, die im Umlauf gewesen waren. Wurde in dieser Wohnung jemals bis in die frühen Morgenstunden gefeiert?

Dass Klaus einmal die Nacht zum Tag machte, konnte er sich nicht vorstellen. Höchstens, wenn er dabei vor seinem Computer saß.

„Eine Zeit lang war es kritisch“, sagte Jeff unvermittelt.

„Klar, kennt wohl jeder.“

„Wir waren bereits liiert und ja, es lief noch in der Spur.“

Klaus wich seinem Blick wiederholt aus. Starr saß er auf seinem Stuhl, schaute immer wieder zum Boden, als suchte er dort nach geeigneten Worten.

„Wann … wann möchtest du dann einräumen?“, fragte er.

Jeff strich über die Glasplatte, im Licht erkannte er einige Putzstreifen und Kratzer. Er fühlte sich bedrängt und legte den Kopf in den Nacken. Tief atmete er aus.

„Muss ich mich nun entscheiden?“

„N-nee, nee, überhaupt nicht. Nur, kann ja sofort weg sein. Alle beide sogar.“

Jeff nickte. Sein Blick schweifte durch den Raum, dann zur Tür, von wo aus der Flur abging. Auf einmal glaubte er, diese Wohnung schon zu kennen. Obwohl er nie hier gewesen war. Bestimmt war ein Rohentwurf, den er verfeinern sollte, über seinen Schrcibtisch gegangen.

Sollte er trotzdem zusagen? Dann wäre es sicherer.

„Sagen wir morgen. Ich melde mich bei dir, versprochen.“ Er betrachtete den halb vollen Bierkrug, die leichte Blume hatte sich in vereinzelte Bläschen verwandelt.

Jeff trank einen Schluck, stand auf und verabschiedete sich.

„Auch gut. Ist gar kein Problem. Selbstverständlich."

***

Als Jeff weg war, schüttete Klaus den Krug aus und bedauerte die vier Zentimeter Brauflüssigkeit.

Sie lief den Abfluss hinunter und verschwand wie sein bisheriges Leben, das sich genauso verabschiedet hatte.

Erschöpft lehnte er sich an die Arbeitsplatte. Erst jetzt begriff er, was er geschafft hatte.

Jemand hatte ihn kennengelernt, sich seine Wohnung angeschaut und nicht sofort abgesagt.

***

Geschafft plumpste sie auf ihr Kinderbett und griff zur Tasche an der Wand, in der das Englischbuch steckte. In der Schule war das ihr Lieblingsfach gewesen. Seit ihre Arbeitskollegin Frauke sie allerdings dazu nötigte, ihre Schulaufgaben zu machen, nervte es sie gewaltig. Mit herrischem Ton hatte diese Linda heute daran erinnert, wann sie die Lösungen abzugeben hatte. Was bildete die sich ein? Seit zwei Monaten arbeitete Linda in dieser Firma. Und genauso lange bereitete ihr Frauke nichts als Schwierigkeiten.

Linda schnappte sich den Block, auf dem ein Kuli klemmte, und schlug das Lehrbuch auf. Die Aufgaben waren nicht schwer, das hatte sie schon in der zehnten Klasse gelernt. Es ermüdete sie fast.

Wäre sie über die Elfte hinaus geblieben, würde sie jetzt bestimmt Anspruchsvolleres schreiben, Aufsätze und Textanalysen. Die höheren Anforderungen in der Oberstufe hätten Linda allerdings zeitlich weit mehr beansprucht als bisher.

Was hätte das für ihre Familie bedeutet? Ihre Schwester Fiona kam bald zur Schule. Für Lernmaterial und Kleidung brauchten sie mehr Geld. Linda musste mindestens genauso viel jobben wie bisher, wenn nicht sogar mehr.

Nein, es war schon richtig, dass sie sich entschieden hatte, eine Ausbildung zu beginnen. Vernünftig, auf jeden Fall. „Das Abitur kann ich auch später nachholen. In Abendkursen“, hatte sie ihre Mutter beruhigt. Nie hätte diese von ihr gefordert, die Schule zu verlassen. Dennoch hatte Linda in ihren Augen die gewünschte und auch richtige Antwort gesehen.

Genervt blätterte sie im Englischbuch vor und zurück. Sie war geübt darin, gleichzeitig zu denken und zu schreiben. Trotzdem rannen die Minuten dahin. Zehn, zwanzig, mehr als eine halbe Stunde, in der ihre Augenlider herunterfielen und ihre Hand, die den Stift führte, kraftlos widerstrebte.

Nach drei Seiten war sie endlich fertig. Zeit fürs Bett war es allemal. Also entkleidete sie sich und schlüpfte in ihr Nachthemd.

Linda löschte das Deckenlicht, schmiss sich ins Bett und zog das Federbett über. Durch ihre Nachttischlampe fielen seltsame Schatten auf die Wände, sie konnte die Verursacher nicht zuordnen.

Die Umrisse wirkten wie von riesigen Wesen, die dort lauerten, um jeden Moment über sie herzufallen. Sie zog sich die Bettdecke ein Stück näher ans Kinn. Neben dem Kopfkissen lag ihr strubbeliges Nilpferd, das sie zur Einschulung bekommen hatte. Das beruhigte sie.

„Eine große Nase habt ihr alle beide“, hatte ihr Papa immer gesagt, wenn er sie zu Bett brachte. Erst hatte er sie auf die Augen, dann ihr Stofftier „Nillie“ geküsst.

Linda drehte sich um, wo die Schatten nicht waren.

Ihr Wandkalender, auf dem die Monate wie Fußspuren am Strand längst verweht waren, zeigte Bilder ihrer Familie in Momenten des glücklichen Beisammenseins. Nur auf dem letzten Blatt, das sie stets übersprang, fehlte ihr Vater, was ihr nach seinem Tod wie eine Prophezeiung vorgekommen war.

Sie krabbelte aus dem Bett und zum Fernseher hin. In der Hocke drückte sie die Tasten durch. Fremde Gesichter flimmerten auf und Worte fielen, die für sie jetzt keinen Sinn ergaben. Weil sie nichts davon verstand, schaltete sie ab und blickte zum Schreibtisch. Neben ihrem Computer und einigen Schreibutensilien lag darauf ein Abenteuerbuch, seit Wochen an gleicher Stelle aufgeschlagen.

Etwas anderes, das sie immer wieder von sich wegschob, raubte ihr allmählich den Verstand. Sie wollte eigenständig sein, ihr eigenes Leben leben. Es wäre ein harter Einschnitt, den Familienschoß zu verlassen. Nicht nur für sie. Schließlich war sie als Hilfe voll eingeplant. Auch das hatte sie in den Augen ihrer Mutter gesehen, als sie ihr den Vorschlag unterbreitet hatte.

Es hatte ihr einen Stich versetzt und das schlechte

Gewissen freigesetzt, gegen das Linda immer noch ankämpfte. Aber tief drinnen spürte sie den Wunsch nach Ruhe, endlich tun und lassen zu können, was sie wollte. In diesen vier Wänden war das unmöglich. Es war einfach an der Zeit. Sie war alt genug.

Die Wohnanzeige, von der ihr Tessa erzählt hatte, ließ ihre fixe Idee eine konkretere Form annehmen. Ihre Freundin hatte den Aushang mit dem finanziell unschlagbaren Angebot an der Uni entdeckt.

Wie wäre es, woanders in einer Wohngemeinschaft zu leben? Keine Kinder, um die sie sich kümmern musste. Gleichaltrige, die nicht zu müde von der Arbeit waren, die ihr zuhörten und mit denen sie sich austauschen konnte. Diese Vorstellung gefiel ihr. Sie könnte sich wirklich dort melden, bevor es die Studenten taten. Nein, sie würde es tatsächlich tun. Gleich morgen.

Ihre Augen wurden bleischwer und es kribbelte an den Fußsohlen. Im Bett fielen ihre Lider zu. Linda faltete die Hände über ihrem Nabel und betete, wobei sie ihre Familie, ihren Vater und ihre Freunde einschloss. Sie küsste ihr Kruzifix, dann „Nillie“, schaute zur Decke und löschte das Licht.

7.

Der Tag lullte Klaus allmählich ein. Sein Magen knurrte, denn seit anderthalb Wochen aß er nur unregelmäßig etwas. Eine wirksame Diät, hatte er im Wartezimmer des Arztes gelesen, die überzählige Kilos vertrieb und den Geldbeutel schonte.

Endlich, Jeff hätte sich ruhig früher melden können. Ansonsten waren seine Empfangstools auf lautlos gestellt. Allein die Annonce und Aushänge veränderten alles.

Er musste funktionieren, wann immer sich jemand dazu entschied, ihn zu kontaktieren. Unangenehm, so im Nachteil zu sein, ständig reagieren zu müssen.

Die Nummer auf dem Display kannte er nicht, wie auch?

Zögerlich ging er ran.

Eine ihm unbekannte Person meldete sich: „Hallo, Linda Simmert heiße ich …“

„Ich brauche nichts.“ Automatisch kühl sagte er das, erprobt durch unzählige Werbeanrufe, die er im Keim erstickt hatte. Die Sprüchlein, die dann folgten, hatte er zur Genüge gehört. Das war reine Zeitverschwendung.

„Nein, Sie verstehen nicht. Ich …“

„Sie wollen mir doch bestimmt etwas andrehen“, knallte er ihr entgegen. Die Frau wollte ihn einwickeln, das merkte er sofort. Nicht umsonst wurden die ständig geschult.

„N-nnein, nein, ich hab nur Ihren Aushang entdeckt“,

behauptete sie. Dabei umschmeichelte ihre warmklingende Stimme ihn mehr, als er zulassen wollte.

Er musste ihr Glauben schenken, denn so unverfroren konnte keiner sein. Auch niemand vom Callcenter.

„Echt? Ach so. Gut, gut", sagte er perplex und räusperte sich mehrmals. „Also, ich habe ein Zimmer ... Nein, sogar zwei freie Zimmer."

Jeff hatte sich nicht gemeldet. Warum sollte Klaus auf ihn Rücksicht nehmen? Der schaute sich doch bestimmt auch woanders um. Und letztlich könnte er Klaus genauso hängen lassen.

„Ein Raum reicht mir völlig", sagte sie. „Mehr kann ich mir gar nicht leisten."

„Wann könnten S... kannst du denn herkommen?"

„Heute um siebzehn Uhr?"

Aufgrund seiner aktuellen Verfassung, er hatte doch zu viel Bier getrunken, wäre jede andere Uhrzeit genauso unpassend gewesen. „Okay. Hast du was zu schreiben da?"

„Ihre Adresse steht auf dem Aushang", antwortete sie geschäftsmäßig.

Er klatschte sich vor die Stirn. Dann verabschiedete er sich nuschelnd.

„Tschüss", sagte sie.

Was für eine nette Frau. Der Stimme nach zu urteilen, jünger als er. Bestimmt nicht viel, aber doch einige Jahre.

Ihre Worte hatten hoffnungsvoll geklungen, ohne den abgeklärten Unterton eines Erwachsenen. Ein jüngeres Umfeld war er von der Uni gewohnt, auch wenn er das selten zu Gesicht bekam.

Hatte er am Campus versucht, Kontakt herzustellen, sprach er meistens über Professoren, auch Profs genannt. Viele von ihnen dozierten, bis sie starben oder pensioniert wurden. War vermutlich das Gleiche.

Er musste noch die Zeitungen holen, fiel ihm ein. Zwei Zeitungen verkraftete sein Briefkasten, eine dritte fiele auf den Boden. Das könnte etwas in Gang setzen, das ihm nicht geheuer war. Jemand könnte auf die Idee kommen, bei ihm zu klingeln, um nach ihm zu schauen.

Auf dem Weg nach unten begegnete er einer Mieterin, vielleicht eher Besucherin. Dieses hübsche Gesicht wäre ihm bestimmt schon eher aufgefallen. Nach dem ersten Schreck grüßte er distanziert, was nicht falsch sein konnte.

„Tag", sagte sie in einem nicht unfreundlichen Ton, der ihn überraschte. Sollte er etwas erwidern? Aber da war sie schon weitergezogen und überließ ihn wieder sich selbst. Was soll's, dachte er.

Hinten im Kasten lag immer noch der Brief der Immobilienfirma. Was die von ihm wollten, konnte er sich denken. Eine Postwurfsendung, die ein unvergleichliches Angebot enthielt. Wer nicht zuschlug, wäre selbst schuld.

Die andere Post klemmte er unter einen Arm, griff den unerwünschten Brief, verschloss den Kasten und trat in den Hinterhof.

Er zerriss den Immobilienbrief ungelesen und ließ die Schnipsel in eine Mülltonne rieseln. Solche Wische von irgendwelchen Institutionen waren ihm suspekt. Die schrieben ihn mit „Herr" an und behandelten ihn wie ein wichtiges Mitglied der Gesellschaft, nur um dann irgendetwas von ihm zu wollen. Nicht ums Verrecken öffnete er so etwas.

Wieder im Treppenhaus auf dem Weg nach oben, wartete er schon darauf, Herrn Altwegner zu begegnen.

Diesmal nicht. Nur dieser verwitwete Rentner hatte schon vor ihm hier gewohnt. Für diesen Herren war er der junge Mann, der sein Studium bald beenden würde. Nicht ganz falsch.

„Des is oaner", hatte Altwegner einmal biedermännisch zu ihm gesagt. Dabei tippte der Alte an einen Briefkasten, auf dem in krakeliger Druckschrift „K. Freisen" geschrieben stand.

„Jo, jo, von dem hab ich viel gehört", hatte Klaus schmunzelnd geantwortet.

In seiner Klause schlug ihm eine Stille entgegen, die er wie seine eigene Stimme kannte.

Es roch anders, sauberer, und fast vermisste er die Weberknechte und Fruchtfliegen, die massenhaft bei ihm gewohnt hatten, nichts zur Miete beitrugen, aber so nett gewesen waren, sich gegenseitig zu dezimieren.

Was der Briefkasten ausgespuckt hatte, legte er auf den Tisch. Die Wahlbenachrichtigung überflog er kurz, die Zeitungen und den Brief würde er später durchsehen. So viel Post bekam er sonst nie.

Was klebte denn da? Eine Bestellkarte war an die Rückseite des „National Geographics" geheftet. Er löste sie ab und prüfte gedankenlos, was darauf stand. Eine Postkarte? Das konnte nur ein Versehen sein. Sein Blick fiel auf die Zeilen, die verrieten, für wen sie bestimmt war.

Sollte das ein Witz sein?

Sie war mit „Solveig Berlinger" unterschrieben.

Ihre Schrift, die er unter zig anderen erkannt hätte, zierte den Karton.

Nicht Rom, London oder New York besuchte sie.
Das Motiv zeigte den hiesigen Fernsehturm, der ihre Wohnung großzügig mit Schatten überzog.

Angespannt las er, was sie ihm schrieb. Sie wisse ja, dass er als „Sleeper“ sein Telefon meiden würde, deshalb die Karte. Bei ihr habe sich etwas Gravierendes verändert. Gerne würde sie es ihm persönlich sagen. Am kommenden Freitag in der Mensa. „Weißt ja noch, wo die ist, oder?“

Uhrzeit wie immer. „Mit den allerliebsten Grüßen aus der Weststadt“, schloss ihre kryptische Nachricht.

Kommender Freitag… Das war ja schon morgen, stellte er mit Erschrecken fest, als er den Poststempel checkte. Dieser war auf Anfang der Woche datiert. Vielleicht sollte er doch häufiger seinen Kasten leeren.

Ein seltsamer Schauer, erst heiß, dann kalt, durchströmte seinen Körper. Vor knapp einer Woche hatten sie sich kurz am Campus gesehen.

Davor waren mehrere Monate vergangen, eher ein halbes Jahr, in dem es keinen Kontakt zwischen ihnen gab. Und jetzt meldete sie sich. Noch dazu auf diese Weise.

Ihre Worte klangen vertraut und doch hochoffiziell. Das war so gar nicht ihre Art. Entspannt und unbefangen, so kannte er sie vom ersten Moment an. Damals hatte sie ihn in der Cafete angesprochen, und er mochte sie sofort. Es war nach einer Vorlesung gewesen, zu der er damals vierzig Minuten zu spät gekommen war und an allen entlanggehen musste, nicht das erste Mal.
Das fühlte sich manchmal wie der Gang nach Canossa

an, denn auch der Blick des Profs durchbohrte ihn. Seither saßen sie häufiger nebeneinander, redeten und aßen nach Vorlesungen gemeinsam in der Mensa. Sie lachten zusammen und mit ihr hätte er jederzeit weinen können.

Bei einem ihrer letzten Mensaessen hatte sie von ihrem ominösen Banker, den Klaus nie gesehen hatte, gesprochen. Mit dem, der laut ihr den Erdball drehte, lief es schon eine Weile nicht mehr. Das hatte Klaus herausgehört. War es womöglich aus zwischen ihnen?

Vielleicht war das seine Chance.

Worauf, wusste er gar nicht genau. Zumindest auf andauernde Freundschaft, die sie stets verbunden hatte. Vertrauenstechnisch stand er ihr so nahe wie niemand anderem. Und doch fühlte er sich wie durch ein Fernlicht aufgespürt.

Sie erwartete etwas von ihm. Zumindest, dass er sie traf. Diese Neuigkeit musste er erst einmal verdauen. Er öffnete den anderen Umschlag: „Erste Mahnung, inkl. Gebühren siebenundvierzig Euro“. Der Tag, an dem er keinen Ausweis dabeigehabt hatte.

Die Glocke von St. Bonifatius riss ihn rüde aus seinen Gedanken und erinnerte ihn an den Termin.

Klaus schüttelte sich und wurde aktiver. Um fünf würde diese Frau vorbeikommen, er musste sich sputen.
Er konnte nicht verbergen, dass er getrunken hatte, also hoffte er, dass sie verständnisvoll sein und trotzdem eines der Zimmer übernehmen würde. Auf einen Besichtigungsmarathon mit einer Horde von Leuten, die er gedanklich unterscheiden müsste, hatte er keine Lust.

Duschen, frische Klamotten anziehen - ehemals Bluejeans und Shirt - dann Kaffee.

Auf seiner Agenda fehlte das Sekretariat, das um diese Zeit schon geschlossen hatte.

Die fünf Schläge der Kirchturmglocke klangen dumpfer als sonst. Jeden Moment konnte es läuten. Klaus stellte es sich vor, ein fieses Bohren.

Falls er noch Restalkohol intus hatte, half der ihm nicht. Das Klingeln, einmal und kurz, ließ ihn zusammenzucken. Sein Shirt klebte an den Achseln fest. Langsam löste es sich, als er aufstand.

Auf ein Neues, dachte er sich und öffnete die Tür einen Spaltbreit.

Licht strömte herein, begleitet von einem tiefblauen Mädchenblick. Sie war mittelgroß und flachsblondes Haar fiel ihr über die Schultern. Eine breite Nase dominierte ihr Gesicht, verlieh diesem allerdings ein niedliches Aussehen.

Der Jeansrock und die weinrote College-Jacke komplettierten ihr dezent aufgehübschtes Äußeres.

„Jo?“ Ein Kratzen beherrschte Klaus’ Stimme.

„Hallo, ich bin wegen des Zimmers hier.“

Skeptisch schob er seinen Kopf etwas zurück. Sahen Studentinnen mittlerweile so jung aus? Ihr Anblick verwirrte ihn, da er nach ihrer vollen Stimme zu urteilen jemand Älteres erwartet hatte.

„Ja, richtig, d-das Zimmer, der Raum. Hier geht’s rein“, stammelte er. An der angemessenen Betonung musste er noch arbeiten. „Ich bin übrigens Klaus. Du kannst mich selbstverständlich duzen.“

„Na, das habe ich mir schon gedacht. Ich bin die Linda Siemeid.“

Sie begrüßten sich per Handschlag.

Er erwischte überwiegend ihren Daumen, korrigierte dann seinen Griff. Neben Lindas Mund erschienen Grübchen.

„Willkommen“, sagte er feierlich und bedeutete ihr mit der Hand, einzutreten.

Linda streifte mit den Sohlen über die bunte Fußmatte und schmunzelte, vielleicht wegen des Spruches darauf. Sie neigte den Kopf vor, trat ein und ließ ihren offenen Blick wandern.

Flüchtig guckte er hinaus und schloss die erbärmlich knarrende Tür.

„Jo, schön“, sagte Klaus, „dass das geklappt hat. Du hast zwei Zimmer zur Auswahl. Selbstverständlich nur, wenn sie dir gefallen.“

„Na gut, und wo sind nun die Zimmer?“

Linda sprach besonnen, wobei der volle Klang ihrer Stimme nicht zu ihrem mädchenhaften Gesicht passte. Wurde sie jemals wütend? Schwer, sich das vorzustellen.

„Hier lang“, er zeigte den Flur herunter, „sind noch nicht ganz leer.“ Er ging voraus, Linda folgte ihm. Klaus lehnte sich an den Türrahmen, sodass sein Shirt spannte.

„Da liebt einer Ordnung.“

Den Fernsehkarton und zwei mit Kleidung gefüllte Boxen hatte er längst wegräumen wollen. Im Sonnenlicht, das hereinflutete, tanzten die Staubkörnchen wohlig durch die abgestandene Luft.

„Ist … ist gerade erst frei geworden. Auch ’ne Schülerin.“ Kaufte sie ihm das ab? In solchen Momenten glaubte er, das Wort Lüge stünde auf seiner Stirn geschrieben.

„Ich bin Auszubildende. Das Abi mache ich später und schaue, was so kommt."

„Wow, das nenn ich Drive."

Sie ging nicht darauf ein, bewegte sich stattdessen zum Doppelfenster und drückte die robusten Waden durch. Ihr Blick schweifte zur Haupt- und Seitenstraße, dann über die Gebäude hinweg.

„Ist groß. Stand auch in der Anzeige. Und weite Aussicht." Linda drehte den Fenstergriff in die Waagerechte und öffnete es. „Puh. Ist das immer so laut?"

„Wenn's zu ist, hörst du Flöhe husten."

Linda lachte und schloss das Fenster. Sie drehte sich ihm zu und wirkte zufrieden.

„Dann zeig ich dir das andere Zimmer."

„Dies hier reicht ja zweimal für mich."

„Das heißt was?"

„Passt alles wunderbar in meinen Plan, aber ich schau mich noch weiter um."

„Was für einen Plan denn?"

„Nun, es liegt nah an meiner Arbeitsstelle und ich hab einige Supermärkte gesehen. Sogar die Uni ist erreichbar. Wo ist das Bad?"

Er öffnete die Tür und machte Licht. Mit der Hand wies er ins Innere. Für zwei Personen war es zu eng dort, also blieb er im Flur stehen, während sie langsam hineinging. Hier wird sie sich entscheiden, dachte Klaus. Hoffentlich nahm sie es nicht so genau.

Es war so sauber wie seit Jahren nicht, aber die kleinste Nachlässigkeit könnte ihr auffallen.

Sie sah in den für ihn makellosen Rundspiegel, fuhr mit einem Finger über das blitzende Waschbecken.

Dann zog sie den Duschvorhang zur Seite und nickte stumm. Sich ihm zudrehend, sagte sie: „Für einen Mann schon ganz ordentlich.“

Klaus atmete erleichtert auf.

Nachdem Linda alles Weitere begutachtet hatte und er ihr in der Küche gegenüberstand, sagte sie:

„Ich nehme den Raum, wenn's geht.“

„Klar geht das“, sagte er, „gerne, sehr gerne.“

„Der Preis …“ Sie hielt inne und nahm einen ernsten Ausdruck an. „Ist da … gibt's noch Spielraum?“

„Ist nicht geplant, aber wie viel denn?“

„So fünfzig etwa.“

Schnell überlegte er, sah die Zahlen Null und Fünf, die vor ihm hin- und hertanzten, ihn dann auslachten. Doch ihr Ja-Gesicht hatte ihn längst überzeugt.

„J-jo, auch gut.“

„Ich muss mich darauf verlassen, Klaus.“

„Kannst du.“

Linda visierte ihn an, woraufhin er seine Aussage zu eilig komplettierte: „Kannst dich drauf verlassen, mein ich. Wann möchtest du dann einräumen?“

„Diese Woche?“

„Klar.“ Zu oft benutzte er dieses Wort, um zu kaschieren, dass ihm nichts anderes eingefallen war.

„Dann bring ich Samstag, so ab dreizehn Uhr meine Sachen rüber. Passt dir das?“

„Jo, kl… Brauchst du Hilfe dabei?“

„Danke dir, da habe ich schon wen.“ Stets sprach sie „schon“ mit kurzem Vokal, als folgten zwei n.

Sie reichte ihm zum Abschied die Hand. Klaus hielt sie einen Moment länger als nötig fest.

Keine persönliche Frage hatte sie ihm aufgedrängt. Selbst das Bad schien ihr nichts auszumachen, hatte sie sich doch gleich für das Zimmer entschieden. Mit ihr könnte er sich verstehen.

Mit einem Seufzen drückte er auf dem Telefon die Stummtaste. Jetzt musste nur Jeff noch das andere Zimmer nehmen und die Welt käme wieder in Ordnung.

Vielleicht war heute ein entscheidender Tag.

8.

Am nächsten Mittag fuhr Klaus zur Mensa und registrierte Fahrräder, Dealer und die hektische Atmosphäre. So vertraut, als wäre er gerade erst dort gewesen. Sie begleiteten seine unsicheren Schritte, die ihn zu Solveig trugen.

Was um alles in der Welt wollte sie ihm mitteilen? Er atmete tief ein und aus. Es stand ihm keine Prüfung bevor, aber es fühlte sich so an. Eine richtige Verabredung mit Solveig hatte er bisher nicht gehabt. Sein Umgang mit ihr hatte sich aus der Gemeinsamkeit ihres Studiums und den gleichen Vorlesungen ergeben.

Im Foyer spielten ein paar Leute am Kicker, wie immer. Die Metallstangen sausten hin und her, prallten dumpf gegen die Außenbanden und verhinderten den Einschlag der Kugel. Auf gleicher Höhe wie der Tisch hing jetzt ein Wandbild, viel Rot und Orange wurde aufgetragen. Total experimentell und irgendwie an das Werk von Jackson Pollock erinnernd. Früher wäre das wohl entartet gewesen.

Klaus durchquerte das Foyer, am Kicker vorbei. Der Korkball knallte in eins der Tore, vier Hände klatschten sich ab, Gesichter und Stimmen triumphierten. Achtundzwanzig Stufen ging er die Treppe rauf. Oben wartete eine Handvoll Leute.

Die linke Essensschlange – hier standen weniger an - führte ihn zum Hauptmenü, wo ihn Seelachs in Knusperpanade, Kartoffeln und Kichererbsen erwarteten.

Bei einer Kassiererin, deren frisches Gesicht er nicht kannte, zahlte er und suchte einen geeigneten Platz. Ein freier Tisch neben dem Treppchen zog ihn an. Das Besteck noch, er riss zu viele Servietten heraus. Im Rücken spürte er Blicke, die auf ihm lagen. Betont gelassen ging er weiter. Schritt für Schritt, das Tablett hingeschoben, und die mit Erbsen gefüllte Schale rutschte gegen den Teller.

Nach einer Kartoffel und einem Bissen Lachs entdeckte er Solveig an dem Längstisch, an dem sie immer aß, als wäre er für sie reserviert. Die Leute um sie herum kannte er nicht, bis auf einen und auch den kaum. Sie bemerkte ihn, lächelte und hob ihre Gabel, was er erwiderte. Ihre Bekannten reagierten nicht.

Schatten zogen vorbei, die schmalen Gänge zwischen den Tischgruppen hindurch. Ab und zu hob Klaus halb den Kopf, guckte hinterher. Die Geräusche - Gemurmel, prustendes Gelächter, klimpernde Teller - änderten sich nie. Nur die Gesichter wechselten.

Bis auf einige Erbsen aß er alles auf, brachte das Tablett weg und ging in die Cafete für Nichtraucher. Hinter der Kasse hockte, solange er denken konnte, die weißhaarige Frau, die ihn eigentlich erkennen müsste. Ihr Blick verriet das aber nicht. Sie zog die Mundwinkel genauso hoch wie zig tausend Male zuvor. Wohl egal, ob ein Neukunde oder Stammgast bei ihr bezahlte. Hatte er nicht sogar schon einmal mit ihr geredet? Ein Unwetter hatte damals getobt. Und sie hatte zu ihm gesagt, dass er besser den Sturm abwarten sollte, was er nickend bejaht hatte. Sie ahnte nicht, dass sie für Klaus eine Leuchtboje im Meer seiner verlorenen Zeit darstellte, weshalb er sie zu kennen glaubte.

Das Milchkännchen überzeugte ihn nicht und Zucker hatte er sich abgewöhnt. Ob der reichhaltigen Mahlzeit strich er sich über den Bauch und setzte sich an einen Vierertisch. Den ersten Schluck Kaffee zog er zwischen den Zähnen durch und züngelte an einem unteren Backenzahn, der durch Nahrung oder Borsten berührt manchmal schmerzte.

Durch das raumhohe Glas verfolgte er Solveigs Gang, wie sie die Treppe herunterkam und mit den anderen sprach. Sie wusste, er wartete hier. Schließlich ging er nach dem Essen oft hierher. Mit Küsschen verabschiedete sich Solveig von ihren Begleitern und wendete sich der Cafete zu. Nachdenklich schlenderte sie, den Kopf gesenkt, um die Ecke.

Überall steckte Vergangenheit und sie dachte vielleicht daran, wem sie hier schon alles begegnet war. Jedenfalls tat er das häufiger, sah kurz Gesichter vor sich und hörte Stimmen von Bekannten, die er zu Hause wieder verdrängt hatte.

Er zählte fünf Schritte mehr, als er für den Weg brauchte. Das Mauerwerk verdeckte sie einen Augenblick, gab sie bald wieder frei. Sie kam auf ihn zu und sagte:

„Hast hergefunden. Hallo.“

„Jo, trotz aller Strapazen.“

„Ach, die bummeln ja wieder was ab.“

Er hob sein Kinn.

„Die Öffentlichen streiken doch. So warnmäßig.“

Sie streifte ihre Tasche ab, nahm Platz und sah sich in der wenig besuchten Cafete um. Beidhändig fasste sie die Lehnen und die Stuhlbeine scharrten nach hinten. Ihr blasses Gesicht wirkte angestrengt.

„Weißt du, Klaus, wir hätten uns auch verpassen können."

„Nicht hier." Er trank einen Schluck. Wässrig wie immer, schonte seinen Magen.

„Und? Wie geht es dir so?", fragte er vorsichtig nach.

„Gut, gut. Viel Stress, aber das ist ja nichts Neues."

Sie wich seinem Blick aus.

Wann kam sie darauf zu sprechen? Oder erwartete sie, dass er danach fragte?

Ihr peinliches Schweigen übertönte alle anderen Geräusche. Nur sie beide waren noch da. Am einzigen Tisch in der leeren Cafete.

„Weswegen ich …", sie holte tief Luft. „Also heute ist mein letztes Mal hier."

Es brauchte einige Sekunden, bis er realisierte, was sie gesagt hatte. Das beklemmende Gefühl in seiner Brust nahm zu, flachte dann wieder ab. Plötzlich überkam ihn eine tiefe Leere.

„Echt?"

„Bin seit zwei Monaten fertig. Das war's dann wohl." Verstohlen blickte sie ihn von unten an.

Solveig hatte ihr Studium zwei Jahre nach ihm begonnen und war zielstrebig. Warum hatte er es nicht erwartet?

„Glückwunsch."

„Welch Ehre", piepste sie und griff sanft nach seiner ausgestreckten Hand. Ihre braun glänzenden Knopfaugen schauten herzlich, wie er es von seiner Oma gekannt hatte.

„Aber du musst auch mal zusehen, dass du das hinkriegst."

„Wird schon werden“, versprach er Solveig, ohne zu wissen, wie er das bewerkstelligen sollte. Selbst eine Mondfahrt erschien ihm das leichtere Unterfangen zu sein.

„Bleibst du hier oder g…?“

„Bis Samstag noch.“ Ein- oder zweimal zuckte ihre Unterlippe. „Montag fang ich in Hamburg an.“

„Wow. Das ist ja … da ganz?“

„Ja, ist wohl besser so. Fürs Erste.“

„Was denn genau?“

„Im Consulting.“

„Interessant“, sagte er schnell, obwohl er sich nichts Langweiligeres vorstellen konnte. „War’n ja doch einige Jahre.“

Jetzt ließ auch sie ihn endgültig allein. Wie all die anderen, die Karriere machten und Familien gründeten.

Warum konnte er nicht immer so mit ihr zusammensitzen? Irgendwann würde er das Drumherum einfach ausblenden.

„Ich werd trotzdem vorbeischauen“, sagte sie trotzig. „Bin ja nicht aus der Welt. Falls du übrigens Unterlagen brauchst oder irgendwas, kannst d…“

„Schon gut.“

„Du, ich schreib dir mal meine Nummern auf, Adressen und so.“

„Die habe ich noch, glaub ich.“

„Die in Hamburg?“

„Nee, die grad nicht.“

Solveig kramte in ihrer zerknitterten Leinentasche und zückte einen dunklen Magic Marker. Eilig schrieb sie auf einen Flyer, der auf dem Tisch lag, und verharrte.

Aus ihrer Tasche nahm sie ein gelbes Büchlein, auf dem „Super wichtig“ stand, und schlug es ungeduldig auf.

War er auch darin vermerkt?

Sie schaute hinein, strich auf dem Flyer ein Wort durch und schrieb weiter. „Dieses ganze Abschiedsgetue“, ihre Augen schweiften umher, „das macht mich noch ganz fahrig.“ Unter ihrem Strickpullover zog sie den Blusenkragen hervor.

„Du freust dich nicht.“

„Doch, klar doch. Aber irgendwie ist das so, ja, als wenn jemand stirbt.“

Er ließ eine Hand auf den Holztisch fallen. „Irgendwer krepiert immer.“

Solveig lachte halb. „Genau so was wird mir fehlen.“

„Was denn?“

„Na, was du gerade gesagt hast.“

„Dass jemand krepiert?“

„Kein anderer hätte das … keinesfalls so.“

Sie reichte ihm das Stück Papier, auf dem sie alles notiert hatte. Die Vorderseite wies auf die StuPa-Wahl hin, dem Parlament für Idioten, das sich um die Belange der Studenten kümmerte. Seitenverkehrt schimmerten die Buchstaben durch das Papier.

„Hatte ich doch alles. Bis auf Schanzenstraße 115.“

„Schön da, könnt dir gefallen.“ Sie pustete sich ihr nussbraunes Haar aus dem Gesicht, das er weit heller in Erinnerung hatte. „Und du … hast du dich jetzt zurückgem…“

„Nächste Woche. Das eilt nicht“, sagte er.

Ob am ersten oder letzten Tag der Rückmeldefrist, es zählte beides gleich.

„Ah, ja. Geh am besten schon Donnerstag hin."

„Gibt's dann Rabatt?"

„Wurde gerade gesagt, weiß nicht genau." Solveig wendete sich zur Seite, wo einige Leute vorüberschlurften und sich wortreich unterhielten. Ihren frischen Gesichtern nach zu urteilen, waren sie Erstis oder wenige Semester weiter.

Wie wohnten solche? Allein, wie Solveig und er, oder zu zehnt und mehr wie Jeff damals? Gab es dafür ein Richtig oder Falsch?

„Könntest du dir vorstellen, dass ich ..., dass jemand bei mir wohnt?"

„Mit dir zusammen, Klaus?" Ungläubig riss sie die Augen auf. Verständlich, denn er glaubte es selbst kaum.

Er nickte, und dass sie nicht loslachte, beruhigte ihn.

„Platz hast du ja."

„Dann nicht mehr."

„Wie heißt denn die Glückliche?"

„Nope, ... nicht so jemand."

Wenn Solveig ihn so anblickte, überkam ihn das Gefühl, ein besserer Mensch zu sein. Sie war die Antwort auf die Frage gewesen, die er nie gestellt hatte, jedenfalls niemals richtig.

„Glaubst du wirklich ... also, dass du echt mal wieder herkommst?", fragte er hoffnungsvoll.

„Na klar. Ist doch schön hier, oder?"

„Mit anderen bestimmt."

Solveig fasste sich ans Knie. „Mich hält ja nichts oder niemand auf. Nicht mehr."

Er hielt den Flyer krampfhaft fest, als stünde darauf eine unheilvolle Diagnose. Wieder las er die fremde Adresse, die ihm wie eine Täuschung vorkam.

Erst jetzt begriff er, dass sie fortziehen würde.

Bedauerte er es?

Monatelang hatte er sie nicht gesprochen und sich daran gewöhnt. Irgendwie wusste er, sie sei da, was etwas anderes war.

Selbst wenn er wollte, dass sie bliebe, würde er sie nicht mehr umstimmen können.

Im Hintergrund erkannte er den untersetzten Kasachen, von dem er geglaubt hatte, der sei längst weg. Im Tutorium hatte dieser öfter neben ihm gesessen und ihn immer „Gauß“ genannt, dann breit gegrinst. Zu Recht, denn von dessen Fähigkeiten war nicht nur Klaus unzählige Galaxien und Milliarden von Lichtjahren entfernt.

„Du, ich fahr übrigens gleich nachher in die Heimat. Falls du die Ordner haben möchtest, dann komm mit.“

„Zu deinen Eltern?“

„Nein“, sie lachte. „Nur zum Auto.“

Zügig trank er aus und sie standen auf. Die Tasse zwängte er klirrend in einen Abräumwagen. An der Tür ließ er ihr den Vortritt, wobei Solveigs Schulter ihn berührte. Kurz fühlte er ihre Wärme, gerne hätte es länger sein können.

Eine stämmige Frau in einem ärmellosen Kittel führte eine Poliermaschine übers kastanienbraune Parkett.

Der Kaffeegeruch in seiner Nase wurde übertüncht. Plötzlich tauchte der alte Chemieraum in seiner Erinnerung auf.

Der Kickertisch war nun verwaist.

Kein Ball, der laut gegen die Wände polterte und kein Kichern, das diese Aktion begleitete.

Früher hatte es Klaus missmutig gestimmt, Orte, die so von Leben und Worten überquollen, allmählich verlassen zu sehen. Vor langer Zeit hatte sich dieses Gefühl verabschiedet. Geräusche waren seltener, in der Luft waberte Staub, füllte leere Stühle und Flächen aus. Licht durchflutete das viele Glas. Auch der Vorplatz war jetzt unaufgeregter und ahnte das nahende Wochenende.

Auf der linken Seite der Mensa angekommen, entdeckte Klaus ihren hellgrünen Twingo sofort, der zwischen den gemäßigten Farben herausstach. Die Kratzer am Heck waren noch da, auch die Beulen und Rostflecken.

Solveig öffnete den Kofferraum, hievte eine Tüte heraus und reichte sie ihm mit beiden Händen.

„Ist das Wichtigste drin. Wenn du noch mehr brauchst, der Ruwen hat den Rest."

„Dieser Typ von gerade, der mit dir am Tisch gesessen hat? Hat der nicht oft einen Airedale dabei?"

„Genau", sagte sie überrascht und schloss die Heckklappe.

„Ohne das", sie deutete zur Tasche, „wäre ich wirklich aufgeschmissen gewesen. Wirst schon sehen."

Ihre vertrauten braunen Knopfaugen suchten seinen Blick, Solveigs Hand streckte sich ihm entgegen. Im letzten Moment breitete sie beide Arme aus und herzte ihn.

Warm strich ihre Wange an seinem flaumigen Bärtchen entlang, ihr Haar kitzelte wohlig an seinem Hals. Er tastete sich vorsichtig zu ihrem Schulterblatt.

„Dann … alles Gute“, sagte Klaus.

Nach einigen Momenten ließ sie ihn los. Solveig lächelte wehmütig und wendete sich zur Fahrertür.

Halb drehte sie sich ihm zu: „Klaus, ich meld mich. Versprochen.“

„Wem gebe ich die Sachen, also falls ich …?“

„Kannst du behalten.“

Sie stieg ein und zündete dreimal. Im Standgas knatterte der Dieselmotor erbärmlich. Sie parkte rückwärts aus, gönnte dem Auto eine Pause, ihm ein Abschiedslächeln, und fuhr ruckartig los. Der Qualmschleier, den sie hinterließ, biss in seinen Augen. Durch eine Hand versuchte er ihn aufzuhalten. Solveig hupte, worauf er winkte und ihr nachsah, bis sie abbog und stadtauswärts in ihr neues Leben aufbrach.

Nummer hundertsiebzehn auf seiner Namensliste der Verschwundenen. Ganz sicher.

9.

Die Tür öffnete sich und Frauke kam herein, ihre spitzen Stiefel knarzten auf dem Linoleum. Mit einem nüchternen „Bitte“ brachte sie einen Packen Kopien zu Judiths Schreibtisch, einen Aktenordner quetschte sie ins Regal. Dann setzte sie sich Linda gegenüber und kniff die violetten Lippen zusammen. Linda starrte weiter auf ihren Bildschirm, versuchte sie nicht zu sehen und tippte Rechnungsbeträge in eine Maske ein.

Frauke Bugens färbte ihr Haar pechschwarz. Sie trug ausschließlich Tuniken in schwarz, grau oder weiß. Und obwohl schon dreiundzwanzig, war sie erst im zweiten Ausbildungsjahr. Linda saß mit ihr und Judith Graberg, der Leiterin der Buchhaltung, im selben Büro. Sie kamen miteinander zurecht. Trotzdem beschlich Linda das Gefühl, Frauke wollte sie nicht dahaben. Ihre schnippischen Antworten sprachen Bände.

Judith wollte ihr heute beim Einräumen helfen. Das hatte Frauke mitbekommen. Zum besseren Verhältnis untereinander hatte das nicht beigetragen. Die Bugens brauche sich nicht zu wundern, hatte ihre Chefin gemeint, die nun vom anderen Ende des Büros fragte:
„Gleich zur Wohnung?“

Frauke schlenderte unterdessen zum Aktenschrank. Sie entnahm einen Ordner und verließ das Büro.

„’Türlich“, sagte Linda.

„Okey-dokey. Der Van müsste wieder da sein.“

„Mit dem Nissan würd’s gar nicht gehen“, sagte Linda.

Judith reagierte nicht.

Stattdessen starrte sie auf ihren Bildschirm und kniff ihre Augen zusammen. „Pfff", machte sie. „Die spinnen doch!"

„Was?"

„Gut, gut. Am Montag biste ja nicht da."

„Na danke, dass du mich an die Schule erinnerst."

„Von der Zentrale kommt all der Papierkram rüber", Judith blickte, als hätte sie Zahnweh. „Das geht auf die Knochen."

Nachdenklich nahm Linda Kugelschreiber samt Block, die vor ihr in Griffnähe lagen.

„Hmm, dann wird's ja wieder superdicht hier." Judith hob eine Hand, wie um Sonnenlicht abzuschirmen. „Da muss ich improvisieren. Mit dem neuen Monitoring."

„Dienstag bin ich ja da."

„Zum Glück."

Ihre Chefin setzte zu ihrer tieferen Befehlsstimme an, die Linda von manchen Telefonaten her kannte. „Die haben ein straffes Korsett, ergo Notlösung."

„Gut", sagte Linda und legte die Schreibsachen zurück. Irgendwie roch das nach einer Arbeit, die gleich am Anfang der Woche ihre volle Konzentration erforderte. Von Null auf Hundert sozusagen.

„Danach startet das Wochenende, Linni?"

„Und ist offen wie die Monatsmiete."

„Damals habe ich auch erst ein bisschen gebraucht", sagte Judith versonnen.

„Leide ich nicht grad dran."

„Umso besser." Ihre Vorgesetzte schlug mit den Fingern auf die Tischkante. „Yes, auf ins Leben."

Schwungvoll stand Judith auf und drehte sich zur Garderobe, wo sie ihren camelfarbenen Kurzmantel überwarf.

Linda prüfte ihre Eingabe und speicherte ab.

„Brauchst du noch?“ Judith spielte mit einem Schlüsselbund herum.

„Die Frauke ist noch hinten.“

„Schafft die schon.“

Die Kollegin ließ auf sich warten. Linda drehte sich zur Tür. Dann akzeptierte sie Judiths Aussage und klickte einige Male auf die Maus. Der Bildschirm ließ die unfertige Rechnungsmaske verschwinden und zeigte an, dass er in den Ruhestand überging. „Gut.“

Beide verließen das Büro.

Draußen verabschiedeten sie sich: „Bis nachher.“

Judith hielt gewohnt eckig auf die U-Bahn zu. Von irgendwoher rief jemand. Unwillkürlich blickte Linda zum Bürofenster hoch, aus dem sich Frauke beugte.

„Warte“, schallte es vom vierten Stock im Befehlston herunter.

Linda bockte ihr Aluminiumrad auf den Ständer.

Was wollte sie von ihr? Bräuchte sie wieder Hilfe, würde Linda diesmal „nein“ sagen. Ganz bestimmt würde sie das. Frauke kümmerte sich um nichts. Und ständig hieß es „Mach mal dies“ „Hol mal das“, immer, wenn sie allein im Büro waren. Nein, heute würde sie dagegenhalten.

Aus dem Gebäude kam eine Handvoll Leute, die sie nicht kannte. Auf dem Weg zum Parkplatz erzählte einer lauthals und lachte dabei.

Ein anderer holte ein Taschentuch hervor, unbeachtet fiel etwas herunter, das wie ein Spitzdach liegen blieb.

Linda wartete, bis die Männer weg waren, lehnte ihren Stoffbeutel an das Hinterrad und guckte nach. Sie bückte sich und erkannte einen mehrfach zusammengefalteten Schein. Verstohlen blickte sie sich nach allen Seiten um und stopfte die zwanzig Euro schleunigst in ihre Hosentasche.

Als sie wieder neben ihrem Rad stand, kam Frauke erhabenen Schrittes, wie aufgezogen, aus der Drehtür. Linda errötete. Hatte Frauke sie gesehen?

Sie legte ihre College-Jacke auf den Gepäckträger. Die Hände vergrub sie in den Taschen ihrer Bluejeans.

Frauke stoppte auf ihrer Höhe und baute sich gerade vor ihr auf. Patchuliduft drang herüber. Das Rad zwischen ihnen fungierte als notdürftige Barriere.

Innerlich bereitete sie sich auf das Nein vor, das sie mit zu wenig Zeit erklären würde, also mit der Wahrheit.

„Ich bin noch nicht fertig mit dir und der anderen. Werdet schon sehen, was ihr davon habt!“, sagte Frauke.

Linda neigte ihren Kopf zurück, so als könnte Frauke ihr jeden Moment ins Gesicht schlagen.

„Wunderschönes Wochenende, Linni!“

Zackig drehte Frauke sich, ihr Bein scherte wie eine Sense aus und streifte die Speichen des Fahrrads.

Lindas Kollegin entfernte sich mit zügigen Schritten. Eine Autolänge neben der Fußgängerampel, die zu grün wechselte, überquerte sie die Fahrbahn, ohne den Verkehr zu beachten. Linda fixierte einen Punkt am Boden. Ihr Blick legte einen Weg zurück, der sich durch das Pflaster hindurchschlängelte, an Grasbüscheln und Steinchen entlang, bis sie die schmalen Linien nicht mehr erkennen konnte.

Mit der Zunge fuhr sie sich über ihre trockenen Lippen und befürchtete, dass die Entscheidung zur Ausbildung falsch gewesen war. Das karge Gebäude, das vor ihr in die Höhe ragte, versprach nichts.

***

Die Zeit, zu der Linda vorbeikommen wollte, rückte heran. Wie ein tiefer Abgrund tat sich dieser Termin vor ihm auf. Jede Minute brachte ihn näher dahin. Wen würde sie als Umzugshelfer bei sich haben? Einen älteren Bruder, den Freund ihrer Schwester, falls sie eine hatte, oder ihren Freund?

Ein Blitz des Unwohlseins durchzuckte Klaus. Er kannte sie zwar kaum, hatte sich aber in ihrer Nähe wohlgefühlt. Sich vorzustellen, ein Freund erhielte ihre ganze Aufmerksamkeit, gefiel ihm gar nicht.

Es klingelte ganz kurz. Er ging in den Flur. Niemand da. Beim letzten Mal musste sie so ins Haus gekommen sein.

„Same procedure as every time."

Klaus griff zum Türöffner und kontrollierte wiederholt, ob etwas den Weg versperrte. Die Kartons und Klappboxen, die in ihrem Zimmer gestanden hatten, lagerten nun in einer Abstellkammer. Er lehnte sich neben die Garderobe und starrte auf den Boden. Immer noch brannte es auf seiner Zunge. Ein fruchtig scharfer Geschmack schwang seinen Schlund rauf und runter.

Die Tabletten, die er geschluckt hatte, bewirkten vieles.

Wunderdinge eher nicht.

Es klopfte an der offenen Tür.

„Zwei Pakete, hallihallo", sagte Linda, kam rückwärts herein und stellte einen Umzugskarton ab, den sie und eine über dreißigjährige Frau trugen.

Mit Grübchenwangen steuerte sie auf ihn zu. Ihr Haar hatte sie wie vorgestern geflochten. Er erwiderte den bereits vertrauten, kräftigen Handschlag. Dann machte sie ihn mit ihrer Verstärkung, zum Glück alles Helferinnen, bekannt. Die Älteste, Judith, war eine Kollegin. Die anderen beiden, Daphne und Tessa, die einen kleineren Karton hielten, spielten mit ihr im selben Sportverein.

„Ich kann euch selbstverständlich gerne helfen", bot er an und verschluckte wie so oft eine Silbe. Die Hände versenkte er in den Hosentaschen und versuchte, vier weiblichen Augenpaaren zu entkommen.

„Schon gut, Klaus, wir kommen klar."

Als er darauf bestand, irgendetwas tun zu wollen, lenkten sie ein.

In wortloser Übereinstimmung nahmen sie die Treppe, sie sprachen wenig, Blicke wurden gewechselt. Klaus fixierte die Außentür mit dem Stopper und sie gingen zu den Autos. Vorne ein staubgrauer Van, der Judith gehörte, dahinter ein mintgrüner Nissan. Der mickrige Lift, den er nie benutzte, erleichterte das Hochtragen. Fast alle konnten anpacken, was er nicht vermutet hatte. Wohl auch deshalb und nicht aus falschem Stolz hatten sie sein Hilfsangebot nicht sofort angenommen.

Da in Lindas alter Wohnung noch Möbel und andere Gegenstände warteten, die nicht mehr ins Fahrzeug gepasst hatten, fuhr sie mit Judith und Daphne im geleerten Van noch einmal los. Tessa blieb bei Klaus zurück.

Lindas Freundin setzte sich auf die zweite Treppenstufe, die Ellbogen stützte sie auf die Knie. Klaus schätzte sie auf etwa achtzehn. Ihr rötlich blondes Haar hatte sie hochgesteckt, Sommersprossen auf den blassen Wangen und der Nase verliehen ihrem frechen Gesicht ein süßes Aussehen.

Sie steckte sich eine Zigarette an, ohne sich darum zu kümmern, dass sie sich in einem Gebäude befanden. Klaus lehnte steif am Geländer.

„Kannst auch eine haben", sagte Tessa.

„Nee."

„Nichtraucher?"

Klaus nickte.

„Du redest nicht viel, was?"

Verlegen schaute Klaus zu Altwegners Tür.

Wo steckte der, wenn er ihn mal brauchte?

„Magst du Linda?", sagte Tessa unvermittelt und nahm einen langen Zug.

Warum wollte sie das denn wissen?

„Äh, … jo. Du nicht?"

„Doch, doch. Ist meine beste Freundin. Seit drei Jahren."

Kräftig stieß sie den Rauch zur anderen Seite aus.

Er hüstelte. „Dann seid ihr wohl oft zusammen, oder?"

„Ja, das machen Freunde so."

Klaus senkte seinen Blick. Dann lehnte er sich stramm ans Treppengeländer.

Die Haustür öffnete sich und jemand kam in den dunklen Flur herein. Es war Altwegner.

Er machte Licht und ging zu seiner Wohnung, die gleich vorne rechts lag.

„Hallo“, rief Klaus.

Seine Tragetasche stellte der Rentner vor der Tür ab und blickte zu ihnen. „Ah, der Herr Student.“

Dann kam er zur Treppe. „Sie wissen aber schon, dass … No ja, Schwamm drüber.“ Er wischte sich die Hand an der Stoffhose ab.

„Ja, Grüß Gott, schöne Frau! Altwegner, mein Name, der Gerd.“

„Tag, Tessa,“ sagte sie wenig begeistert, als er ihr die Hand reichte.

„Da ham's aber eine schöne Freundin. Gratulation!“

„Nee, nee … keine Freundin. Eine Bek… eine Freundin einer Bekannten, äh Mitbewohnerin.“

„Soso? Jemand Neues im Haus. Ist immer gut.“

Tessa lächelte gezwungen. Dann blickte sie Klaus auffordernd an.

„Verstehe schon. Die junge Leit wollen allein sein.“

Altwegner zupfte an seiner beigen Cordjacke herum. „Hat mich gefreut, Fräulein Tessa.“ Er drehte sich weg und marschierte zu seiner Wohnung.

Nach einem kurzen Seitenblick verschwand er drinnen.

„Was war das denn für einer?“, sagte sie kopfschüttelnd.

„Der ist harmlos. Ist ganz allein, die Frau ist tot.“

„Passiert“, sagte Tessa trocken und schnippte den Stummel weg.

Sie rauchte noch zwei weitere Zigaretten, bevor die anderen mit dem neu beladenen Fahrzeug zurückkamen: Mit einem Schülerschreibtisch und Polsterstuhl, einem überdimensionalen Computer, Zubehör sowie sechs Kartons war nach einer Stunde die größte Fuhre untergebracht. Niemand hatte sich an den Kanten verletzt oder schien besonders erschöpft. Bis auf Klaus, der versuchte, sich nichts anmerken zu lassen und ruhig durchatmete.

Im Flur hängte Tessa ihre dunkelgrüne Lederjacke über Lindas und folgte den anderen in die Küche. Die Couch, auf der einen Seite um zwei Stühle erweitert, bot sich an, um hineinzufallen. Da saßen sie nun. Seine Couch erfüllte erstmalig ihren eigentlichen Zweck.

Klaus wartete, bis alle Platz genommen hatten und guckte in die Runde, als würde er einen aufmerksamen Gastgeber imitieren.

Er hatte nie Gäste und wusste nicht, was zu tun war. Seine Eltern reichten bei solchen Anlässen gleich einige Flaschen und auch Spirituosen. Würde ein Bier jetzt passen? An ihren fragenden Blicken, die ihn durchbohrten, merkte er, dass er etwas sagen sollte. Irgendetwas.

„Was … was möchtet ihr denn nu trinken? Ich hab Mineralwasser, Cola Light … und Lagerbier."

„Ich nehme ein Bier." Linda wirkte doch geschafft und sprach nasal.

„Puh, ich auch", schloss sich ihr Judith an.

Dass sie gerne ein Feierabendbier mit ihm tranken, hatte er nicht erwartet, es imponierte ihm aber.

„Ist die Cola eiskalt?", fragte Tessa.

„Nee."

„Dann Wasser."

„Für mich bitte auch", sagte Daphne.

„Ich muss ja noch fahren, ne."

Tessa schaute zum Flatscreen hoch, der auf einem

Wandbord stand. „Hab auch noch Abschlusstraining."

„Als ob du das brauchst", sagte Daphne.

„Was spielst du denn?"

„Volleyball. Bin Stellerin."

Klaus nickte stumm, denn über diesen Sport wusste er nur, dass Frauen ihn mochten.

Aus der Kiste nahm er drei Flaschen Bier, eine krachte zurück. Klaus bückte sich erneut und pustete. Hastig öffnete er die Flaschen und stellte sie an die jeweiligen Plätze.

„Ich wollt eigentlich Wasser", sagte Daphne und reichte die Flasche Judith.

„Jo, richtig. Ihr braucht auch Gläser."

„Na, geht auch so", sagte Linda. Ihre Kollegin nickte zustimmend.

„Cool."

Er sortierte sich kurz. Dann holte er doch zwei Gläser aus einem Schrank, sah, dass eines einen Sprung hatte und nahm ein anderes heraus. Samt einer Wasserflasche brachte er alles zum Klubtisch. Die Zigarettenschachtel, die wie eine ungestellte Frage vor Tessa gelegen hatte, war nun weg.

Kurz war es still, sodass er ihre Gedanken zu hören meinte. Etwa zu seinem ungebügelten Shirt oder dem Flaumbart, der sich unregelmäßig über seinem Kiefer verteilte. Tessa, die ihm gegenübersaß, preschte vor: „Du wohnst hier noch nicht lang, stimmt's?"

„Schon 'ne Weile." Sieben Jahre waren es, was er nicht zugeben wollte.

„Ist so unpersönlich." Sie ignorierte Lindas strafende Miene. „Du wohnst ganz allein hier?"

„Jo, wieso?“

„Ist recht luftig für einen Mann, ne, selbst für zwei.“

„Hat mich nu nicht gestört.“

„Hast du denn keinen Freund oder Freundin?“

Warum machte sie das? Vorhin auf der Treppe hatte sie ihn weniger gefragt. Besonders nachdem Altwegner aufgetaucht war.

„Was soll denn so was?“, zischte Linda ihr zu und sagte an Klaus gerichtet: „Du musst entschuldigen. Manchmal gehen die Pferde mit ihr durch.“

Trotzig wendete Tessa sich zur Seite.

Zu Linda sagte er: „Ist schon in Ordnung.“ Dann zu ihrer Nachbarin: „Nee, hab ich nicht“, und verbesserte sich, „also keine Freundin.“

Tessas Gesichtsausdruck ließ keinerlei Wertung erkennen.

„Hast du denn“, konterte er, „’nen Freund?“

„Nö“, sagte sie unbeteiligt, „bin auch solo.“

Es schien ihr nichts auszumachen. Ob das die Wahrheit war, blieb verborgen. Ihre langen Wimpern verdeckten ihren Blick.

„Stören wir euer Date?“, fragte Judith.

Irritiert überlegte Klaus. „Aus Platzgründen“, sagte er verhalten, „müssen wir uns bei dir treffen.“

Alle lachten, was ihn überraschte.

Tessa lehnte sich vor und griff nach ihrem Glas. Silberne Buchstaben glitzerten auf ihrem schwarzen Shirt. „Der Kühlschrank ist auch blank, null Postkarten oder so.“

Wollte sie ihn vor den anderen vorführen?

Er bat innerlich um Hilfe, Nachsicht oder irgendetwas,

das ihn aus dieser Situation befreien könnte.
Vielleicht musste er einmal patzig sein und sie in die Schranken weisen.

„Die sind … hab ich nu woanders."

„Darf ich den Kronkorken behalten?", fragte Linda mit diesem Mädchenblick, den er bei ihrer ersten Begegnung gesehen hatte.

Gut, dass Linda sich einschaltete. Vielleicht war Tessas Verhör damit beendet. „Jo, klar. Warum denn?"

„Die Verlosung. Da mach ich mit."

„Immer noch?"

„Die wollen nur deine Daten", sagte Daphne.

„Na, wenn ich das Auto krieg."

„Du hast nicht mal 'nen Führerschein."

„Pfff, dann mach ich den oder … oder verk…" Linda schob ihre Oberlippe hoch, ihre Nase kräuselte sich. Kräftig rieb sie sich über ihr Gesicht, blickte auf und lächelte in die Runde.

„Vielleicht wäre die Reise besser", sagte Tessa einen Tick zu laut.

„War schön mit euch als Freundinnen. Ich schick 'ne Karte. Dir auch." Linda visierte Klaus an.

„Ja, so ist meine Auszubildende. Immer aufmerksam."

„Du bist ihre Firmenchefin?", fragte Klaus.

„Nein, ich leite nur die Buchhaltung. Die Handelsfirma gehört jemand anders."

„Interessant", sagte er.

„Sie hat mich da reingelotst. Ohne Kontakte läuft das meistens nicht."

„Echt? Ich dachte, weil du so gut in der Schule warst", sagte Tessa.

„Auch."

„Ich kenne ihre Mutter ganz gut, kaufe seit Jahren bei ihr ein."

„Für die Firma?", fragte Daphne.

Judith lachte. „Wir handeln nicht mit Parfum, sondern mit Reinigungsgeräten."

Klaus blickte sich in der Küche um, die kürzlich mit solchen Geräten in Berührung gekommen war.

Allmählich gewöhnte er sich an die geballte weibliche Präsenz.

Linda schielte zu ihrer älteren Kollegin, die ihm wie eine Familienmanagerin vorkam. Letztere wendete sich lispelnd an ihn: „Was machste denn so, Klaus?"

Mit noch einer schonungslosen Frage hatte er nicht gerechnet und kippte die Flasche, wie von jemandem ferngesteuert, zu hastig zur Aufnahmeschneise herum.

Er pumpte die Backentaschen auf, behielt die Flüssigkeit im Mund und schluckte wohldosiert, was den schmerzhaften Druck auf seine Speiseröhre verhinderte.

Bestimmt erwarteten sie, von einem tollen Job zu hören, eventuell in führender Position. Sein Alter ließ das vermuten, sein Erscheinungsbild nicht. Lag es nicht klar auf der Hand, dass er keiner regelmäßigen Beschäftigung nachging? Befremdlich, schon wieder von seinem Studium zu sprechen. Zu weit hatte er sich emotional davon entfernt.

Er war nicht mehr derjenige, der sich damals eingeschrieben hatte, also sprach er von sich wie von einem alten Bekannten, mit gehöriger Distanz.

Die Anzahl seiner Semester erwähnte er ebenso wenig, wie den baldigen Abschluss seines Studiums.

Dieses „bald“ war bereits einige Jahre alt und er konnte es unmöglich weiter gebrauchen. Die Frauen merkten wohl, dass es nicht sein Lieblingsthema war, sogar Tessa hielt sich zurück.

Es gab noch mehr, warum über den Job sprechen? War studieren so etwas? Das hatte Klaus nie so empfunden, obwohl ehemalige Kommilitonen „arbeiten“ sagten, wenn sie „lernen“ meinten.

Für einige Sekunden schwiegen sie sich an.

Judith räusperte sich: „Ich … muss jetzt leider fahren. Unser Sohnemann hat nachher ein Spiel.“

„Was denn?“, fragte Klaus.

„Fußball.“

„Hab ich auch mal gespielt. Sogar im Verein.“

Ungläubig schauten ihn die Frauen an. Wirkte er mittlerweile so unsportlich?

„Ist lange her“, schob er nach.

Judith schob sich hoch. „Danke fürs Bier, Klaus! Und für das nette Pläuschchen.“

Er nickte zögerlich. „Gerne, … sehr gerne.“

Die anderen beiden schlossen sich an.

Tessa sagte, sie müsse noch zig Bälle aufschlagen, wobei sie es „zick“ aussprach.

„Kommst du auch mal wieder hin?“, fragte Daphne und stand auf.

„Wenn du mein Leben machst, gerne“, antwortete Linda und presste die Lippen zusammen.

Im Flur tätschelte Daphne ihr freundschaftlich die Schulter. Linda wendete sich Klaus zu.

„Außer dem Schlafsofa ist nur noch Kleinkram übrig. Kann ich nach und nach herüberbringen.“

Sie verabschiedeten sich per Handschlag.

Kurz standen sich alle gegenüber. Tessa reichte ihm ihre zarte Hand, danach Judith. Daphne drehte sich schon der Tür zu und öffnete sie. Leise sagte sie: „Tschüss." Die anderen wiederholten den Gruß und folgten ihr nach draußen.

Sollte er sie begleiten? Kurz traf er auf Tessas Blick und erwiderte ihr verschmitztes Lächeln. Dann gingen sie zur Tür hinaus, ohne ihn.

Ihre Stimmen hallten noch für kurze Zeit im Treppenhaus wider, die Haustür ging und es war still.

Er kippte das Küchenfenster und äugte nach unten. Neben den vorbeijagenden Autos galt sein Interesse jenen zwei, deren Türen sich vielstimmig schlossen. Hintereinander fuhren sie ab.

Eine Frische, durchmengt von Zitrusduft, erfüllte seine Wohnung. Das zeugte von menschlicher Gegenwart, die jetzt andere Orte erhellte. Klaus saß noch eine Weile auf der Couch und lächelte in sich hinein. Das ständige Reden war ungewohnt, auch Tessas anfängliche Direktheit hatte ihn überrumpelt. Hin und wieder würde er Farbe bekennen müssen, wenn er auf engem Raum mit einem anderen Menschen, noch dazu einer jungen Frau, leben wollte.

Er lauschte der Stille, die rasch zurückkam und die Wohnung beanspruchte. Sie wog etwas schwerer als zuvor, biss sich mit den eben noch stattgefundenen Gesprächen. Klaus musste sich fügen.

„Luftig; selbst für zwei", hatte Tessa gesagt.

Jetzt musste sich nur noch Jeff bei ihm melden, damit die Sache ordentlich ins Rollen kam.

Das leere Zimmer könnte ihm genügend Geld bringen, um sein Konto aufzufüllen.

Klaus hatte Frauen zum Lachen gebracht und fühlte sich gemocht. Und doch täuschten ihn die letzten Tage und Stunden nicht, die er als schön empfunden hatte.

Fünfzehn Uhr war überschritten und, wie an jedem Samstag, außer von Juni bis Juli, wartete er ab. Die Spiele standen bevor, noch immer faszinierten sie Klaus wie kaum etwas anderes. Glich die Woche einer stürmischen See - Wellen ließen ihn mal oben, mal unten sein - tauchte der Spieltag wie ein Heimathafen auf, in den er einlief. Als Neunjähriger hatten die Eltern ihn im Fußballverein angemeldet, er sollte hinaus unter andere Kinder. Er ging hin und probierte es, weil er musste. Hatte er Spaß daran?

Das fragten seine Eltern ihn nie. Anderthalb Saisons hatte Klaus durchgehalten, bis eine Stirnplatzwunde ihn rettete. Dennoch hatte ihn das Fußballfieber gepackt – als Fan, als Zuschauer, auf sicheren Rängen oder dem heimischen Sofa. Später interessierte es ihn neben Basket-, Football und Eishockey.

Klaus fand einen Link, der Simulcast anbot, also die Spiele in der Konferenz. Ein Ex-Torwart und ein Funktionär klärten provokant befragt das Publikum auf. Früher gab es zuhauf Charakterköpfe des Journalismus, die nie dazugehörten, nur am Rande dabei waren. Jetzt war jeder mittendrin und hielt sich für einen Hauptdarsteller.

Der Moderator gab an den Spielfeldrand zurück, wo ein verletzter „Goalgetter“ am Mikrofon wartete, ein „Mann aus Nigeria“.

Irgendwie diskriminierend, jemanden so zu bezeichnen. Als Kind bewunderte Klaus noch Torjäger und käme dieser Spieler aus Westeuropa, wäre es offensichtlich, dass er ein Mann wäre, dessen Herkunftsland unerwähnt bliebe.

Schalte ins nächste Stadion, wo der Zampano am Mikrophon die Vornamen der Spieler herausschrie, von heißblütigen Katalanen ergeben vervollständigt - wie im Sportpalast.

Einige Male war Klaus unterwegs gewesen und konnte die Begegnungen nicht verfolgen. Es war seltsam. Der Drang danach, dieses Vakuum zu füllen, war so groß, dass jede halbwegs sportinteressierte Person als Informant herhalten musste.

Sah er jemandem so etwas an?

Vor einigen Jahren hatte er auf der Straße den Sportmoderator eines Nachrichtensenders erkannt, der irritiert schien, aufgeflogen zu sein. Ausgerechnet jener konnte nicht mit den Ergebnissen dienen, sondern seine Begleiterin, was Klaus wie ein Treppenwitz vorkam.

Die Halbzeit brach an und er schaltete zu den Öffentlich-Gebrechlichen. Nach Sequenzen zu Wirtschaftskrise, Krieg und Völkermord traf ihn der Stechblick des Führers. Sofort schaltete er um und sah danach das Innere eines Krankenhauses vor sich.

Auch die Seifenoper, um die es sich scheinbar handelte, ertrug er nicht eine Sekunde lang und schaltete entnervt ab.

Es klingelte an der Tür, einmal lang, zweimal kurz, was ihm fremd war.

„Hmm p… wer kann das denn sein?“

Durch das Milchglas schimmerte ein weiblicher Schattenriss. War hoffentlich keine vom Pay-TV. Klaus prüfte seinen Atem. Er roch minimal Bier, die Spirituose nicht mehr.

Das Flurlicht fiel auf das von schmalen Zügen geprägte Gesicht einer etwa fünfzigjährigen Frau mit kupferfarbenem Haar.

„Grüß Gott, ist ja doch jemand daheim."

„Tag?", sagte er. „Ähm, Sie haben schon mal geklingelt?"

Klaus zog die Tür ein Viertel zu.

„Na, na, im Hause", sagte die Frau. „Einige öffnen ned."

Ständig blinzelte sie, um die Augen dann aufzureißen. Sie trug eine Cordhose, Halbschuhe und einen Pullover mit weitem Rollkragen. Ihre Füße standen eng beieinander. Vor dem dürren Bauch hielt sie einen Schlüsselbund.

„Ja, wesweng ich schlussendlich hier geklingelt hab. Mein Vater, der Herr Altwegner, kann momentan, nu, er ist für ein paar Tag fort."

Klaus verfolgte, wie sie einen Schlüssel vom Bund löste. „Ah, verstehe."

„Wissn S' davon?"

„Wenig."

„Jedenfois bat er mich, zu fragen, ob jemand den … den Schlüssel für den Briefkasten an sich nehmen, na, dafür Sorge trägt, dass sich nix aufhäuft. Jeden Tag, falls des ginge."

Ihr Blick hoffte und forderte zugleich.

„Kann ich gerne machen für ihren Herrn Vater."

„Recht lieben Dank dafia. Ich hatt' schon a Furcht, niemand mehr zu kriegen." Sie reichte ihm einen Schlüssel, der genau wie seiner aussah. Die Frau guckte so dankbar, wie es ihr wohl möglich war.

„Vater hatt' auch an all die Blumen dacht. Herrgott, die Pflanzen. Aber des hab ich grad scho … noch besorgt."

Deshalb roch es im Parterre immer wie in der Botanik.

Sie durchdrang ihn, blickte dann zum Schlüsselbund, den sie in der Faust umklammerte. Ihn beschlich das Gefühl, sie hätte den Schlüssel lieber vertrauensvolleren Händen überlassen.

„Wenn des andere erledigt werden könnt, no ja, des wäre ganz famos."

Klaus versuchte wie jemand zu wirken, der gerade ein Leben gerettet hatte; innerlich zufrieden, ohne erkennbare Emotionen.

„Wissn S', ich kann mich ned so kümmern. Wohne ganz drunten."

„In Bayern?"

„Pfarrkirchen, um g'nau zu sei."

Klaus hob das Kinn, als wüsste er nun Bescheid.

„Seit die Mutter nimmer ist, er steht ja ganz alloa."

Er überlegte, was er sagen wollte, als St. Bonifatius zur zweiten Halbzeit schlug. Abgelenkt schielte er zu seinem Zimmer, in dem die Mannschaften gleich auf den Bildschirm zurücktrotten würden.

„Möchte Sie gar ned länger aufhalten. Sie san wohl der Herr Student, gell?"

Klaus schob überrascht die Augenbrauen hoch. Was hatte der Alte über ihn erzählt?

Er bewegte die Tür hin und her und sagte: „Ganz genau“, so als gebe es daran keinen Zweifel.

„Ja, haben Sie recht liabn Dank, Herr …“, sie schaute nach einem Klingelschild, das es nicht gab, dann zur Matte. Erwartende Augen blickten ihn an und schlugen nieder, weil er stumm blieb.

Auf den Spruch, der auf der Matte geschrieben stand, reagierte sie nicht. Vielleicht verstand sie gar kein Englisch, kam in dem Alter vor.

„Das ist doch selbstverständlich“, sagte er, nickte kräftig und fühlte sich wie ein hochherziger Mitbürger.

Nach einem ungerührten Ausdruck, dem ein „Wiederschaun“ folgte, wendete sie sich zur Treppe ab. Dabei hielt sie sich stets mit beiden Händen am Geländer fest. Klaus wollte ihr „der Lift“ nachrufen, „da ist der Lift“, ließ es aber sein.

War es ihr lieber so, die Stufen unter sich zu haben, und Schritt für Schritt hinunterzugehen?

Er schloss ab, ging in sein Zimmer und platzierte den Schlüssel in einer Lücke zwischen den Büchern. Seine einzigen Exemplare weiblicher Autoren flankierten die Seiten.

Links davon stand „Jeanne“, deren Urheberin einen männlichen Namen trug, rechts der erste „Ripley“-Roman.

***

Der Anruf im Büro letzte Woche hatte Jeff überrascht. Nicht nur, dass er von einem Mobilfon kam und er im Hintergrund Kneipenatmosphäre wahrnahm, sondern mit wem er sprach.

Ein Mitarbeiter einer anderen Abteilung, der vor drei Monaten bei der Mutterfirma begonnen hatte, fragte ihn, ob er Zeit hätte, sich am übernächsten Sonnabend auf ein Bier zu treffen. Er und ein weiterer Kollege kennten die Stadt nicht und fänden es großartig, wenn er dabei wäre. Man könnte sich anders begegnen, als es innerhalb der Bürowände ginge.

Jeff sagte eher aus Höflichkeit zu. Die beiden waren fünfzehn Jahre jünger und, was Kunstanspruch betraf, ungebildet. Von den Nachrückern der letzten Jahre aber waren sie diejenigen, mit denen er sich am ehesten Privatgespräche vorstellen konnte.

Kurz nach sieben machte er sich auf und war zu früh am Treffpunkt. Es sollte eher beginnen und enden, was selten gelang, da der Alkohol nicht nach ihren, sondern nach den eigenen Regeln spielte. Treffen könnten sie sich am Großen Markt, hatte Jeff vorgeschlagen. Von dort seien die Pubs, Lounges, Klubs und Discos bequem zu erreichen.

Um dem Ganzen einen adretteren Anstrich zu geben - noch wusste er nicht, wo sie überall landen würden - hatte er ein hellgraues Sakko und ein Hemd ausgewählt, das zur braunen Jeans und zum Schal passte. Damit fühlte er sich überall angemessen gekleidet, weder zu leger noch zu schick.

Am Busbahnhof setzte er sich auf eine der Holzbänke hinter einem Wartehäuschen und beobachtete das Treiben, das eine Stadt als Überbrückung bereitzuhalten verstand.

Ein Bus fuhr ab, nur zu einem Drittel besetzt. Ein anderer, der „Leerfahrt“ anzeigte, wartete zwei Steige weiter.

Die gegenüberliegende Seite dominierten Kaufhäuser und Textilshops, die man auch anders auf die schmucklosen Nachkriegsbauten hätte verteilen können.

Müde versteckte sich die Sonne hinter tiefen Wolken, deren oberer Rand goldumspielt war. Entfernte Motorgeräusche, Gelächter und kühl untermischte Abendluft brachten Jeff Bruchstücke verlorener Freiheit zurück. Die Ahnung eines fernen Abends, der erst zu Ende ging, nachdem im Morgengrauen die letzte Flasche ausgetrunken war.

Entfernt sah Jeff die beiden durch ein Wartehäuschen, über dem die Sonne am brennenden Himmel versank. Sein Kreuz sendete ihm eine schmerzhafte Erinnerung, während er ihnen entgegenkam. Er überquerte zwei Fahrbahnen und streckte auf dem nächsten Bussteig seine Hand aus, der schulterhoch begegnet wurde.
Täppisch schlug er zum umgedrehten V ein und sagte: „Ja, ’n Abend."

„Hi", erwiderte Tom Bostkoep. Wortgleich begrüßte ihn zur Linken Erick Driesandt. Jener war so groß wie Jeff und wusste ebenfalls die Vorzüge eines Sakkos zu schätzen.

Aufgrund der pastelligen Shirts und den gebleichten Jeans ähnelten sie sich vom Äußeren, dachte Jeff zum wiederholten Male. Wäre ihr Haar nicht unterschiedlich - Toms strohblond und kurz, Ericks länger und dunkler - hielte er sie kaum auseinander. Sie hatten den dynamischen Business-Style verinnerlicht, der ähnliche Garderobe, Frisuren, Attitüden und Freundinnen hervorbrachte.

„Gehn ’mer“, rutschte ihm reflexartig heraus, um entspannter zu klingen. Nur hatten die Bayern und Zwanglosigkeit dieselbe Schnittmenge wie Politik und Ehrlichkeit. Den beiden machte es wohl nichts aus, denn sie folgten ihm und Jeff fragte sie, ob zum Start der Irish Pub okay sei, was sie bejahten.

Auf dem Ellenweg, der längs hinter den Bussteigen verlief, kamen ihnen Jugendliche entgegen und überholten sie. Ausgelassen schwenkten sie Flaschen und Dosen, neckten sich. Die Kollegen blieben ein Stück abseits. Sie unterhielten sich und Tom schaute einmal herüber, als erwarte er Kommentare würdig eines Reiseleiters.

Die Lichter aus den Gaststätten, Bars, Cafés und Kiosken, die den Abend begrüßten, wirkten noch nicht. Ein Paar mittleren Alters bummelte ihnen entgegen. Sie bei ihm eingehakt, angeschmiegt, eine Aura voller Tatendrang und erlebter Freude. Er war in Gedanken wohl bereits daheim.

Die goldene Schrift auf moosgrüner Dekoration war nicht mehr zu übersehen. In den Fenstern leuchtete und blinkte es. Jeff sagte: „Da ist es schon, das „Old Wendy’s“.“

Tom nickte, Erick blieb regungslos. Eine aparte Frau schlenderte vorüber, ließ ihr Hinterteil hin- und her tanzen, was ihn offenkundig mehr zu begeistern verstand. Jeff schritt voran durch die offene Tür. Wie ein Stammgast suchte er nach bekannten Gesichtern, die er nicht fand. Zuletzt war er vor einigen Jahren hier gewesen.

Die Kneipe war proppenvoll, was sich so ziemte, denn alles andere passte nicht zur präsenten Volkstümelei. Kaum, dass sie Platz nahmen, versorgte ein gutmütiger Kellner sie mit großen Stout Bieren. Neun Guinness später, für jeden drei, zeigte die Uhr unerklärlicherweise halb zehn und sein Toilettengang ordentliche Schwenker zu beiden Seiten. Höchste Zeit zu gehen, noch war es möglich.

Sie hatten sich unterhalten, sogar über private Interessen wie Sportwetten, Aktien und Musik, zu der Jeff lenkte.

Ihre Lieblingsbands kannte er nicht, Jeffs waren angesagt gewesen, als die beiden noch nicht einmal geboren waren.

Der Altersunterschied stellte nicht die einzige Hürde dar. Sie hatten unterschiedliche Ansichten über das Leben und die Arbeit, die beide zu locker nahmen.

Jeff gab fünfzig Cent Trinkgeld, Erick rundete zum Euro und Tom zum nächsten Schein auf. Er bemerkte einen Blick zwischen den beiden, schlug eine Lounge in der Münzergasse vor, wo die Musik gedämpfter sei und man einen Chill einwerfen könne. Die beiden mussten ihn schlechthin für einen Checker oder einen um Jugendsprache bemühten Midlifeanwärter halten. Der Alkohol federte seine Ungewissheit jedoch ab.

An der grauen Fassade verloren sich die metallenen Buchstaben, es wirkte so unpersönlich, wie es drinnen aussah. Die „Lacy Lounge“, die sie betraten, hatte er bislang nie privat besucht. Es handelte sich um Kundentermine, die sie gesellschaftlich ausklingen ließen. Oder um halb private Absacker mit Kollegen.

Stets war er um die Etikette besorgt gewesen, die seine Position erforderte. Heute mutete sein Niveau höher an als bei den damaligen Besuchen zusammen. Das stellte Umgangsformen und sein Prestige hintan.

Die Lautstärke war moderat, das Neonlicht unbarmherzig.

Man musste erkennen, dass sie angeschlagen waren. Die Lichter, Spiegel- und Metallflächen lieferten nicht den Chillfaktor, den er den beiden versprochen hatte. Doch wichtig war ihm nur, einzutauchen und Bier zu trinken, sich unter Umständen wohlzufühlen.

Im Raucherbereich setzten sie sich an einen Quadertisch seitlich der Mitte. Die beiden gegenüber, er vis-à-vis der Theke, hinter der ein Barkeeper Gläser spülte, ein anderer den Kühlschrank nachfüllte.

Auf die weiteren Tische verteilten sich Dreier- und Vierergruppen, männlich wie weiblich. An den großzügig platzierten Stehtischen lehnten vereinzelt Männer.

Tom hängte seine Kunstlederjacke über den Klubsessel. Erick und Jeff, der seinen eigenen Oberschenkel umklammerte, behielten ihre Sakkos an.

Eine Bedienung rauschte heran und begrüßte sie. Tom und Erick bestellten ein großes Weizen, dem er sich anschloss. Der unnatürlich gebräunte Mann in den späten Zwanzigern fragte ungeduldig: „Sonst noch einen Wunsch, die Gents?“

Sahen sie nach Champagner aus? Wohl eher nach Spirituosen, die für den baldigen Abschuss sorgen würden. Es galt den Bierpegel konstant zu halten, damit der Körper keine Dummheiten anstellte.

Derselbe Kellner brachte zwei Hefeweizen gegenüber, ein kristallenes an Jeffs Platz. Sie dankten und prosteten sich zu. „Cheers", sagten beide einhellig, was Jeff aufgriff, während er im Pub „Zum Wohle" gesagt hatte.

Er war immer noch nicht warm mit ihnen geworden, fühlte eine Distanz, die selbst der Promillegehalt in ihm nicht zu verringern vermochte.

Tom stellte sein Glas auf dem Tisch ab. „Sag mal, Jeff", stets klang es wie „Chef", „sieben Jahre in einer Firma? Da würde ich durchdrehen, woll?" Sein Sprachtempo war bedächtig, was den Inhalt, nicht zuletzt durch die knarrende Stimme, verstärkte.

Er wollte gerade antworten, als Erick einfiel: „Ist wie immer mit derselben." Dann lachte er verächtlich und strich sich durch sein konfus aufgestelltes Haar.

„Es geht", sagte Jeff ruhig. „Gewöhnungssache halt."

„Hast nie wechseln wollen?", fragte Tom und steckte sich eine Zigarette an. Die Schachtel hielt er Erick, der zugriff, dann ihm hin. Jeff winkte ab.

„Im Prinzip nicht. Lief lange gut für mich."

„Und jetzt?", fragte Erick.

„Es hat sich generell alles geändert", sagte er unbeabsichtigt offen, „ich möchte nichts vorschnell über das Knie brechen."

„Ich find das 'ne Sauerei, wie die mit dir und anderen umspringen."

Jeff musterte ihn unmerklich.

Die Art, wie Tom die Brust herausdrückte und den breiten Hals streckte, erinnerte ihn an die Gesamtmeetings. Die Augen glitzerten wie Aluminium und verrieten ihm nicht, was hinter seinem Quadratschädel liegen mochte.

„So ist das Spiel.“

„Scheiß Spiel“, echote Erick. „Wolltest du nie mehr als das? Für die Familie und so. Vielleicht Ein Feriendomizil auf ’ner Insel. Oder irgendwo ein Wochenendhaus im Grünen?“

„Was soll man machen?“ Jeff fuhr über seine Bartstoppeln.

„Woandershin. Anderer Laden, anderes Spiel.“

„Und wieder mehr Knete“, fügte Erick in seinem Singsang hinzu. Dann wendete er sich zu einem der Nebentische, von wo weibliches Gelächter herüberschallte. Zwei Blondierte, eine mit roter Lockenpracht und eine Dunkelhaarige machten einen drauf. Sie schienen in der Stimmung zu sein, in der ihnen jeder Kerl recht war, der sie bei Laune hielt, indem er für Nachschub sorgte. Die Rassige zwinkerte Erick zu.

„Darum ging es nicht in erster Linie“, sagte Jeff.

„Ha, ich studier all die Jahre, all der Stress, und dann crash, reality shock, statt Aktionär bald Reaktionär?“ Tom drosch es dahin, als hätte er es vor dem Spiegel geübt.

„Ihr seid doch jung. Da, wo ihr seid, war ich erst drei Jahre später.“

„Du redest ja wie der Executive.“ Erick lächelte aufgesetzt.

„Klingt der so?“ Jeff kannte diesen Mann nur flüchtig. Es war derjenige, der die Firma intern umstrukturiert hatte.

Erick und Tom tauschten einen Blick und letzterer sagte: „Ich weiß nicht, ob ich das sagen sollte, Chef, aber könnte nicht schaden.“

„Was denn?“

„Unsere neuen Projekte sollten von euerm Ressort abgewickelt werden. Dann haben die sich“, effektvoll zog er am Filter, „sich nach einigen Tagen dann umentschieden. Gab Druck aus New York.“

Die scharf riechende Zigarette hielt er waagerecht. Den Rauch stieß er mit scheeler Mimik zur Seite aus.

„Die Verträge wurden umgeschrieben“, sagte Erick und hob eine Hand, sodass seine Lederbändchen herabrutschten.

„Verstehst du? Sind nicht mehr irre viel Großprojekte, aber mehr Volumen durch die höhere Anzahl als vorher und“, Tom rümpfte die platte Nase, „und Performance für vier.“

„Für vier?“

„Nichts, nur ’ne Floskel.“

„Irgendwie suboptimal gelaufen alles“, sagte Erick kumpelhaft, „von wegen Transparenz zwischen neuen und alten Ressorts.“

Jeff fiel ad hoc nichts ein. Erst nach Sekunden brachte er mit höherer Stimme hervor: „Tja, das Spiel eben.“

Druckvoll kreiste er mit dem Daumen auf der Handfläche.

Wenngleich ihm danach war, allein zu sein, wahrte er die Haltung, unterdrückte seinen Unmut und blieb.

Hatten sie ihn nur treffen wollen, um ihm diese bittere Pille unter die Nase zu halten?

Es kam ihm so vor, er verspürte aber nicht genug Kraft, um ihnen das vor den Latz zu knallen. Die beiden wendeten sich von ihm ab und redeten vertieft über Leute, die er nicht kannte, weshalb er die Gäste begutachtete.

Bis auf zwei waren die gefühlten zehn Barhocker unbesetzt. Auf dem einen hockte ein beleibter Mann Mitte fünfzig, der seinen Cocktail hypnotisierte. Und auf dem anderen, drei Plätze daneben, eine Frau in schwarzem Rock und Kniestiefeln.

Sie ließ immerfort den Blick schweifen, als wartete sie auf jemanden. Die Frau schob sich zum Barkeeper vor, der ihr zunickte. Schon marschierte ein Kellner los, mit schulterhoch gehaltenem Tablett, darauf ein Spirituosenglas, geformt wie ein umgedrehter Kühlturm.

Der Kellner hielt auf einen der Stehtische zu, über den sich ein Mann beugte. Graues Lockenhaar, Anzug und Krawatte. Vehement schüttelte der Herr den Kopf. Der Kellner zeigte zur Frau an der Bar, die durch ihre Hornbrille zu denen herüberlinste.

Eine Hand hielt sie hoffnungsvoll unter ihr Kinn. Die beiden wechselten einen Blick. Der Mann nickte, was sie doppelt so deutlich, aber dezent erwiderte. Der Drink fand sein Ziel. Auf dem Rückweg nahm der Kellner eine Bestellung auf und verschwand in den Katakomben.

Zeit verging, nichts Nennenswertes passierte.

Ihr auserkorener Mann verließ seinen Platz und schob am Tresen einen Schein hinüber. Rest Trinkgeld. Sie schaute klammheimlich, doch der Grauhaarige passierte die Theke, ohne die Frau zu beachten.

„… iss aber auch nicht so easy, nicht immer“, lallte Tom. Oder war es Erick?

Um nicht teilnahmslos zu wirken, fragte Jeff: „Was ist nicht einfach?“

„Jaa, das … das mit Frau'n, Beziehung unn so. Ich nehm mir, was ich will, ja, unn' … unn' wann ich will. Kriegt die nix von mit", antwortete der Blonde.

„Richtig", sagte Jeff, um halbwegs im Spiel zu bleiben. Aufgrund der vorherigen Äußerungen wollten sich mehr Worte nur schwierig dazugesellen.

Vor den beiden entdeckte er je zwei leere Shotgläser und vor sich ein Bier. Goldene Bläschen stiegen unentwegt an die Oberfläche, um zu zerschellen. Hin und wieder waren da Bruchstücke des Klangteppichs. Und Jeff nahm schemenhaft Personen wahr, die an der Bar zu beiden Seiten vorüberzogen.

Im Hintergrund stand ein Mann auf. An einer Säule erfolgte eine kurze Umarmung, kein Kuss, darauf unerwarteter Nahkontakt. Der Mann, jünger als der vorherige und ebenfalls Anzugträger, rettete sich auf den Barhocker neben der Frau mit Hornbrille.

Jeff sah alles neongrell wie am Times Square: Eine unscheinbare Frau scheute sich nicht, ihren Masterplan baldig in die Tat umzusetzen. Zeit hielt Jeff für einen knappen Faktor in diesem Rechenbeispiel.

Sah sie ein Exemplar, das ihren Ansprüchen genügte, ließ sie ihm dasselbe Getränk noch einmal bringen. Diese Männer waren angetrunken, was wohl gut und schlecht zugleich war. Ihre Wohnung wähnte er in der Nähe. Und das Motto „Alles muss, nichts kann" machte ihr nach den Abenteuern gewiss, dass eines der vergangenen erfolgreich gewesen war.

Das Ergebnis, nämlich ihr Baby, könnte ihr keiner mehr nehmen. Als alleinerziehende Mutter wäre sie gesellschaftlich unantastbar.

Das war so landläufig bei den Frauen. Was ein Mann wollte oder nicht, war weder das Silber, das er am Finger trug, noch einen Pfifferling wert.

„Wo glotzt du denn … denn ständig hin, Mensch?“ Der Blonde drehte sich ungestüm um und verfolgte Jeffs Blickrichtung.

„Pah, Mitleidsnummer, Kissen drüber. Dann nudeln, nudeln ja, warum nicht?“

Jeff erinnerte sich an einen uralten Gag und fragte trocken: „Die Nudeln mit Rahm o-oder Naboli?“

„Hä?“ Der andere betrachtete ihn ebenso, als hätte er angedeutet, ihren Freundinnen die Augen öffnen zu wollen.

Der Blonde lachte unecht. Keinem der beiden traute er zu, verstanden zu haben.

Die Loungeblüte interessierte ihn mehr. Das, was sie dachte und sagte, reimte Jeff sich in seiner Bierlaune zusammen. Auch was danach passieren würde. Womöglich verfolgte sie, indem sie engmaschige Netze aus Drinks, Brauprodukten und Blicken auswarf, nur ein profanes Vergnügen, das ohne dicken Bauch endete.

„… dass ich, dass ich das lange so mitmach? Nä, erstma’ reinschnuppern, wissen wie. Und dann, dann wech, richtig Kohle scheffeln, irgendwo, piepegal.“

„Mach ich auch, Rick, ich auch. Keiner versaut mir das Leben, keine Frau ever … unn’ Job never ever, woll Chef?“

Einem Springteufel gleich war der da vorne, stierte ihn an und erwartete wohl, dass er frivol beipflichtete wie am Stammtisch. Jeff sank in den Sessel.

„Hab ich recht? Sag auchma’ was Sache ist, alter Junge.“

Der Blonde beugte sich vor und knuffte ihm mit der geschlossenen Faust in die Seite. Sein Intimus peilte Jeff ebenso an, als hätte er die Antworten parat, die ihren Weg auf der Erfolgsspur noch mehr beschleunigen könnten.

Mit verzogenem Mund brachte Jeff hervor: „Exakt, du hast … ihr habt recht, Erick.“ Es klang halberstickt.

„Tom“, quäkte der Blonde und grinste. Dabei wirkte sein silberner Schneidezahn wie eine Lücke Rustikal klatschte der ihm auf den Oberschenkel. „Aber macht nix, Kollege. Das … das wird noch, woll?“

„Sicher.“

Jeff fixierte die Zigarettenglut, die einen Aschestift auftürmte. Danach das Nichts. Immer mehr fühlte er sich wie ein Fremdkörper, der nicht hierhergehörte.

Er sehnte sich nach zu Hause. Nur wo war das?

„Home is where my heart is“, hatte Elvis einst gesungen. Wusste Jeff denn, wo sein Herz war?

Nach Minuten des Nachsinnens, mitunter spielte er Interesse vor, überließ er die beiden Lieblinge aller Chefs und Schwiegermütter ihren ambitionierten Planspielen.

Eine schlankwüchsige Frau um die dreißig stolzierte gravitätisch an der Bar vorüber. Ihr Divagesicht, gelocktes rostbraunes Haar, das Abendkleid und die High Heels waren neben ihrem Auftreten ihr Kapital. Sie versprühte den Glamour alter Hollywoodfilme. Würde sie einen Hut mit breiter Krempe und Handschuhe tragen, die bis zu ihren Ellbogen reichten, würde er den grimmig dreinschauenden Bogart als nächsten Besucher erwarten.

Diese fatale Frau kannte keine Abfuhren. Deutete Jeff die Gebärden der Männer im neonhellen Rechteck, könnte sie mit dem Finger schnipsen und jeder läge ihr zu Füßen.

Sie gehörte der Art Frau an, von der Männer insgeheim träumten. Mit ihr messen konnten sie sich nicht.

„Ich werd mal ...“, sagte er zu den beiden, die nicht reagierten.

Um Kontrolle bemüht, wankte er an der Theke vorüber. Als die Klotür hinter ihm zufiel, klang die Musik wie unter Wasser. Seine Verfassung wurde dadurch nicht besser.

„Mist, verfluchter!“, rief er aus und trat mit Wucht gegen den metallenen Papierkorb. Es schepperte, der überfüllte Korb wackelte heftig. Knäuel fielen zu Boden. Jeff äugte zur Tür. Niemand kam. Er schleppte sich zur rechten Kabine, sperrte zu und setzte sich. Seine Ellbogen sanken auf die Oberschenkel.

Danach betrachtete er sich lange im Spiegel. Groll sprach aus seinen geröteten Augen. Er wollte den Kopf aufrecht halten. Das UV-Licht ließ all seine Hautunreinheiten, Äderchen und Krähenfüße hervortreten, seine angegrauten Haare standen widerspenstig ab. War das wirklich er?

Er streckte seine verfärbte Zunge heraus. Die seltsame Farbe mochte am Licht liegen, das schonungslos die Wahrheit entblößte.

Aus der Sakkoinnentasche holte er eine Tüte Sultaninen hervor. Umständlich streifte er das Gummiband ab und nahm einige heraus. Ein paar fielen daneben.

Er knöpfte sein Hemd weiter auf und fuhr sich mit Wasser über den Nacken. Einige Tropfen liefen kühl seinen Rücken hinunter und kitzelten ihn, sodass er sich schüttelte. Jeff riss zu viele Tücher aus dem Spender heraus, wischte sich über das Gesicht und feuerte sie in den prall gefüllten Metallkorb.

Kurzerhand fingerte er Kleingeld aus der Börse. Hastig schaute er zur Tür. Eine Münze fiel hinunter, hüpfte die hellen Fliesen entlang und klirrte wie ein Stein über Eiswasser. Es rasselte in einem Abflussgitter.

Die anderen Geldstücke warf er in den hellgelben Automaten. Dann drückte er wahllos eine der Tasten, woraufhin eine schwarze Packung mit einem „Rumms" herunterschoss. Er zerrte sie aus der Öffnung. Einige Münzen ließ er zurück und steckte alles in die Hosentasche, die spannte, als würde sie seine geballte Faust umfassen.

Auf dem Boden verteilten sich zusammengeknüllte Papiertücher. Der Wasserhahn lief auf Hochtouren.

Jeff stellte es ab und öffnete die Tür, die aus der Unterwassermusik wieder programmierte Klänge aus den Aufnahmestudios dieser Welt machte.

Als er wieder die Lounge betrat, glaubte er zunächst, sich zu täuschen. Er drehte sich nach allen Seiten um.

Jeff fragte einen Kellner, der mit leerem Tablett vorüberkam: „Die andern. Wo sind die hin?"

„Zwei junge Kerle, richtig? Standen 'ne Weile an der Bar. Sind dann mit einer Frau weg." Es klang so ungerührt, als ob dies im Minutentakt passierte.

„Merci", sagte er bemüht und sank an seinen Platz.

Ein halbes Bier und ein, bis auf den kümmerlichen Rest, leeres Rotweinglas standen dort, an das er sich nicht erinnerte. Ein wenig beruhigte er sich und verschnaufte. Wer wusste, was noch passiert wäre?

„Kann ich zahlen?"

Der Kellner kam, das Tablett mit Gläsern und Flaschen gefüllt, den Weg zurück.

„Ist erledigt", sagte der adrette Mann und huschte vorbei.

„So?"

Das Bierglas leerte Jeff begierig in wenigen Zügen und war froh, allein zu sein. Wenn er die beiden, obwohl sie ihn eingeladen hatten, nicht mehr ertragen dürfte, hatten sie ihn etwas erkennen lassen. Genauso wie die Frauen. Bisweilen musste er eigennützig denken und die Wahrheit kryptisch verschleiern, um nach vorne zu gelangen. Es überzeugte ihn, wie sich ein Farbtropfen in glasklarem Wasser stetig mehr ausbreitete. Ein übersteigertes Maß an Selbstsucht konnte ihm wahrlich keiner vorwerfen. Dies ließe sich jedoch, so hoffte er, nicht länger aufrechterhalten.

Er rieb die Schneidezähne aufeinander und stierte gedankenschwer auf den Quadertisch, ohne etwas wahrzunehmen.

Stattdessen spürte Jeff die Packung, die in seiner engen Hosentasche drückte. Neben einer zusammengefalteten Fahrkarte und den Münzen beanspruchte sie den verbliebenen Raum.

10.

„Ha!“, entfuhr es Jeff. Seine Jeansjacke aus Studientagen passte ihm wieder. Er hatte sie im Schrank entdeckt, wollte sie zuerst wegschmeißen, hatte es aber gelassen.

Im Garderobenspiegel prüfte er, wie sie ihm stand. Genauso gut wie damals, also behielt er sie an.

Jeff fühlte, wie er durch die Jacke in seine Vergangenheit schlüpfte. An der Uni hatte er sie getragen, während mehrerer Sommer. Mit ihr verband er Erinnerungen an Partys, nette Leute und halbwegs gelungene Bandauftritte.

Er zog die Wohnungstür achtsam zu, rückte seinen Kaschmirschal zurecht und verließ Richies Haus. Befreit von den Wänden gelang es ihm, besser nachzudenken.

Die Sonne stand tief und noch war es frisch, der azurne Himmel versprach jedoch Sommerwetter. Tau lag am Wegesrand, und im Gras einer Einfahrt spähte ein Eichhörnchen herüber und neigte das Köpfchen. Auf der anderen Seite huschten Mitarbeiter in eine Bäckerei und streiften sich mitunter, als sie einen Verkaufswagen bestückten. Obwohl es zu weit weg war, konnte er die Brötchen, die Plätzchen, Kuchen und Gebäcke beinahe schnuppern.

Jeff passierte Reihenhäuser und sah im Geiste sich und seine Familie dort wohnen. Nach dieser Funkstille der letzten Woche müsste Inga zur Einsicht gelangt sein, dass es ein Fehler gewesen war, ihn wegzuschicken.

Sie konnte nicht allein für Jocelyne sorgen. Ihre Tochter brauchte sie beide.

Er horchte in die Straße hinein, die Wände und Mauern hinauf. Wäscheduft drang herüber. Viele schliefen aus, während spitze Vogelrufe und Flügelschläge von der längst erwachten Natur kündeten. Aus einem der Fenster tönten Klavierklänge von Schumann. Er lauschte ihnen und verlangsamte seine Schritte.

Die Musik, die er als Junge kennengelernt hatte, spielte in seinen Gedanken fort, bis sie abrupt abbrach.

Irgendwo dröhnte eine Bohrmaschine. Jeff unterquerte Baugerüste, die eine marode Häuserwand zu stützen schienen. Die Holzplanken, an denen beidseits ein Abgrund klaffte, vibrierten dumpf. Ein Schuttrohr führte in einen mit Plane abgedeckten Container.

Was Jeff einst hatte bauen lassen, würde eines Tages genauso saniert, abgetragen und verschwinden, ohne dass sich jemand daran erinnern würde.

Wollte er nicht einmal Gebäude schaffen, die man mit ihm und seinem Namen in Verbindung brachte? Und sei es nur ein einziges: Etwas mit Substanz. Davon ließ sich heute nur noch träumen…

Auf dem Gehsteig der Burgstraße, in die er einbog, prägten muslimische Bürger, es waren Alte, Kinder und Kindeskinder, das Bild. Im westlichen Kulturkreis wäre ein solcher Auflauf undenkbar, wenn nicht jemand Geburtstag hatte oder gestorben war. Er überholte Grüppchen und ebensolche kamen ihm entgegen.

Kinder kreischten und johlten in den Karussells des nahen Marktes und das Stimmengewirr war weder deutsch noch muslimischer Natur.

Es klang neutral und nationenlos.

Mit jedem Schritt verstärkten sich die Musik und eine einzelne Stimme. Der Mann sang aber nicht, wollte kein Liedgut anpreisen. „Evet“, „evet“, rief jener und setzte das türkische „Ja“ genauso häufig ein, wie Verkäufer dies auf der ganzen Welt zu tun beliebten, um die Leute zu beeinflussen.

Im Laubzelt, das sich jetzt über Jeff spannte, flüsterten die Blätter rauschend, als zöge jemand eine Decke über ihn. Er schloss die Augen und hielt die Luft in der Lunge fest, was seine Sinne belebte.

Früher war er hier oft mit seiner Frau spazieren gegangen, die er bei einem Sportturnier kennengelernt hatte. Mit anderen Studentinnen hatte sie Urkunden und Medaillen überreicht und gab den Siegern, unter anderem Jeff, angedeutete Küsschen. Übermütig hatte er sie gefragt, ob sich das, was fast geschah, irgendwann nachholen ließe. Sie trafen sich einige Male, verloren sich wieder aus den Augen, bis sie dann doch zusammenkamen. Später hatte Inga behauptet, es hätte erst bei einem der Ausflüge hierher zwischen ihnen gefunkt.

Er wendete den Blick erneut Richtung Himmel. Wolken zogen ihre unmerklichen Bahnen und nun waren zwei Luftballons nah beieinander unterwegs. Als wüssten sie, wohin es gehen sollte, flogen sie weiter, sodass ihnen das endlose Blau, das die Bäume nun freigaben, nichts anhaben konnte. Hoffentlich war nicht, wie in diesem französischen Ganovenfilm, gerade ein Kind entführt worden.

Auf dem Weg zum Hügel hinauf durchtrennte Jeff Spinnweben, die im Sonnenlicht vor ihm schwangen.

Er fuhr sich über das Gesicht und genoss oben den Blick in die Ferne. Keine Hochhäuser oder Fabriken verstellten der Aussicht den Weg und beraubten sie ihrer naturgewollten Einmaligkeit.

An einem seiner freien Wochenenden, das Wetter war prächtig gewesen wie heute, hatte er sich zuletzt hier im Bredenborck aufgehalten. Womöglich lag es genau ein Jahr zurück.

Jocelyne eilte immer wieder voraus, tanzte wie ein blonder Wirbelwind zwischen ihnen hindurch, blieb zurück und zeigte hauptsächlich ihm mit erwartungsfrohen Augen ein Blatt, einen Ast oder etwas anderes.

„Wie heißt denn der Baum?“, rief sie dann.

Jeff strich ihr über das Haar, folgte ihrem Zeigefinger und nannte ihn ihr.

„Birke, … Birke“, wiederholte sie unsicher und lachte lauthals.

„Im Kindergarten heißt ein Mädchen Birke“, sagte sie, riss die Augen auf und fasste sich vor den Mund.

Als sie auf dem Rückweg an einer Weide vorbeifuhren, rief sie „Pfeeerdeeee“, die zu Dreien ihre hellen und dunklen Schweife geworfen und die Halme abgegrast hatten.

Jocelyne und ihre unverstellte Freude waren ein Wunder, das er nicht begriff. In jedem Moment fehlte sie ihm.

Es nagte an ihm, weil es so nicht sein sollte. Weder für sie noch für ihn. Selten würden sie sich sehen. Schon bald wurde sie älter und verstand, ihre Gefühle zu kontrollieren.

Bereits damals war er sich wie ein Teilzeitvater vorgekommen. Es war wohl der gemeinsame Nachwuchs, der intuitiv die feinsten Nuancen spüren konnte, bevor die Eltern sie zu erahnen vermochten.

Inga war an diesem Tag zwar dort, ließ Jocelyne gewähren und ihn seine Vaterrolle ausfüllen.

„Wieder eine ihrer Launen", hatte Jeff gedacht.

Sie hatte auf den Ausflug keine Lust gehabt, wenngleich sie, wie er glaubte, in jener Woche zweimal ausgegangen war. Ein Frauenabend und ein anderes Treffen, von dem sie ihm nicht viel erzählt hatte.

Wieder beschlich ihn diese leise Ahnung von damals, genau wie an jenem Tag. Er kannte Inga viel zu gut, also merkte er, wenn sie ihm etwas vorspielte.

Dass Richie erwähnt hatte, Inga letztens gesehen zu haben, ging Jeff nicht aus dem Kopf. Nachdem sein Kumpel es ihm gesagt hatte, hatte Richie auf einmal abrupt gestockt. Das ließ nur einen plausiblen Schluss zu. Inga war nicht allein gewesen. Womöglich hatte ein anderer Mann sie begleitet.

In den letzten Wochen, bevor er sein Zuhause verlassen hatte, war Jeff häufiger am Nachmittag allein gewesen. Inga ging zum Fechten, um wieder in Form zu kommen. Jocelyne spielte bei Nachbarskindern. Die starre Behaglichkeit des Arbeitsraumes, in dem er saß, schien so abwesend, als hätte man Heizung und Einrichtung fortgenommen.

Den Großteil der Ausstattung hatten ihre Eltern beigesteuert, da Jeff noch Schulden beim Staat zu begleichen hatte. Eine unwirkliche Präsenz sprang ihm von jedem Gegenstand und Möbelstück entgegen, die andauerte, nachdem die beiden heimkamen.

„Feiner Adelsdünkel“, hatte ihn seine Mutter damals gewarnt und letztlich recht behalten, was sie nicht müde wurde, zu betonen. Verschiedenste Bereiche wie Kampfkunst und Sinologie interessierten Inga nunmehr, und sie fuhr mit ihrem Leben fort, während seines stehengeblieben schien. Nicht nur das, er erwartete von ihr, in gleichem Maße damit aufzuhören, erfahren zu wollen.

Ihr Blick wurde ein anderer. Fand er sich früher dadurch bestätigt und darin eine glanzvolle Übereinstimmung gemeinsamer Erlebnisse, schlug ihm unversehens ein sachlicher Ausdruck entgegen. Sie nahm Notiz, wie man einem Auto nachschaute. Inga konnte ihn wohl immer weniger ertragen, wie einen Mühlstein um ihren Hals.

Das Nichts tat sich auf und Jeff zweifelte an allem, was ihm jemals etwas bedeutet hatte. Es schwächte ihn und allmorgendlich, anfangs verlässlich wie der Wecker, pulsierte ein Schmerz in seiner Magengrube, als hätte jemand wuchtig da hineingestoßen. Tagsüber hielt dieses Gefühl an.

Seine Gedanken kreisten ständig um dasselbe.

Um Inga, Jocelyne, die Familie, die über Jahre gewachsen war in ihren Strukturen, dem Vertrauen, einer täglichen Routine. Nur um nun, abrupt und für ihn unfassbar, auseinander zu bröckeln und nichts mehr wert zu sein wie die Eintrittskarte für eine vergangene Aufführung.

Er stemmte sich mit einem Bein auf einen Findling. In der Ferne sah er einen Kran und augenblicklich dachte er an die andere Baustelle in seinem Leben.

Immerfort stießen Absolventen zum Team, die respektable Ideen hatten, obwohl keine Ahnung von Aalto oder Mendelsohn. Auch an Denkmalpflege oder Bauforschung lag denen nichts. Manche blieben ein Jahr, andere weniger.

Jeff gehörte mit seinen sieben Jahren, die er in der Firma war, schon zum alten Eisen, das man langsam, aber sicher loswerden wollte. Keiner sagte es ihm direkt, aber er wusste, er wurde stetig bescheidener bewertet. Aus seiner Sicht agierte er kontinuierlich gut oder schlecht. Zumindest nicht besorgniserregend. Dies war belanglos, weil das Leben sich in der Gegenwart entschied, nicht in der Vergangenheit. Dass junge Kräfte in den Markt drängten, konnte er ebenso wenig verhindern wie den schleichenden Verlust seiner Familie.

An seinem letzten Geburtstag hatte seine Tochter Jocelyne ihn gefragt, wie alt er sei. Er zeigte es ihr mit den Händen, beinahe neun ganze.

Darauf fragte sie: „Ist das viel?“

Er lachte und sagte: „Ein bissel wohl.“

Sein gräuliches Haar und die Jahresringe um die Lider verrieten noch mehr. Am Anfang der fünften Lebensdekade fühlte er sich nicht mehr jung. Er merkte, es ging ein Abschnitt zu Ende. An die Stelle des Findens und Werdens, die er vorüber wähnte, waren Kontinuität und Status getreten. Wenig mehr als Worte.

Er nahm den Fuß vom Findling und schüttelte seine Beine aus. Der Park hatte noch mehr zu bieten.

Er flanierte den Weg hinab. Unter seinen Sohlen knirschte es. Vom Prachtwetter inspiriert, drängte Musik in ihm heraus.

Ein paar Zeilen eines Songs sang er vor sich hin.

Noch immer die Melodie summend, nahm er auf einer Bank Platz, deren Metalllehnen ellipsenförmige Schatten warfen. Ein Bein schlug er über und griff in seine Jackentasche. Jeff holte Streichhölzer und eine Schachtel hervor, die aus Übersee stammte. Seit längerem hatte er sie nicht mehr angerührt, weil Inga den abgestandenen Geruch nicht ausstehen konnte. Hier draußen durfte er sich eine anstecken, ohne dass es jemanden störte.

Er zündete ein Streichholz an und schützte die Flamme geübt vor dem Luftzug. Die Würze erfüllte seinen Gaumen, lief in Rachen, Nase und zurück, von wo er den Rauch in mehreren Stößen genüsslich fortblies. Beide Arme legte er auf die Lehne und streckte sein Kreuz.

Die ersten Rauchwölkchen zogen davon und Jeff spürte, dass sich jemand in seiner Nähe aufhielt. Die Schritte der Frau bemerkte er, nachdem er ihren fruchtigherben Parfumduft gerochen hatte, der sie wie ein Rhönrad umgab.

Er schätzte sie auf Mitte zwanzig. Sie war von zierlicher Größe und für einen Vormittag klubwürdig gestylt. Ein sandfarbener Sonnenhut bedeckte ihr halblanges Haar, hinten lugten Zöpfchen hervor. Tiefdunkle Augen unter der Krempe, die Wangenknochen und der Nasenrücken ließen ihre osmanische Herkunft erahnen.

Vor der Bank stoppte sie und fragte ihn unverblümt:

„Sind Sie oft hier?“

„Tag.“ Von seiner Gedankensphäre wechselte er in die Welt von Tausendundeiner Nacht. Das „Weshalb?“, welches sich Jeff aufdrängte, blieb ungenutzt.

„Mit Hund?“

„Nein, nur ich, kein Hund.“

„Ist aus der Werbung, ja?“ Sie schob ein Knie vor. Hauteng lag ihre schwarze Lederhose.

„Bitte?“

„Ist doch ein Hundepark hier.“

„Tatsächlich?“

„Öffnen Sie mal die Augen.“

„Ich werde mir einen anschaffen müssen“, sagte Jeff und nahm einen Zug.

„Wegen mir nicht.“

Eine Leine konnte er bei ihr nicht entdecken. „Ist … ist Ihrer ausgebüxt?“

„Das Ding qualmt ja“, sagte sie unvermittelt.

Er betrachtete den Zigarillo, als ob er ihn jetzt erst bemerkt hätte. „Nun, das kommt der Luft noch bekannt vor.“

Sie blickte zur Seite, von wo Musikfetzen herüberwehten. Um ihre Hutkrone war eine Schleife gebunden, die unruhig im Wind flatterte. „Waren Sie auf dem Markt?“

„Nein, daran vorbeigekommen.“

„Ich verkaufe dort.“ Sie fasste sich ans Schlüsselbein, das halb entblößt war. „Süßwaren vom Orient. Kurdische Baklava und so. Aus meiner Heimat, müssen Sie mal sehen.“

„Schön.“

„Sie kommen also allein.“ Ein Blick verließ ihre feurigen Augen, um wuchtig auf seine zu treffen. Nur ein K.o.-Schlag wäre wirkungsvoller gewesen.

„Ich bin allein.“ Er schaute an ihr vorbei in die Ferne, die nirgendwo einen Hund erahnen ließ.

„Nur am Wochenende?“

„Mitunter“, sagte Jeff und schwenkte den Zigarillo. „Eher zufällig.“

„Wenn Markt ist?“

In einem Verhör zu sitzen, dürfte nicht anders sein. Er folgte seiner Vernunft, die aus seiner langjährigen Ehe resultierte: „Sehen Sie, ich bin verheiratet.“ Durch die wachsweichen T-Laute wirkte sein Familienstand beinahe gegenstandslos. Wie zur Entschuldigung wies er auf seinen silbernen Ehering, den er trug, als wäre er eine Trophäe vergangenen Ruhmes.

„Habe ich gesehen. Ist mir egal.“

Jeff sagte nichts. War er nicht frei? Aber war es nicht auch zu früh, jemanden kennenzulernen?

Sie schaute ihn an, als ob er keine Wahl hätte.

Dabei blieb eine Frage, die sie unverkennbar umgab, ungestellt.

Mit mulmigem Gefühl, das sich in seinem Körper rasch ausbreitete, rechnete er mit allem.

Aus ihrer halblangen Jeansjacke zückte sie ein Kärtchen und einen Stift. Ihr tiefer Ausschnitt neigte sich ihm zu, gleichzeitig hob sie einen Oberschenkel an, drückte das Papier dagegen. Geübt schrieb sie darauf, ohne die Balance zu verlieren.

„Ruf an. Wir reden dann mal“, sagte sie mit dem für ihren Akzent eigentümlichen R-Laut.

Jeffs Mimik verhärtete sich. Ein blecherner Geschmack füllte seinen Mund, in dem die Zunge am Gaumen klebte. Einfach so spazierte sie in sein Leben, drückte auf irgendwelche Knöpfe und hoffte, damit Erfolg zu haben? Er hatte auf niemanden wie sie gewartet und doch stand sie vor ihm.

Wie Rabea damals, seine Freundin aus Studententagen. Sie hatte er genauso kennengelernt.

Warum also nicht?

Zögerlich und ohne ein Wort ergriff er die fleischfarbene Fahrkarte, las „Naikye“, eine Nummer und steckte sie in die Hosentasche. „Nun, ich k-könnte mal, ja mal schauen“, sagte Jeff und schluckte.

„Das hoffe ich doch.“

Den Stummel warf er nieder, trat darauf und versank in ihren tiefdunklen Augen, die in Sekundenschnelle von Kälte zu Wärme und zurück wechselten.

„Also tschau“, antwortete sie und ließ ihren kühlzarten Blick sprechen.

Abrupt machte sie kehrt und marschierte vor ihm querfeldein. Er sah ihr nach, bewunderte ihren sicheren Gang, als laufe sie nicht über eine Grasfläche, sondern einen Catwalk entlang. Nach wenigen Metern drehte sie sich um, das Ungesagte deutlich untermauernd. Jeff entspannte seine Mimik. Sie zwinkerte ihm zu, als wüsste sie, dass er ihr Hinterteil angestarrt hatte. Dann wendete sie sich nach vorne.

Sie führte eine Hand in Höhe des Mundes, worauf ein schriller Pfiff das Grün überflog. Erregtes Flattern und Rascheln folgte, doch kein Hundegebell. Schon wurde Naikye von einer Baumgruppe verdeckt.

Seine Frau wollte nicht mehr mit Jeff zusammen sein, doch diese könnte ihm gehören, für eine Nacht oder mehr. Wies er Facetten auf, die ihm unbewusst waren? Irgendwie war ihm das suspekt.

Nach Minuten des Überlegens nahm er den Sandweg zurück am Teich entlang.

Still ruhte das schilfgrüne Wasser, in dem sich das Licht, geschwungen wie ein weiblicher Körper, spiegelte. Er verweilte und betrachtete das trübe Nass, das nicht erahnen ließ, wie tief es war. Jetzt, wo er allein hier war, achtete er auf ganz andere Details. In Ingas Begleitung hätte er den Teich nur kurz gemustert, sie wären einfach vorbeigegangen.

Als er den Bredenborck verließ, nahm er die Zechenstraße, die zum Zentrum hin anstieg. Riesige Aufschriften zierten Häuserwände, deren Putz abbröckelte wie die Restwirkung der Slogans. In Fenstern lehnten vereinzelt Leute, die die Straße beobachteten, um die Rätsel dieser Welt zu entschlüsseln. Nur für ihr eigenes hatten sie keine Lösung.

Jeff überprüfte in einer Shopfront sein Erscheinungsbild. Das Fenster schien so lange nicht gereinigt, wie der letzte Castingstar vergessen war. Für einen Moment glaubte er, die Südländerin am Tresen wüsste von Naikye und ihm. Kurz blickte sie ihn an, so als ob sie sich kennen würden.

Den lockigen Knirps, der auf einer Fensterbank im Oberstock kauerte, interessierte all das nicht. Traurig schaute das Kind hinaus, als hätte es sein halbes Leben bereits hinter sich.

Vorne im Café „Freimühle“ begrüßte Jeff ein massives Holzregal, gefüllt mit Topfblumen. Es waren künstliche und echte, dazwischen eine Glücksfeder. Ein bürschchenhafter Kellner mit blondiertem Stoppelhaar wischte einen der teakfarbenen Tische. Aus dem Katzenbuckel stützte er sich hoch und nickte.

Jeff erwiderte es und setzte sich.

Während er sich umschaute, zerrte er an seinem Ehering herum, schob ihn über den Knöchel, sodass er Spiel hatte. Ein paarmal bewegte er ihn hin und her, dann zurück an seinen angestammten Platz.

Inga wusste nicht, dass er hier war. Wozu auch, es interessierte sie nicht, was er tat. Nicht mehr. Fortan würde sich vieles ändern. Niemand erwartete ihn. Jeff agierte, ohne sich abzustimmen, sich an- oder abmelden zu müssen. Die Begegnung im Park war seltsam gewesen. Was fand das junge Ding nur an ihm? Er holte die Fahrkarte hervor, auf der Naikye ihre Nummer notiert hatte. Daneben ein dickes Smilie. Bismarckstraße war aufgedruckt. Das lag in der Weststadt, glaubte er. Wohnte sie dort?

Den Namen Naikye hatte er noch nie gehört. Was bedeutete er wohl auf Deutsch? Vielleicht war allein das aufregend genug, um sich auf dieses Abenteuer einzulassen, sie zumindest die Tage anzurufen.

Er steckte die Karte wieder ein, der Kellner kam zu ihm und bevor er wegmarschierte, hatte er drei oder vier Buchstaben auf seinem Notizblock vermerkt.

Hier im Café unterhielt ihn, neben dem Klangteppich aus den Boxen, eine beachtliche Zeitungsauswahl und die Aussicht durch das bodentiefe Fenster. Leute radelten vorüber, zuhauf jüngere Menschen, die es in die City oder von ihr wegzog.

Ein Fußgänger wechselte die Straßenseite, um jemanden zu begrüßen. Ein paar Minuten beobachtete Jeff die beiden, goss dann den Rotbuschtee ein, der schon vor ihm wartete.

Es plätscherte und knisterte, seitlich stieg Wasserdampf hoch.

Er blickte zur Seite. Neben der Theke hing ein Bild, darauf dieser Komödiant der Zwanziger, etwa Buster Keaton, Harold Lloyd oder doch ein anderer, der stets Hornbrille getragen hatte. Dieser klammerte sich an den Minutenzeiger einer Fassadenuhr, während er besorgt zu Jeff blickte. Eine Avenueschlucht, den Tod unter sich. Den nächsten Ausrutscher vor Augen.

Zwanzig vor drei zeigte die Uhr auf dem Bild. Es gab schlechtere Zeitpunkte, um aus dieser Welt auszuchecken. Das Antlitz des Tages bereits erkannt, sich ein- und damit abgefunden.

Solche Stummfilme, aus dem die Szene stammte, waren damals in Lichtspielhäusern aufgeführt worden. Die gab es in dieser Form längst nicht mehr. Nach Stan und Ollie lief so etwas früher im Vorabendprogramm. Ansonsten hatte das nichts mit seiner Jugend zu tun. Trotzdem brachte es ihn dahin zurück. Ob Jeff wohl genauso ausgesehen hatte, wenn er die Bühne betrat? Jedes Mal hatte er sich überwunden, wollte lieber hinten im Verborgenen bleiben.

Stand Jeff erst einmal dort oben, entspannten sich rasch seine Muskeln und Nerven. Es meistens ganz gut hinzukriegen, hatte nicht nur ihn mit Stolz erfüllt, wie er bald darauf erfuhr. Als sein Vater ihm einmal das Taschengeld gab, entdeckte Jeff den Zeitungsbericht vom Jahr zuvor. Gefaltet hinter dem Sichtfenster der Geldbörse zeigte das Bild seine Schülerband. Darauf hatte Jeff noch wie ein Kind ausgesehen, das er in dem Moment bereits verdrängt zu haben schien.

Er dachte nun an den lockigen Knirps von gerade, der so traurig zum Fenster hinausgeschaut hatte.

Hätte der Junge auf dem Jahrmarkt seinen Spaß gehabt und seine Ängste und Nöte vergessen?

Jeff hakte eine der Wochenausgaben vom metallenen Reifen aus und legte sie hin. Er schlug die Zeitung auf, es raschelte und der eichefarbene Halter klackerte auf dem Tisch.

Ohne zu wissen, wonach ihm eigentlich war, durchstreifte Jeff die Seiten. Worte zogen vorbei, wahllos angeschaut und zurückgelegt in die Überschriften und Absätze:

„Festspiele, Lesung, Arrangement, Ensemble, Defizit."

Einen Ellbogen auf der Lehne, tippte er versonnen an die Oberlippe. Das Handy vibrierte in seiner Jacke. Er nahm es heraus.

„Gonnaire." Mehr als sonst röhrte das ch am Ende.

„Hm, … hallo."

„Wer ist dort bitte?"

„Hier ist Klaus. Du hast dir doch", lautes Pusten folgte, „meine Wohnung angesehen und … und ich muss das Zimmer vermieten. Das muss ich jetzt echt wissen. Ist sonst weg."

„Klaus, ja", sagte Jeff. „Richtig, ich grüße Sie. Ja, ja. Das war bisher nicht möglich, ich wollte mich längst zurückgemeldet haben, Klaus." Er dachte an die beklemmende Atmosphäre, die seit über einer Woche in Richies Wohnung vorherrschte. Nun fühlte er sich bereiter, sie gegen jedwede andere auszutauschen.

„Ist nur das lütte, das andere ist schon weg."

„Pardon?"

„Ist das kleine, nur noch das kleine Zimmer“, rief Klaus, sodass Jeff sein Handy vom Ohr weghielt.

Welcher der beiden Räume es wurde, war ihm egal. Sein Mobiliar verlor sich darin gleichermaßen.

„Ich habe … kannst du mir den nicht festhalten, Klaus?“

„Nee, nee, das geht nicht mehr. Entweder jetzt oder gar nicht. Liegt bei dir. Noch mal rufe ich nicht an.“

Derart resolut zu sein, traute er diesem Typen gar nicht zu. Bei der Besichtigung hatte Klaus auf ihn einen laschen Eindruck gemacht, wie jemand, dem alles gleichgültig war. Eigentlich war die Wohnung okay und die Lage angenehm.

„Ich lass dir was vom Preis runter, ja. Das kann man nicht ausschlagen …“, mehrmals räusperte er sich, „… ist echt geschenkt.“

Gegen einen Rabatt hatte Jeff nichts einzuwenden, obwohl es ihm darauf nicht ankam. „Keine Sorge, der Raum ist ausgezeichnet, den werde ich nehmen. Freilich.“

„Wann denn?“

„Augenblick einmal.“ Jeff überlegte. „Kommenden Montagvormittag. Um Viertel vor zwölf?“

„Geht klar, bis denne.“ Ein Klick beendete das Gespräch.

***

Linda fuhr auf ihrem Aluminiumrad von der Post nach Hause. Der warme Luftzug warf ihr Haar wohlig zurück. Im Fußgängerbereich stieg sie ab, schob ihr Rad und verfolgte die Bahn eines Leichtflugzeugs, das über die Vorstadt schwebte.

Meistens fiel ihr so was gar nicht mehr auf.

Sie genoss es, gleichmäßig in die Pedale zu treten.

Zum ersten Mal entspannte sie sich heute etwas.

Bis hierhin war es für ein Wochenende stressig gewesen. Gar nicht einmal der Einzug bei Klaus sorgte dafür, aber die vorherige Aktion von Frauke, ihrer Arbeitskollegin. Wie konnte sie ihr auf solch unverfrorene Art drohen?

„Bin noch nicht fertig mit dir.“ Was sollte das denn bedeuten, hatte sie ihr was getan?

Was wäre, wenn Frauke ihre Worte in die Tat umsetzte? Wie sollte sie Judith das nur beibringen? In Klaus’ Küche hatte sie deren Aufmerksamkeit und Gegenwart übergroß gespürt. Wusste Judith, was ihr am Herzen nagte?

Während der Fahrt im Van hatte Linda ansetzen wollen, ein- oder zweimal, es einfach herauslassen. Aber die Worte hatten sich nicht geformt, nicht die richtigen, in der falschen Reihenfolge. Es musste echt klingen.

Sie finde, den zweiten vor dem ersten Schritt zu machen, sei verkehrt, weshalb ihr Grundlagen fehlten. Das wollte sie nicht riskieren. Besser sei es wohl, dass jemand anderes, der länger da sei, die Rechnungen und Kontakte mit den Lieferanten übernehme. Das könnte funktionieren und ihr gefiel diese Version besser als all die anderen, die ihr schon den ganzen Nachmittag im Kopf herumschwirrten.

Zu ihrer Linken lud ein schmuckes Café ein, das sie schon ab und zu mit Freunden besucht hatte.

Dort saß man gemütlich und die Bedienungen waren freundlich. Sie wechselte die Straßenseite und parkte ihr Rad im Ständer, an dem sie die Kette verschloss. Als sie eintrat, warf sie einen Blick in die Runde. Es waren nur drei Gäste da. Niemand kam ihr bekannt vor. Tassen und Teller, die jemand stapelte, klirrten aufeinander.

Ein Popsong säuselte im Hintergrund, sie roch frischen Kaffee und Nussaroma.

Für einen Moment trafen ihre Augen auf die eines Enddreißigers, der von seiner Zeitung aufschaute. Seitlich der Tür, am riesigen Fenster, plauderten zwei Societyladies um die fünfzig, die sich vielleicht vom Shoppen an diesem verkaufsoffenen Sonntag erholten, um in Ruhe die pikanten Geschichten der vergangenen Woche auszutauschen. Stylische Taschen zu ihren Füßen, vor sich Blaubeerkuchen und Latte.

Der Kellner nickte Linda freundlich zu, sie erwiderte „Hallo“, mit den Lippen geformt.

Sie wählte einen Rundtisch unterhalb eines Bildes, das Arbeiter zeigte, die in schwindelerregender Höhe auf einem Stahlträger pausierten. Auch sie fühlte manchmal einen Abgrund unter sich. Einfach nicht hinunterschauen, sagte sie sich, und weitermachen.

Ihre Einkaufstüte glitt ans Tischbein. Der Kellner kam heran, wiederholte „Moccachino, gerne“, notierte es und eilte zur anderen Seite.

***

Die Textzeile von ‚The Police’, die gedämpft aus den Boxen drang, fand Jeff angebracht.

Verließ jemand die Lokalität, dauerte es nicht lange, bis neue Gäste eintraten. Er konnte das Geschehen und einzelne Leute beobachten, die Gefahr peinlich aufzufliegen war freilich größer.

Hatte er jemanden gefunden, der ebenso dieses Spiel betrieb, war es amüsant. Begegneten sich die Augenpaare, war verlegenes Lächeln nicht die schlechteste Folge.

Die flachsblonde Frau gegenüber hatte, als sie hereinkam, zu ihm herübergeschaut. Eventuell später erneut. Sie schien in ihr Getränk vertieft oder blickte zur Straße hinaus, als er über seinen Brillenrand aufsah. Wie alt mochte sie sein?

Unter zwanzig, schätzte er; und damit vermutlich nur wenig jünger als Naikye, die Frau vom Park.

Altersunterschiede von zwanzig oder mehr Jahren waren längst gesellschaftliche Realität geworden.

Bei Richie war es ebenso. Aber was würden Jeffs Eltern von solch einer Beziehung halten? Sie vertraten konservative Werte und hielten nichts davon, aus der Reihe zu tanzen.

Ihm gefiel ihre Art, wie sie gerade hereingekommen war, auf eine natürliche Weise, nicht affektiert. Ganz beiläufig zog sie seine Blicke auf sich. Durch einen jungen Menschen fühlte man sich in die Zeit zurückversetzt, in der das Leben noch vor einem lag, man Sorgen und Probleme gelassen hinnahm und weglachte. Einen der größten Nachteile des Älterwerdens, neben den sichtbaren Spuren, sah Jeff darin, die Unbekümmertheit zu verlieren.

Die Attitüde, nicht zu denken, sondern zu machen, wich dem endlosen Grübeln und führte letztendlich zum

Verwerfen von Spinnereien. Unwägbarkeiten wurden zum imaginären Feind der Reisepläne, Hotelvakanzen und Wettervorhersagen.

Der Kellner schäkerte mit ihr, wirkte gelockert. Kannten sie sich? Er blieb an ihrem Tisch stehen, stemmte eine Hand in die Hüfte und zeigte Richtung Theke. Sie bestellte wohl ein weiteres Getränk.

Die Frau blickte zu Jeff rüber.

Er lächelte, woraufhin sie ertappt den Kopf nach unten neigte. Kurz blätterte er in der Zeitung, wollte den Moment verstreichen lassen. Es war zu früh, wieder zu ihr zu blicken. Gespieltes Desinteresse funktionierte immer, das wusste er.

Nach einem Artikel zum Weltgeschehen, den er überflog, schielte er vorsichtig zur Theke.

Aus dem Augenwinkel erfasste er ihren Tisch, an dem sie noch saß.

Wenig später schickte die Frau sich an zu bezahlen und ihn überkam ein Anflug von Unruhe. Er verabscheute diese Momente, wenn eine ihm sympathische Frau ihrer Wege ging, die seine nie mehr kreuzen würden. Falls sie sich doch wiedersehen würden, erinnerten sie sich dann noch einander? Alles, was Jeff von ihr wahrgenommen hatte, sagte ihm zu. Außer ihr Alter. Genau wie er trug auch sie wohl eine Menge an sozialen Kontakten mit sich herum, die für andere unsichtbar blieben.

Bevor sie aufbrach, wollte er einen letzten Blick von ihr erhaschen, womöglich, um sein Selbstwertgefühl zu steigern. Oder weil sie ihn in ihren Bann zog. Ihm gefiel dabei, dass sie sich dessen nicht bewusst zu sein schien. Er fixierte die blonde Frau und hoffte auf einen

Augenkontakt, bevor sie in ihr Zuhause zurückkehrte, für ihn unerreichbar.

***

Linda wartete am Tresen, zahlte dem Kellner die aufgerundete Summe und verabschiedete sich. Sie wusste, dass jemand sie beobachtete. Von der anderen Seite traf sie das schalkhafte Lächeln des Mannes. Diesmal hielt sie stand und beantwortete es. Zumindest kurz. So etwas war sie nicht gewohnt.

Sie wendete sich ab und lief beschwingten Schrittes hinaus. Linda bückte sich, sperrte das Schloss auf und schob ihr Rad zum Bordsteinrand. Hinter ihr ertönte eine Stimme, doch sie verstand nichts, weil das Brummen der Stadt und das Flehen des leichten Windes zu stark konkurrierten. Ruckartig blickte sie über die Schulter. Ihr Haar flog zur Seite, und für einen Moment erwartete sie, den Kellner zu sehen.

„Warten Sie“, rief der Mann, der sie eben angelächelt hatte, mit gutmütiger Miene.

Fragte er nach ihrem Namen oder wollte sie sogar einladen? Einmal hatte er herübergesehen, doch sie gab vor, es nicht zu bemerkt zu haben.

„Die hast du vergessen“, sagte jener in einem fürsorglichen Ton. Hinter seinem Rücken holte er, wie ein Geschenk, etwas hervor. Lindas Blick verschleierte, senkte sich dann, als sie den Grund für den Kontakt ausmachte.

Ihre Tüte voller Obst.

„Die hab ich ja völlig verg… verdrängt.“

Sie fasste sich an die Wange. „Danke schön.“

Lindas Gesicht und ihre Ohrläppchen bereiteten sich darauf vor, eine dunklere Farbe anzunehmen. Sie bockte ihr Rad auf, was nicht sofort gelang, um die wenigen Schritte zum Eingang zurückzugehen.

Der Mann, der ihr Vater sein konnte, kam ihr halb entgegen. Seine braunen Augen blitzten auf und flößten ihr Vertrauen ein. Das dunkle Haar war leicht angegraut und akkurat gescheitelt. Zittrig empfing sie die im Sonnenlicht schimmernde Tragetasche und blickte in ein teilnahmsvolles Gesicht. „Na dann. Ich d-danke Ihnen recht sehr."

„I wo, ist keine Ursache", sagte der Mann mit wohltemperierter Stimme.

Linda starrte zum Boden.

„Wiederschaun", sagte er.

Sie entgegnete zerbrechlich: „Ja."

Dann schlurfte sie zu ihrem Rad. Gleich einem Trampolin war alles wackelig, der aufrechte Gang wirkte so ungewohnt, wie er für einen Säugling sein musste. Sie klappte den Ständer zurück und hob verstohlen den Kopf.

Er war noch dort und blickte sie an.

Obwohl auf der Straße nichts kam, schaute Linda oft zur Seite, stieg auf und trat in die Pedale. Bloß nicht vom Rad fallen. Die Tüte hielt sie krampfhaft fest.

Auf der anderen Seite sicher aber ungelenk angekommen, bog sie in eine Nebengasse ein. Sich außer Sichtweite wähnend, stieg sie sofort ab und atmete tief durch.

Wieso sollte er ihr nachlaufen? Oder glaubte er, sie hätte die Tüte absichtlich vergessen?

Verlegenheitsröte sammelte sich in ihrem Gesicht.

Wahrscheinlich sah er sie genauso, wie sie sich gerade fühlte. Ein unbeholfenes Mädchen, das in der Schule für ihren Lehrer schwärmte und auf frischer Tat ertappt wurde.

Eines sah er bestimmt nicht in ihr. Eine Frau.

***

Jeff war zurück an seinem Platz und schaute zum Fenster hinaus. Einen Moment war sie noch da, dann fort. „Ade“, sagte er leise.

Ihm war ihr Missstand aufgefallen, er half und verhielt sich korrekt. Ein Hintergedanke hatte sich in den Vordergrund gespielt, bis er aus der Nähe ihre Jugendfrische gesehen und sein ursprüngliches Vorhaben geändert hatte. Schon bedauerte er es. Konnten sich ein Mann und eine junge Frau nicht ungezwungen unterhalten? Jeff hatte einen Impuls gespürt, nicht weiterzugehen. Die öffentliche Meinung vermutete Lüsternes dahinter, wenn ein gestandener Mann mit einem weiblichen Wesen sprach, das nicht mehr Kind, jedoch längst keine erwachsene Frau war.

Der Kellner kam heran. „Was darf es sein, der Herr?“

„Einen Kaffee, bitte.“ Ausnahmsweise war ihm nach Koffein. „Und ein Kipferl, den Briochekipferl nehme ich.“

„Wie möchten Sie Ihr Getränk gerne?“

„Einen normalen bitte, schwarz … und wie früher üblich.“

Diesen Seitenhieb verkniff er sich nicht. Der Kellner schaute unverständig drein. Mit dem Zusatz „Wie früher üblich“ konnte er wohl nichts anfangen.

Jener dürfte nicht älter als zwanzig sein, doch die große Kaffee-Invasion, mit einer aberwitzigen Auswahl und ebensolchen Namen, hatte bereits eingesetzt, als die Bedienung das Getränk noch nicht buchstabieren konnte, geschweige trinken durfte.

Jeff biss vom mit Mandeln und Honig gefüllten Kipferl ab. Mit einem Schluck des Aufputschers spülte er nach. Draußen flogen Leben vorüber, Biografien und Schicksale unterwegs. Welchen größeren Weg beschritten sie?

Namen und Daten, die sich trafen, bald vermählten und irgendwann trennten. Bei Jeff änderte sich ein Fakt, wenn auch erneut seine Adresse.

An einem Sonntagabend, über drei Wochen war es her, hatte er Richie besucht. Erstaunlich war, dass sie ein ganzes Studentenleben rekapitulieren konnten, während sie eine Flasche Apfel-Rosenlikör leerten. Sie hörten unvergängliche Silberlinge und Platten und sein Spezi legte eine Kassette ein, die hoffnungslos rauschte und knisterte. Peinlich berührt hörte Jeff der fernklingenden Aufnahme zu. Und doch erkannte er sogleich jede Einzelheit.

Jeden Verspieler und jeden Ton, den Richie oder Jeff nicht getroffen hatten. Einzig ihr Drummer hatte wie ein Uhrwerk funktioniert.

Ein Kommilitone hatte es damals mitgeschnitten, zunächst vergessen und Richie später zugeschickt. Der letzte Song namens „Bruised“, ausnahmsweise komplett von Jeff geschrieben, endete abrupt. Dann mäßiger Applaus und einige Rufe. Nach dem Anhören des Tapes, die bittersüße Freude war verflogen, zückte Jeff einen Flyer. Auch aus jener Zeit.

Angeheitert, und wohl erfreut darüber, die gemeinsame Zeit zu beleben, hatte Richie ihn eingeladen, für eine Weile zu bleiben. Diese Weile hatte nun schon zu lange gedauert. Es war Zeit, sie zu beenden.

11.

Seit vier Tagen war die Zahlung der Eltern überfällig und allmählich glaubte Klaus, es war entschieden. Das, was er denen nicht zugetraut hatte, nahm Formen an. Auch wenn eine Resthoffnung blieb, die Eltern hätten nur vergessen, sein Konto mit dem üblichen Betrag zu speisen.

Nach elf Uhr traf Linda ein und war, was ihn überraschte, allein. „Ist nicht mehr viel, was noch fehlt", sagte sie und trug eine Sporttasche zu ihrem Zimmer.

Wenig später klopfte es an seiner Tür. Er schluckte die Reste des Cookies herunter und rief: „Jo?"

Durch den Türspalt kam ihr Blondschopf zum Vorschein. Ihr Gesicht lag im Halbdunkel. „Das war's erst mal", sagte sie gelassen, ohne dass er sie deutlicher sah.

„Schon?" Er hatte gehofft, sie würde länger bleiben.

„Mehr Zeit hab ich leider nicht. Muss jetzt zu 'nem Job."

Klaus stützte sich an den Lehnen auf und machte drei Schritte, damit sie ihn besser sah. Sie öffnete die Tür so weit, dass der Flur sich erhellte.

„Nach der Arbeit?"

„Möchte ich nicht verlieren. Ist 'ne Großtanke. Die läuft super und na, bringt mich über die Runden."

Kurz blitzte ihr goldfarbenes Kruzifix auf. Er ahnte, dass ihr Leben ähnlich sorgenvoll war wie seins.

Nachdem Linda sich bis zum morgigen Dienstag verabschiedet und ihm einen „Schönen Tag" gewünscht hatte, klingelte es wieder. Keine Minute später.

Hatte sie was vergessen?

Er rauschte hin und öffnete, ohne richtig hinzuschauen. Aus dem Augenwinkel sah er trotzdem, dass es nicht sie war. Halb abgewendet drehte er sich ganz hin und erkannte eine ihrer Freundinnen, die einräumen geholfen hatte. Ihren Namen erinnerte er sofort.

„Hi", sagte sie, als ob er sie erwartete.

„Hallo, Tessa."

„Ich wollte kurz zu Linda. Sie ist doch da, oder?" Suchend äugte sie an ihm vorbei. Eine honiggelbe Umhängetasche, die wie gerade gekauft aussah, wippte an ihrer Seite. Das Make-up war ausgehfertig.

„N-nee, nee, leider nicht", sagte er. „Ist grad weg."

„Och, schade."

Schweigen bahnte sich an, das Klaus unterbrach, bevor es zu unangenehm wurde: „Seid ihr verabredet?"

„Nicht ganz. Ich wusste, dass sie hier ist. Nachher klappt's ja auch nicht."

„Möchtest du t-trotzdem reinkommen?"

„Wenn ich schon mal da bin."

Er wich zur Seite und sie trat ein. Ein beherzter Ausdruck huschte durch ihre meeresgrünen Augen, die ihn letztes Mal einschüchternd spöttisch angeblickt hatten.

Ihr rötliches Haar schimmerte. Strähnen fielen über ihre Ohren und bedeckten mit den Sommersprossen ihr scharf geschnittenes Alabastergesicht. Tessa machte zwei unentschiedene Schritte zur Küche hin, da sie wohl nicht erwartete, dass Klaus sie in sein Zimmer bat.

„Mach's … dir auf der Couch gemütlich", stammelte er. „Bin … bin gleich wieder da."

„In Ordnung."

Klaus suchte seinen Raum auf, um der Situation zu entfliehen. Intuitiv prüfte er seine Nase, die schwach blutete, und tupfte sie ab. Mit dem Daumen fühlte er seinen Puls, der einem Up-Tempo-Beat gerecht wurde.

Damenbesuch war nichts, woran er gewöhnt war. Besucher an sich waren das nicht, schon gar nicht unerwartete.

„Satan", stieß er aus, äugte zum Regal und vollzog die leidige Prozedur. Ein bitterer Nachgeschmack der Tablette füllte seinen Gaumen, den er mit Wasser wegspülte.

Er atmete ein paarmal durch und ging in den Flur. Tessa saß auf der Couch, auf demselben Platz wie vorgestern. Er trat in ihr Sichtfeld und sie lächelte. Dann neigte sie den Kopf nach unten. „Möchtest du was zu trinken?"

„Was Kaltes hast du ja nicht, ne?" Ihr spöttischer Blick folgte.

Seine Arme lösten sich voneinander und hingen verloren herum. Klaus wendete sich zum Kühlschrank. Eine Cola-Flasche in der Hand, schubste er die Tür zu.

„Ja, genial. Hab mich richtig abgestrampelt."

„Du hast doch ein Auto. Warst du in der Nähe?"

„Ich komme von der Uni. Da kriegt man keinen Parkplatz."

„Ach, soho. Wusste gar nicht, dass du auch studierst." Klaus holte ein Glas und schraubte mit einem Zischen die Flasche auf. Er schenkte das Getränk so großzügig ein, dass es überschwappte. „Ups."

„Ja, Bio", antwortete sie. „Bald drittes Semester."
Ein Knallgeräusch von der Straße fügte sich wie ein Satzzeichen hinter ihre Worte, die gedrosselt waren.

Mit dem Küchenpapier tupfte er Glas und Tresen ab. Mehrmals wischte er hin und her, wonach das von Cola getränkte Tuch im Mülleimer landete.

„Dann bist du ja auch auf dem Campus." Er stellte das klebrige Glas und die Flasche an ihren Platz.

„Wo sonst?" Sie nickte mehrfach, um ihrer Aussage wohl das angemessene Gewicht zu verleihen. Strähnen flogen wild vor ihrer Oberlippe hin und her, sodass Tessa sie hinter ihre Ohren legte.

Stehend fühlte er sich unwohl, zudem musste sie ständig ihren Kopf in den Nacken legen, also setzte er sich ihr schräg gegenüber hin.

„Mit dem Rad also … wow. 'Ne stolze Ecke bis hierher."

Sie nahm zügig einen ordentlichen Schluck und fixierte ihn. Dann schnalzte sie und setzte das Glas ab, mit beiden Händen umfassend. „Was tut man nicht alles für 'ne Freundin."

„Jo, richtig." Klaus betrachtete ihre dünnen Finger und suchte nach einem Ansatz für weiteren Gesprächsstoff. Sie studierte also auch, am gleichen Campus wie er. Nur hatte er keine Lust, darüber zu reden. Etwas zu Linda zu fragen, fand er passender.

Bevor er loslegte, klingelte es zweimal. Wer konnte das denn sein? Halb zwölf zeigte die Wanduhr oberhalb der Tür, durch die er rüberging.

Draußen stand Jeff, viel früher als verabredet.

Vielleicht sollte der mal seine Uhr checken lassen.

„Nanu", sagte Klaus. „Hat ja nu zeitig geklappt. Hallo."

„Dank der grünen Welle", sagte der andere, zog sich die Schuhe aus und stellte sie ab.

Seine Habe, zwei Reisekoffer und eine Matratze, platzierte er neben der Garderobe. Jeff ließ die Tür zuschwingen und schritt zur Küche. Klaus ging ihm hinterher.

„Jeff Gonnaire, grüße dich. Du wohnst bereits hier.“
Er reichte ihr seine Hand, in der ihre zarten Finger verschwanden.
„Nein, ich bin Tessa. Eine gute Freundin.“
Jeff blickte sie an, als verstehe er nicht.
„Nun, ich dacht nur“, sagte er zu ihr. „Klaus hatte das erwähnt.“
„Ich bin zufällig hier. Wollte Linda abpassen. Kurz vorher ist sie weg.“
„Okay, schade.“ Eine leichte Röte erfüllte Jeffs Gesicht. Der Moment war verflogen. Tessa beugte sich vor und klemmte die Hände unter die Kniekehlen.
„Ich muss los. Ist doch spät, ne.“
Spät für was, dachte Klaus und sagte: „Echt?“
Hastig trank Tessa das Glas aus, zog sich geschickt die Jacke über und strich über ihre Bluejeans. Sie blickte keck hoch und stand auf. Erst reichte sie Klaus, danach Jeff die Hand.
„Linda wird staunen.“
„Ich … ich freu mich ebenfalls, Tessa.“ Jeff verabschiedete sich und lächelte schalkhaft. „Ich hoffe, man sieht sich mal wieder.“
Jeffs Blick wanderte ihren Körper entlang, blieb an den richtigen Stellen etwas länger haften. Kurz schauten sich Tessa und er einvernehmlich an, als wäre niemand anders hier. Was bildete der sich ein?

Bevor Klaus sich über eine Schimpftirade entladen konnte, war der Moment schon vorbei und Tessa wendete sich ab.

Jeff betrat den Flur, packte die Matratze und brachte sie zwei Türen weiter. Sie und Klaus blieben derweil in der Küche. Was sollte er zu ihr sagen? Er zügelte sich, weil das, was ihm sein Gehirn anbot, falsch herüberkommen könnte. Oder genau richtig?

Nach einem verstohlenen Blick löste sie die Situation auf. Tessa verlagerte ihr Gewicht auf die Fußspitzen, wirkte dadurch größer als er. Mit einem Ruck ließ sie sich in die Ausgangsposition herunter, vielleicht wollte sie so ihren Körper überreden, sich zur Tür hin zu bewegen.

Ihr Mund formte sich zu einem kleinen o. Als Tessa aus der Küche hinausschlenderte, pendelte ihr Pferdeschwanz hin und her.

„Wo bleibst du?“, schien ihr Seitenblick zu fragen.

Wäre alles noch wie vor einer Woche gewesen, hätte sie die Flaschen und Kartons bei dem schummrigen Licht nicht gesehen. Er hätte sie nicht nach draußen begleitet, sondern sie ziehen lassen.

An der Wohnungstür drehte sie sich elanvoll um und formte die Lippen, um ihren Stimmbändern den Samtklang zu verleihen. Klaus war ihr so nahe, dass er riechen konnte, wie sie duftete. Irgendwie nach einer Dahlie oder Lilie, zumindest nach einer Sommerblume, wenn er den Sinneseindruck, den er zuletzt vor unzähligen Jahren erhalten hatte, richtig erinnerte.

„Echt nett“, kam er ihr zuvor, „dass du hier warst.“

„Ja, finde ich auch.“

„Denn komm mal gut nach Haus." Seine Augen schweiften unstet umher und blieben länger als nötig an ihren hochhackigen Stiefeletten haften.

„Bis dann, Jeff", rief sie in den Flur hinein.

Nach einigen Momenten drang ein dumpfes „Wiedersehen" aus dessen Raum bis zur Tür, die sie öffnete.

„Bis bald." Es klang nicht wie eine der üblichen Floskeln. Ihre Worte hatten Gewicht und Gefühl.

„Jo, bis denne", sagte Klaus mit ebenso viel Subtext und knipste das Licht im Treppenhaus an.

Diese beiderseitigen Worte hätten nicht anders geklungen, wenn er morgen für ein Jahr nach Afghanistan hätte müssen.

Nach den Stufen an der Windung bog sie um die Ecke, guckte hoch und lächelte schüchtern. Sie hatte erwartet, dass er ihr nachsah, sonst hätte sie nicht aufgeblickt.

Er hob eine Hand und rief ihr: „Tschau, Tessa" in Zimmerlautstärke hinterher, welche der Klangkörper namens Treppenhaus wie ein Dolby-Surround-Verstärker unüberhörbar aufmotzte. Jeder wusste nun, dass er Besuch gehabt hatte, und zwar weiblichen. Würde man ihn noch für einen Eigenbrötler halten?

Manchmal hatte er jemanden auf den Stufen vermutet, obwohl niemand da gewesen war. Wohl nur ein Lichtstrahl, der sich im Fensterglas brach und an der Wand reflektierte. Er verharrte, bis sie sein Blickfeld verließ. Langsam schloss er die verzogene Tür.

Jeff stahl sich hinter seinem Rücken hervor. Unverkennbar hatte er eine Frage auf den Lippen. „Apropos. Könnte ich ab heute schon bleiben?"

Er blickte hoffnungsvoll wie ein Asylbewerber, der auf

hiesigen Ämtern die Formulare abgeliefert hatte.

„Klar“, sagte Klaus widerstrebend. „Warum nicht?“

Sein neuer Mitbewohner wollte sich abwenden.

Klaus wagte sich vor: „Soll nicht unverschämt sein, aber wäre … ginge die Miete gleich?“

Jeff verzog den Mund. „Die volle Summe?“

Seine wirre Scheitellinie neigte sich vor. Er entnahm einer Brieftasche raschelnd vier braune Scheine.

„Hm, Überweisung wäre klar besser.“

Jeff wollte das Geld zurückstecken.

„Obwohl, etwas in bar wäre ultracool.“

Zögerlich streckte Jeff ihm einen Fünfziger entgegen. „Reicht das fürs Erste?“

Klaus nahm ihn wortlos an sich.

„Gib mir deine Banknummern. Ich erledige das gleich.“

In seinem Zimmer notierte Klaus seine Kontodaten und griff zum Ersatzschlüssel. Beides übergab er an Jeff vor dessen Raum.

„Der Rest“, sagte Klaus, „also ich br…“

„Mittwoch, dann ist es da.“

Jetzt war es so weit. Die Wohnungstür könnte von fremder Hand aufgehen, jeden Moment. Jemand würde mit einem Schlüssel stochern und ratschen und dann würde ein Luftzug hereinschwappen. Nahe Schritte, ein Räuspern, es würde an der Garderobe klappern. All das hatte Klaus so gewollt, weil es nötig war. Er konnte es aber vielleicht noch nicht aushalten. Die ungestörte Privatsphäre, die über Jahre bestanden hatte, fand jäh ihr Ende.

Spürte er die Gegenwart eines anderen Menschen? Es war still, und doch hielt sich hinter der Wand in seinem

Rücken jemand auf. Was tat, was dachte der? Bald würden es zwei sein, mehr als er.

Lindas Mobiliar wartete in ihrem Zimmer, das sie erst morgen bezog. Für Klaus wurde die Luft dünner. Ihre Fingerabdrücke, ihre Geschichte und ein Leben lagen auf diesen Gegenständen, die sie begleitet hatten. Was würde ihr in dem Alter schon passiert sein? Bis er ungefähr so alt gewesen war, hatte er selten sein Heimatdorf verlassen. Das Leben dort schien immer gleich zu bleiben, abgeschnitten von der Außenwelt.

Früh war seine Mutter ergraut und färbte fleißig. Sein Vater kämpfte gegen das böse Cholesterin an. Die Fernsehapparate raubten stets mehr Platz und verbesserten sich, während das Programm verkümmerte. Für alle.

Gehemmt hockte er nun herum, drückte an TV und Laptop die Stummtaste, reduzierte sein Dasein auf ein Minimum. Von nebenan drang kein Geräusch.

Zwölf Uhr war vorüber, also konnte er in die Küche gehen und sich noch ein Bier holen.

Es duftete nach Früchtetee. Am Tresen hantierte Jeff und schmierte sich ein Brot. Klaus stockte, doch zwang sich, weiterzugehen. Schließlich würde das jetzt öfter so sein. Sie würden sich begegnen, in der Küche oder auf dem Weg zum Bad. Man würde Kleinigkeiten austauschen, Gesten, und Gespräche, für die er erst noch Worte finden müsste. So wie jetzt. Klaus nickte, um seine Verlegenheit zu überspielen.

Jeff erwiderte es und schnitt hauchdünne Paprikascheiben, die sich auf ein Brettchen türmten.

„Der zweite Hunger kommt meist so spät“, sagte Jeff. Damit verlor die Situation Tonnen an Gewicht.

„Das habe ich von früher beibehalten."

„Vom Studenten-Wohnheim?"

„Genau. Um diese Zeit war es immer gesellig. Wir diskutierten, tranken … und spannen uns die Welt zurecht."

Klaus setzte sich an den Klubtisch. Ein ihm Fremder benutzte seinen Wasserkocher und bewegte sich selbstgewiss, als wäre er nie woanders gewesen. Die Einrichtung wirkte gleich anders.

„Das ging bis tief in die Nacht hinein. Derjenige, der sich zuerst schlafen legte, hatte verloren. Am nächsten Tag zogen wir ihn auf."

Solch eine Gemeinschaft war Klaus bisher fremd geblieben. Hätte ihm so etwas gutgetan?

„Heute klappt das wohl nicht mehr, oder?"

„Eher unfreiwillig", gab Jeff zu. „Ich kriege nicht mehr die volle Stundenzahl. Mal muss ich in der Früh, mal spät beginnen. Und an manchen Tagen nicht mehr. Ganz wie an der Uni." Jeff lachte und biss in sein Brot. „Das kennst du ja."

Klaus nickte. „Aus dem Effeff."

„Leisten muss man eh", fügte Jeff müde an. „Du, sei mir nicht bös. Ich habe noch etwas zu erledigen." Jeff nahm das Brettchen und ging hinaus.

Klaus hatte gehofft, die Küche leer vorzufinden. Aber jetzt passte es ihm nicht, dass es so war. Er nahm eine Dose Bier aus dem Kühlschrank. Was lag auf dem Fenstertisch? Er ging hin und schaute nach. Es war ein abgegriffener Roman, dessen Autor einen französischen Namen trug. Nie von ihm gehört. Klaus nahm das Buch und brachte es Jeff nach. „Lies es nur", sagte der, „ist höchst lehrreich."

***

Letztlich brauchte er ein Dach über dem Kopf und ein Bett. Bei Richie hatte er auf einem ungemütlichen Schlafsofa gepennt. Hier hatte er seine eigene Matratze und viel mehr persönliche Dinge, um sich wohlzufühlen.

Gerade hatte er den Großteil seiner Habe aus seinem Wagen nach oben geschleppt.

An diesem Tag kreisten in Jeffs Kopf unorthodoxe Ideen. Sie verstrickten sich ineinander zu einem unentwirrbaren Wollknäuel. Als Kind hatte er selten gesponnen, erlebte ständig etwas, entdeckte Baumhöhlen und Unterschlüpfe. Auf dem Land ging das, doch heutzutage wurde es überall weniger.

Freilich wollte er wie jedes Kind Feuerwehrmann oder Lokomotivführer werden, doch diese infantilen Vorstellungen waren, wie die Kindheit, rasch vorübergegangen.

Für die Altersklasse, der er angehörte, galt „too old to die young“, wie er auf Veranstaltungsplakaten in der Stadt gesehen hatte. Manche seiner Helden hatten den dreißigsten Geburtstag nicht erreicht, ab dem der Quell der Inspiration allmählich dahinsiechte. Nicht von ungefähr kam es, dass Jeff in Aussagen von Heranwachsenden, ob in der Kunst oder im Leben, die romantische Vorstellung eines frühen Todes entdeckte.

Richie hatte ihm damals vom Klub 27 erzählt, dessen separat agierende Musiker wie eine Superband wirkte, die sich erst im Himmelsreich formiert hatte. Ohne das Feuer in sich hätten sie weder Großes schaffen noch verglühen können. Diese wunderbaren Künstler hatten im Jetzt gelebt.

Die Zukunft war nichts anderes als ein Raum, in den Jeff womöglich nie einziehen würde. Unentwegt stellte er Dinge hinein, die er jetzt und hier nötiger brauchte.

Was würde Jeff einmal hinterlassen? Keine Gedanken, nur Gebäude. Toten Beton anstatt lebhaften Gefühls.

Das Beste, was ihm jemals gelungen war, war seine Tochter. Daran gab es keinen Zweifel. Wann würde er sie endlich wiedersehen?

Statt mit ihr auf der Couch herumzubalgen, saß er in diesem Raum herum, der noch karg wirkte. Er schaute sich zu allen Seiten um. Nachdem Inga ihn zum Verlassen des Hauses aufgefordert hatte, nahm er überstürzt nur das Nötigste mit.

Warum nicht jetzt dorthin fahren? Es würde niemand zu Hause sein. Inga würde nicht merken, dass er da gewesen war, und Jocelyne spielte bestimmt irgendwo draußen.

Er zog die Norweger an und ging in den Korridor. Nebenan war es ruhig. Von einem Nagel an der Wand nahm er den Schlüssel und betrat das Treppenhaus. Den Aufzug ignorierte er, schritt stattdessen die aus Stein gehauenen Stufen hinunter, vorbei an all den anderen Wohnungen. Bis auf Klaus und Tessa hatte er noch niemanden im Haus gesehen. Nach den Schühchen zu urteilen, die in einem der Flure standen, wohnten hier auch Familien. Durch eine Tür drangen Stimmen. Aus dem Radio, Fernsehen oder von gegenwärtigen Menschen, das konnte er nicht ausmachen. Kurz blieb Jeff stehen, aber er verstand auch nicht, worum es ging, also weiter.

An einer Treppenwindung sah er durch ein Fenster einen Maler, der auf einem Gerüst kauerte und die gegenüberliegende Fassade strich.

Bei Wind und Wetter hockte der da oben. Was unten auf der Straße passierte, durfte den Maler nicht interessieren.

Hatte er Spaß an seinem Job? Vielleicht wollte er viel lieber vor einer Staffelei stehen und ein unvergessliches Kunstwerk erschaffen.

Draußen angekommen, wehte Jeff ein feuchter Wind ins Gesicht. Das Rauschen der Fahrzeuge und die lauthalsigen Rufe der Malerkolonne hatte er drinnen gar nicht gehört, die Radfahrer nicht erahnt, die rücksichtslos an ihm vorbeisausten. Zitternd verschränkte er die Arme vor der Brust. Das Hemd wärmte ihn so wenig, als wäre es seine nackte Haut. Da war schon sein Wagen.

Jeff fasste allen Mut zusammen und steuerte seinen Wagen durch die Schluchten der Stadt hinaus zur Siedlung, die ihm so lange Heimstätte gewesen war…

Der Schlüssel passte noch und Jeff betrat den Hausflur. Leise zog er die Tür zu. Bis auf den Orangenduft eines Reinigers schien alles beim Alten. Es sah noch alles so aus, wie er es verlassen hatte. Und doch beschlich ihn ein Gedanke. Was, wenn ein Fremder sich ihm entgegenstellte? Er konnte es nicht ausschließen und bereitete sich darauf vor, während er zu seinem Arbeitsraum schlich. Dort empfing ihn dieselbe Stille, wie sie im Rest des Hauses hing. Vielleicht plagte ihn doch das schlechte Gewissen, hier heimlich einzudringen.

Er kramte gerade in einigen Unterlagen, da vernahm er eine Stimme, die sein Herz zum Klopfen brachte. „Papa, Papa, ja“

Jocelyne stürzte sich auf ihn und umklammerte fest seine Oberschenkel, wollte ihn gar nicht loslassen.

„Kommst du jetzt wieder heim, Papa?“

„Hallo, mein Liebling. Das würde ich gerne, wirklich gerne“, sagte er, hob sie hoch und küsste sie auf die Wangen.

„Geht’s dir denn gut, Jocy?“

„Du fehlst mir.“

„Du mir auch, mein Schatz. Du mir auch.“

„Warum bist du hier?“ Mit Eisesstimme unterbrach Inga die Wiedersehensfreude nach dieser viel zu langen Trennung.

Sie stand im Türrahmen, so als wollte sie Jeffs Arbeitsraum nie mehr betreten.

„Es ist auch mein Zuhause, nicht?“

„Das war es.“

„Steht das etwa schon fest?“

„Wir kommen wunderbar zurecht. Ohne dich.“

Sie wendete sich Jocelyne zu und sagte: „Geh mal auf dein Zimmer. Spiel was, ja?“

Jeff ließ sie herunter. Sehnsüchtig blickte sie hoch zu ihm, wie nur Kinder es konnten. „Na los“, sagte er sanft und strich ihr übers Haar.

Widerwillig stampfte sie die Steintreppe hoch und drehte sich zu ihnen um, als warte sie auf ein Zeichen, umkehren zu dürfen. Jeff nickte ihr zu, woraufhin sie weiterging. Ihre Tür knallte ins Schloss.

„Jocelyne braucht mich, braucht uns. Das siehst du doch.“

„Sie ist ein Kind.“

„Genau deshalb.“

„In einer halben Stunde hat sie vergessen, dass du hier warst."

„Wie kannst du so herzlos sein?"

„Mach ruhig weiter so, Jeff. Du lernst es nicht mehr."

Was meinte sie damit? Aus Trotz wählte er die Offensive. „Gibt es einen anderen, Inga?"

Die Antwort, gleich wie sie ausfiel, würde ihn nicht mehr umwerfen.

„Pfff, das ist typisch. Als wäre alles nur so, weil …", sie verschränkte die Arme. „Ist besser, wenn du jetzt gehst."

„Nicht ohne ein paar meiner Sachen. Das wirst du mir sicher gestatten, Inga."

„In fünf Minuten fahr ich zum Fechten. Beeil dich."

„Fechten?" Jeff lächelte ironisch.

Sie drehte ihren Oberkörper ungeduldig hin und her. Dann schaute sie auf ihre Uhr.

Was hatte er einmal in ihr gesehen? Damals studierte sie Sportwissenschaften, war jung und voller Träume und Ideale. Ein Ausbund an Elan und Herzlichkeit. Jeff fragte sich, was davon übriggeblieben war. Nichts als kalte Abweisung, wie man einen unerwünschten Anruf abwürgte.

Er schaute die Buchrücken durch, tippte sie an und zog drei Romane, ein paar Dramen und ein Heft für Gitarrengriffe heraus. Aus der Schreibtischschublade nahm er einen Ordner, in dem alte Arbeitsunterlagen abgeheftet waren. Den Plattenwechsler klemmte er ab und warf einen wehmütigen Blick zum Schreibtisch und dem Regal. Dann verließ er den Raum. Sein Aufenthalt war beendet.

Inga stand wie angewurzelt im Flur und nickte stumm. Sie fertigte ihn ab wie einen Paketboten, der sich in der Tür geirrt hatte. Die Botschaft, die sie aussendete, war unmissverständlich.

Jocelyne wartete oben und hielt sich am Geländer fest. Sie winkte ihm traurig zu. „Tschüssi, lieber Papa."

Jeff erwiderte es schweren Herzens.

Ihre Tochter verstand vermutlich mehr, als Inga und er glauben mochten. Die einzig Vernünftige in diesem Possenspiel.

Zurück fuhr er durch eine rote Ampel und missachtete das Tempolimit. Bloß weg da. Er parkte auf demselben Platz wie gestern, stützte die Hände auf dem Lenkrad ab und atmete tief durch. Beim Abschnallen fiel sein Blick auf den Rücksitz.

Dort lagen neben dem Plattenwechsler ein Ministaubsauger und die Bücher, die er mitgenommen hatte, unter anderem ein Gedichtband Rimbauds. Hin und wieder beruhigte es ihn, darin zu blättern. So auch jetzt.

Beim Lesezeichen, einem schwarzen Flyer, schlug er ihn auf.

Jeff schmunzelte. In leuchtendroter Druckschrift las er: „Debbie Cries / 18.5.00". Darunter ein unscharfes Foto von einem ihrer Auftritte, am Mikro Richie, rechts Jeff mit Gitarre, dahinter Clay an den Drums.

Sie hatten Post Punk gespielt, viel geträumt und geprobt, wie ihre Zeit und Energie es zuließen. Die ausgefallenen Spielarten lernte er erst durch Richie kennen, der ihm stetig Tapes auslieh und gewisse Akkordfolgen zeigte.

Lediglich Rabea und zwei Freundinnen, darunter seine spätere Frau Inga, hatten ihrem letzten Mittwochs-Gig zugehört. Auch deshalb misslang dieser Auftritt gründlich. Bei anderen Malen erreichte er einen erhebenden Gefühlszustand; Leute applaudierten und riefen ihnen etwas zu. Mitunter hatte es Jeff beschämt, sich den Zuhörern gegenüber zu öffnen.

Wäre es jetzt anders? Jeff seufzte, legte den Flyer zurück, schlug den Gedichtband zu und stieg aus.

Vor der Gebäudetür überraschte ihn ein Mann, der aus dem Haus stürmte. Mit einem Kopfnicken grüßte er Jeff und huschte an ihm vorbei zu einem Rad an der Mauer. Jeff stoppte die Tür mit der Schulter, während er seine Sachen auf den Händen balancierte. Er schaute dem Mann hinterher, der sich jetzt umdrehte und auf ihn zukam.

„Der Herr Altwegner, ist der nicht da?“ Ungeduldig fügte der Bote hinzu: „Ich war dreimal hier.“

„Geben Sie her, ich kümmere mich darum“, sagte er und ließ die Tür ins Schloss fallen. Seine Sachen stellte er auf den Boden.

„Kennen Sie den Herrn?“

„Ich wohne hier.“

Der drahtige Endzwanziger mit rotfleckigem Gesicht eilte heran und reichte ein Päckchen hoch, das Jeff entgegennahm. Den Scanner vor sich, schrieb er mit links geschwungen „Gonn.“.

Der Bote dankte, schwang sich auf sein Rad und bog in einen Hinterhof ein.

Jeff sperrte die Tür auf und fixierte sie von innen.

Durch das Päckchen daran erinnert, schaute er in den Briefkasten. Der jedoch war leer.

Er schloss ihn und drehte sich zum Aufzug herum, wovor er alles abstellte. Im durchgängigen Spiegel der Kabine sah er die Kopfhaut durch sein Haar schimmern. Schweißtropfen perlten an den Schläfen. Er hätte dessen ungeachtet Treppen steigen sollen. Ein muffiger Geruch durchdrang den Raum, der so groß wie zwei Telefonzellen war. Die Aufzüge in der Firma waren geräumiger. Meistens rochen sie sogar besser. Später erst würde er das wieder bemerken.

Er hatte den halben Tag frei, was wie gerufen kam. So konnte er sich im Zimmer einrichten, hier und da in alten Sachen stöbern und etwas Musik hören.

Allmählich lernte er, die viele Freizeit, über die er verfügte, zu akzeptieren. Zunächst hatte Jeff sich degradiert gefühlt und war gekränkt, dass man sein Methodenwissen und die Erfahrungen nicht mehr umfänglich zu benötigen schien. Seine neue Umgebung, zuerst bei Richie und nun in dieser Wohnung, milderte es. So wurde manch zurückliegender Tag, den er im Studentenheim verbracht hatte, wieder lebendig. Er teilte die Stunden, die vor ihm lagen, ein, wie es ihm beliebte.

Irgendwie beneidete er Studenten wie Klaus dafür, sich noch treiben lassen zu können. Er mutete Jeff wie jemand an, der aller Theorie, die in Vorlesungen vermittelt wurde, aus dem Weg ging. Hatte er die Wohnung heute verlassen? Das musste nicht heißen, dass er nicht lernte. Jeff und seinen Kommilitonen war es früher ähnlich gegangen.

Sie zweifelten Lehrinhalte an und die Zeit, die sie nicht an der Uni vergeuden wollten, war zu einem stets wichtigeren Faktor geworden.

Als er den Briefkastenschlüssel aufhängte, flackerte die Lampe im Korridor. Darum würde sich Klaus schon kümmern. Wie auch um das Paket für Herrn Altwegner, das er auf dem Küchentisch abstellte.

Schließlich wollte Jeff hier nicht den Hausmeister spielen.

Dank den Fikuspflanzen und seinem Vorrat an Rotwein blickte ihm ein wohnlicher Raum entgegen. Das Mobiliar bestand aus einem Klapptisch mit zwei Stühlen an der Längsseite und einer Rollgarderobe. An ihr hingen seine Hemden, Hosen und Anzüge, bedeckt von einer Folie, die anstelle der Kleidung den Staub auffing.

Auf dem Nachtschränkchen unter dem einzigen Fenster hatte er das Porträt seiner Tochter platziert. Ihr Kinderlächeln war entschieden zu groß für diesen Raum. Das stärkere Auge war durch ein Pflaster abgedeckt, ihre Kopfneigung ähnelte Inga. Wann würde er Jocelyne wiedersehen? Die letzten anderthalb Wochen waren nicht zu ertragen gewesen. Ständig hatte ihn die Angst befallen, ihr könnte etwas zustoßen. Auch wenn er wusste, dass er sie nicht vor allen Gefahren beschützen konnte.

Stand ihm diesmal eine noch längere Durststrecke bevor?

Würde Inga einen Keil zwischen sie beide treiben? So wie sie sich gerade ihm gegenüber verhalten hatte, musste er mit dem Schlimmsten rechnen.

Vom Porträt seiner Tochter wanderte sein Blick zu einer Skizze von Notre-Dame schräg darüber.

Vor Jahren hatte Jeff die Kirche vor Ort mit Kohlestift gezeichnet. Rabea hatte ihn gerade verlassen, mit Inga war er noch nicht zusammen. Diesen Zeitkorridor nutzte er für einen Trip dorthin. Ziemlich trostlos, wenn man allein unterwegs war. Aber die Stadt umgarnte ihn mit ihrer Schönheit und hatte ihn von seinem Liebeskummer abgelenkt.

Hatte sich Rabea inzwischen einen Namen gemacht? Was Richtiges, Kommunalpolitik, Landrätin, hatte sie betont, wenn sie über Pläne gesprochen und ihn damit indirekt kritisiert hatte. Tatsächlich sah er einmal ihr fremd anmutendes Bild in einer Lokalzeitung. Der Zusammenhang war ihm entfallen.

Er setzte sich auf den Stuhl und atmete tief. In Studientagen hatte er nie besser gewohnt. Es kam ihm beinahe wie früher vor. Die Bude eines rebellischen Twenty-Somethings, der voller Weltschmerz selbst geschriebene Lieder auf seiner Slide Gitarre hämmerte und dazu die eigenwillige Lyrik herausschrie, würde nicht anders ausschauen. Ob er es mal wieder versuchen sollte?

Nach der Schule, der Ausbildung und dem Studium hatte er sich gefragt, was nun kommen sollte. Alles erschien ihm möglich zu sein. Später im Beruf und Familienleben empfand er exakt das Gegenteil. Befand er sich deshalb an dem Punkt, an dem alles Bisherige ohne Sinn erschienen war?

Er hatte viele Erfahrungen gesammelt, gute und schlechte, wie jeder andere Mensch auch. Das Risiko, wieder enttäuscht zu werden, war ihm bewusst. Er schaute zum Zettel an der Pinnwand. Was solls, dachte er sich und tippte die Nummer in sein Handy.

Es dauerte. Zuerst befürchtete er, mit dem Anruf einen Fehler begangen zu haben. Aber seine Neugier auf sie konnte er nicht länger zügeln.

„Naikye hier."

„Hallo, … ich bin´s, Jeff. Der Mann vom Park. Ganz ohne Hund."

Sie lachte. „So schnell habe ich nicht mit deinem Anruf gerechnet. Aber gut, dass du dran bist."

Er sagte nichts, wollte nichts überstürzen.

Sie hatte diese Sorge offenbar nicht.

„Komm doch vorbei."

„Zu dir?"

„Klar."

„Gerne. Wann denn?"

„Passt dir heute Abend? Gegen acht?"

„Und wo wohnst du?"

„Breslauer Straße 11, ist gleich neben dem Wertstoffhof. Unterste Klingel links."

„Schön, ja. Bis dann, Naikye!"

„Ich freu mich auch. Also tschau!"

Beseelt öffnete er nun eine Weinflasche und füllte ein Glas. Trotz der dafür frühen Uhrzeit schmeckte es ihm hervorragend.

Er zog einen der Umzugskartons heran. Unten lagen Bücher, darüber Speicherscheiben und eine Handvoll Schallplatten.

Eine davon nahm er heraus. Die Scheibe rutschte behutsam aus der Hülle, verheißungsvoller Plastikgeruch, wie er einem Neuwagen entströmte. Das Schwarz glänzte unverändert im Licht; der Song „Real Wild Child" war ganz außen, brauchte minimalen Platz und umkreiste die anderen Stücke.

Der Anblick seiner Lieblingsalben erinnerte ihn sogleich daran, wann und wo er sie gekauft hatte, und wie sich die Höreindrücke über die Jahre verändert hatten. Unabdingbar für seinen Seelentrost. Jedes Knacken und Rauschen war unzählige Male erzeugt worden, wenn die Nadel über die lädierten Rillen holperte. Er wusste, bei welchem Song und an welcher Stelle.

Seitlich unten versteckte sich das Tape, das Richie ihm geschenkt hatte, weil er es doppelt besaß. Er steckte die Kassette in den Rekorder, stöpselte den Kopfhörer ein und drückte auf Play. Inmitten des Rauschens und Kannckens erklangen Richies einleitende Worte, mit denen er das Publikum begrüßte. Egal ob zwei oder zwanzig Zuhörer zu ihrem Auftritt gekommen waren.

Sie wussten, dass sie danach länger nicht auftreten konnten, aber nicht, dass es der vorletzte Gig von „Debbie Cries" werden sollte. Jeff lauschte dem hypnotischen Drum Intro, gefolgt von seinem Gitarrenriff.

Dann setzte Richies Baritonstimme ein, die „I´ve known you all my life, Let me show you a better sky" herausschluchzte. Meistens übernahm dieser den Leadgesang, obwohl Jeff die Texte geschrieben hatte.

Jeff ließ Inga glauben, der Song sei ihr gewidmet. Dabei hatte er ihn Jahre vorher über Rabea und sich geschrieben.

So war die Beziehung zu seiner Frau Inga schon von Beginn an in eine Schieflage geraten, weil er sie dreist angelogen hatte, nur um ihr noch mehr zu imponieren.

Die Band bedeutete ihm mehr als nur Spaß. Das wurde ihm wieder bewusst, während er das Weinglas leerte und nachschenkte. Aber wie hätte etwas daraus werden können?

Das Studium begrenzte alle anderen Aktivitäten, und jede Probe mussten sie sich freischaufeln, dafür Vorlesungen, Seminare und Freundschaften vernachlässigen. Inga ließ das nicht länger zu und drängte ihn, seine Prioritäten zu überdenken. Sie hatte seine Interessen nie geteilt und umgekehrt war es genauso gewesen.

Die Liebe, die es zwischen ihnen gewiss einmal gegeben hatte, konnte er nicht rational erklären. Das Feuer war abgeschwächt, und nachdem Ingas Glut erloschen war, fiel ihm auf, dass sie nichts gemeinsam hatten.

Sie hatte um die Trennung gebeten. Wochenlang hatte er es nicht wahrhaben, es nicht akzeptieren wollen. Jetzt, als die Klänge der Vergangenheit in sein Ohr drangen, wurde ihm klar, dass auch er sie nicht mehr liebte. Gewohnheiten und endlose Wiederholungen hatte er zu lange für leidenschaftliche Hingabe und Verlangen gehalten.

Der heilige Bund der Ehe konnte eine harte Nuss sein, deren ehemals fruchtiger Kern längst schwarz und vertrocknet war.

***

Naikye führte ihn durch einen kurzen Flur, der in ein geräumiges Wohnzimmer überging. Mehrere aufwendig gemusterte Orientteppiche bedeckten den Boden.

Jeff schaute sich um. Ihre Wohnung im Parterre wirkte, als wäre sie auf häufige Besuche vorbereitet.

Am rechteckigen Wohnzimmertisch standen vier Sessel, zwei waren weiß, zwei dunkelbraun. An der Wand hingen lauter Familienbilder, in einem Regal standen vereinzelt Plastikfiguren. Er erkannte Goofy, Dagobert, Gandalf und Frodo. Eine Glasvitrine enthielt eine Handvoll Weinflaschen und mehrere Spirituosen.

Sie bemerkte seinen Blick zur Vitrine.

„Meine Eltern haben ein Restaurant. Da fällt immer was zu trinken ab."

„In der Nähe?"

„Am Nordring."

Er überlegte, wo es war. Wahrscheinlich in Laufnähe zu der Straße, in der Klaus wohnte. Sie führte über den Ring hinweg.

„Gefällt dir die Lage?", fragte er, um etwas zu sagen. Auto um Auto sauste am Haus vorbei, obwohl es nach acht Uhr war.

Sie blinzelte ein paar Mal zustimmend. „Diese Unruhe brauche ich irgendwie. Wenn es mal zu still ist, öffne ich sofort das Fenster oder stelle das Radio an."

Jeff nickte.

„Setz dich doch." Sie zeigte zu den Sesseln, wo er Platz nahm, sie ihm seitlich gegenüber.

„Du musst nicht glauben, dass ich so etwas ständig mache." Mit den Fingern fuhr sie sich durch ihr offenes Haar. Sie trug eine schwarze Bluse zu einer engen Bluejeans. Das betonte ihren schlanken Körper, der ihm dadurch noch besser gefiel.

„Was meinst du?"

„Wildfremde Männer im Park ansprechen."

Er lächelte. „Ich bin ja froh, dass du das gemacht hast. Ich hätte mich das nicht getraut."

Ihre Augen leuchteten, woraufhin ihr kühlzarter Blick erschien, den er schon kannte.

„Schön hast du es hier. Gemütlich."

„Einiges stammt von meiner älteren Schwester, die letztes Jahr geheiratet hat. Ihr Mann hat natürlich für ihre gemeinsame Wohnung alles neu gekauft."

Sie ging zur Wand, an der die gerahmten Familienbilder hingen. Eins nahm sie ab und zeigte es Jeff. „Hier, das ist sie, Zerin."

„Eine schöne Frau." Er visierte Naikye von unten an. „Genau wie du."

Verlegen winkte sie ab. „Du bist gar kein Frauenschwarm, oder?" Sie tippte auf die anderen Personen. „Das sind meine Eltern und hier meine kleine Schwester."

„Sehen alle sehr nett aus."

„Sind sie auch. Ach", sie klopfte sich vor die Stirn, „was möchtest du zu trinken?" Eine Hand legte sie an seine Schulter. „Du musst ja denken, ich wäre eine schlechte Gastgeberin. Wie peinlich."

„Was hast du denn da?"

„Siehst du ja. Wein, Likör, Obstler, Prosecco, ein paar scharfe Sachen. Oder trinkst du Bier?"

„Wein ist gut. Hervorragend."

„Rot oder weiß? Vielleicht rosé?"

„Gerne rot."

Sie brachte das Bild zurück und holte eine Flasche aus der Vitrine, dazu zwei Gläser.

Zu seiner Rechten nahm sie wieder am Tisch Platz, einen Fuß klemmte sie unter den Oberschenkel.

Routiniert öffnete sie die Flasche mit einem Korkenzieher und schenkte die Gläser halbvoll.

„Nos!“, sagte sie, ihr Glas hochhaltend. „So sagt man in meiner Heimat.“

„Nos!“, erwiderte er, dabei ihre Aussprache imitierend. Sie stießen miteinander an und nahmen einen Schluck.

„Wo ist das genau? Deine Heimat.“

„Soran heißt die Stadt, von wo meine Familie kommt. Ist im Dreiländereck.“

Jeff nickte, obwohl er nicht wusste, von welchen Ländern sie sprach. Die Türkei war eines davon, auf die anderen beiden kam er nicht.

„Du musst nichts Falsches von mir denken, Jeff.“

„Tue ich das?“

„Es ist nur ... also meine Familie. Manchmal muss ich da raus. Andere Leute kennenlernen, die nicht irgendwie mit mir verwandt, bekannt sind oder denen mein Vater einen Gefallen schuldet. Dann helfe ich in deren Laden aus oder kaufe dafür die nötigen Lebensmittel ein. Das ist nicht einfach, nimmt mir oft die Luft.“

„Verstehe ich gut. Meine Eltern waren ähnlich. Deshalb habe ich hier studiert.“

„Leben sie nicht mehr?“

„Doch, doch, sie leben. Nur war ich länger nicht mehr dort.“

„Wo kommst du denn her?“

„Aus Franken, also Oberfranken. Der feine Unterschied ist uns wichtig“, sagte er und lachte.

„Und warum bist du hiergeblieben?“

„Du kennst das Kleinstädtische nicht so, oder?“

Sie schüttelte den Kopf. „Nur von Verwandten.“

Jeff musste schmunzeln. Einen kurzen Moment dachte er nach und fragte sich unverzüglich, wo er jetzt wäre, hätte sein Leben eine andere Wendung genommen.

„Auch um der Karriere willen. Dann kam unser Kind. Das alles ging recht zügig.“

„Wie alt ist dein Kind denn?“

„Ein Mädchen, viereinhalb.“ Jeffs Lächeln breitete sich aus, als er die strahlenden Augen Jocelynes vor sich sah.

„Schön. Irgendwann will ich auch Kinder.“ Sie fläzte sich in ihren Sessel zurück und blickte träumerisch umher. In Gedanken war sie wohl gerade woanders.

„Stell dir das nicht so einfach vor.“

„Wieso?“ Sie verzog skeptisch den Mund.

„Zum einen bist du ja noch jung. Noch keine fünfundzwanzig, oder?“ Hoffentlich lag er damit in etwa richtig.

„Vorsicht! Ein ganz heikles Thema“, sagte sie süffisant. „Aber du hast gut geschätzt, ich bin erst dreiundzwanzig.“

„Dann hast du noch viel Zeit.“ Kurz blickte er zu den Bildern. „Zum anderen ist ein Kind das Beste, was einem passieren kann. Unvergleichlich und großartig. Aber die ständige Angst um sie macht mich verrückt.“ Er griff zu seinem Glas.

Naikye stützte das Kinn auf die Hand und schaute ihn forsch an. „Du machst dir generell gerade viele Sorgen, kann das sein?“

„Wie kommst du… also weshalb denkst…“ Jeff ließ die Frage unausgesprochen. Sah man es ihm so sehr an, dass es nicht lief?

Dass sein Leben gerade auseinanderbröckelte und ihm der Kitt fehlte, alles beisammenzuhalten?

Augenblicklich zog er sich zurück, wich ihren Augen aus, die etwas in ihm auslösten, was ihm nicht geheuer war.

„Es ist nur, weil …“ Sie startete einen neuen Versuch. „Ich möchte wissen, was dich bewegt, Jeff. Aber, wenn es dir schwerfällt, wir müssen das nicht. Du kannst jederzeit deiner Wege gehen.“

Überrascht schaute er auf. „Was müssen wir nicht?“

„Uns näher kennenlernen zum Beispiel.“

„Doch, doch. Ich möchte … ich bleibe. Ich bin es nur nicht gewohnt, dass das jemanden interessiert. Dass jemand fragt … nicht so zumindest.“

Langsam wanderte sein Blick zu ihren Augen, die nun eine wohlige Wärme ausstrahlten.

„Wollen wir noch ein Glas trinken?“

„Danach ist aber genug. Steigt mir schon etwas zu Kopf“ Er wiegte ihn leicht.

Sie schenkte nach, beinahe randvoll. Dabei ignorierte sie seine Handgeste, dass es genug sei. „Stopp!“

„Erzähl mir noch was von dir, Jeff.“

„Nun, von der Trennung weißt du bereits. Und der Job, ja. Viel anders ist es im Architekturbüro auch nicht.“

Er nahm einen Schluck Wein, der für seinen Geschmack etwas zu schwer war. „Die schieben mich so langsam ab“, fuhr er fort.

„Dann musst du gehen.“

„Ohne etwas Neues zu haben?“

„Willst du denn darunter leiden?“ Sie beugte sich vor.

„Nein, nein, keineswegs. Das nun gerade nicht.“

Nach einem Moment sagte sie: „Weißt du, was meine Oma jetzt gesagt hätte?“

„Nein.“

„Kümmere dich nicht nur um das Glück der anderen. Versuche es mal mit deinem eigenen.“ Ernst schaute sie ihn an, dabei viel älter als ihre dreiundzwanzig Jahre wirkend.

Diese Aussage überrollte ihn. Besonders, weil sie damit ins Schwarze getroffen hatte.

Jeff rieb die Handflächen aneinander und überlegte, wie er darauf reagieren könnte. „Ich denke drüber nach“, sagte er unumwunden.

„Und … und ihr habt so einen richtigen Familienbetrieb?“

„Ja, stimmt. Alle machen mit. Sogar die Kleine mit ihren zehn Jahren.“

„Das gefällt mir. Wenn alle zusammenhalten.“

Jeff starrte in den Raum und sann über das Gesagte nach. Ein solch ernsthaftes Gespräch hatte er gar nicht erwartet.

Dann trank er den restlichen Schluck Wein aus seinem Glas. „Es ist schon spät, ich sollte jetzt gehen“, sagte er. „Danke für den schönen Abend. Und für deine Offenheit.“

Sie kam ihm ganz nahe und küsste ihn auf die Wange. Er drückte sie an sich, sog ihren sinnlichen Duft ein.

„Ich habe zu danken“, sagte sie.

„Wann sehen wir uns wieder?“, fragte Jeff und fasste sie an den Schultern.

„Freitag. Da habe ich früher frei.“

Sie ging mit vor die Tür und winkte ihm nach, als er davonfuhr.

12.

War er allein in der Wohnung oder nicht? Das konnte er nicht wissen.

Ab jetzt könnte ihn jemand begrüßen, „Hallo“ sagen, „Guten Morgen“ oder vielleicht „Wie geht’s“?

Hatte Klaus auf so eine Frage eine Antwort parat?

Heute früh war er schweißgebadet aufgewacht. Schon wieder war im Traum ein gewaltiger Ast vor ihm auf den Boden gekracht. Um ihn hatten fremde Menschen gestanden und seltsame Grimassen gezogen. Nach einigen Augenblicken der Angst, hatte er erleichtert die Bettdecke gespürt.

Oft war Klaus morgens verwirrt, was bestimmt ein Leben lang anhielt. Hatte er seine Eltern für ein Wochenende besucht - um zu zeigen, es gab ihn noch - glaubte er, die Welt würde ihn täuschen wollen. Mehr als einmal hatte er in den letzten Jahren von seinem Heimatort geträumt und dass er noch dort wohnte. Mit dem Fahrrad oder zu Fuß war er unterwegs, sprach mit Menschen, die er nicht kannte, und fand sich in einer Stadt wieder, in der er nach dem Weg fragen musste. Sollte ihm das sagen, dass er unbewusst dorthin zurück wollte, der Ort ihm aber fremd geworden war?

Der Bezug zu jenem Leben fehlte ihm. Zu lange war er mittlerweile fort. Wie sähe sein Leben dort aus? Er erinnerte wenig, was vor dem Studium gewesen war. Seine Vergangenheit hatte er liegengelassen, nur wo?

Gelegentlich fühlte es sich an wie ein Ich-Vakuum, in

das Sinnformen hineinstießen, um den Platz einzunehmen, zu bleiben oder zu entweichen. Immer wenn er in der Heimat gewesen war, hatte Verschiedenstes, das er längst verdrängt hatte, seinen Hohlraum eingenommen. Außer Reichweite verzerrte es allmählich wie der Radioempfang.

Da war der erschöpfte Kanarienvogel, den er gegen den Willen der Eltern aufgenommen hatte. Er päppelte das putzige Kerlchen auf und umsorgte ihn jahrelang, wofür dieser ihn mit Gesang und Zuneigung belohnte. Eines Morgens lag Eddie auf dem Käfigboden.

Klaus wusste noch, wo er ihn begraben hatte.

Vereinzelt begegneten ihm Gefährten von früher. Einer erwischte ihn torkelnd, ein anderer ohne Bahnticket. Demütigungen betrieben Ausdauersport, hatten einen langen Atem und kannten seine Schwächen, die sie mit Satellitenpräzision immer wieder aufspürten, ganz genau.

Diese Mankos galt es vor Jeff und Linda zu kaschieren.

Jeff war Familienvater, wenn auch getrennt von ebenjener, aber der Status war unverrückbar. Würde er sich mit so jemandem verstehen? Oder musste er das überhaupt nicht? Bezahlter Wohnraum, geschäftsmäßig vereinbart, keine unnötigen Worte. Jeff beeindruckte ihn, solche Leute rangen Klaus einen Heidenrespekt ab, gelegentlich Angst.

Er konnte nicht mithalten, hatte nicht denselben Erfahrungshorizont. Im Endeffekt hatte er weniger gelebt, obwohl er über mehr Freizeit verfügte. Wie schafften solche Menschen das? Jeden Wochentag gingen sie zur Arbeit, ins Büro, in die Fabrik oder woandershin.

Und trotzdem bauten sie ihr Leben Stück für Stück zusammen. Immer beständiger. Im Hintergrund passierten die entscheidenden Veränderungen und plötzlich war da eine Frau oder ein Mann, man lernte sich kennen und lebte gemeinsam. Hier und da zerbrach es.

Es klingelte mehrfach, langgezogen. Klaus ging auf den Flur und drückte den Öffner. Niemand kam.

Er beugte sich aus dem Küchenfenster. Unten lehnte Tessa an ihrem Wagen. „Hallo!“, rief sie.

„Hi, Linda ist nicht da!“

„Ich weiß!“

Er überlegte. Schob sich zurück und wieder vor.

„Willst du hochkommen?“

„Nee.“

„Kannst du etwa nicht richtig laufen?“ Eine andere Erklärung, warum sie unten wartete, fiel ihm nicht ein.

Sie tippte sich vor die Stirn. „Ich fahr uns.“

„Wohin denn?“

„Wart's ab!“

Klaus nickte unwillig und ging ins Bad. Er fuhr sich durchs Haar und befeuchtete es. Allerlei Auswüchse, die sein Kopfkissen verursacht hatte, plättete er grob. Mit dem Bodyspray betäubte er großzügig seine Achseln, dann vom Hals abwärts zweimal unters Shirt.

In Sandalen und ohne Jacke ging er hinunter. Das Treppensteigen kam ihm noch nie so lange vor.

Durch die Milchglastür schimmerte die grüne Schnauze ihres Nissans. „Hallo, Tessa.“

„Hi.“

„Du hast … schon frei?“

Sie machte eine Miene, als wäre kein Student je auf

die Idee gekommen, eine Vorlesung zu besuchen.

„Ich hatte noch zu tun, aber …“ Klaus unterbrach sich.

Tessa drückte sich gegen die Fahrertür und schaute ihn spöttisch an, als hätte er einen Streifen Zahncreme auf der Nase kleben.

Sie trug eine violette Lederjacke, anders als gestern, und wohl dieselbe Bluejeans. Hintenrum sah ihr rötliches Haar, das hier draußen heller erschien, aufgeräumter aus.

„Ähm, und jetzt?“, sagte er.

„Steig ein.“ Sie löste sich von der Tür und schwang sich hinters Lenkrad. Klaus wartete, ging vor dem Auto entlang, fühlte ihren Blick und stieg ein. Seine Knie klemmten vor dem Handschuhfach, also schob er krachend den Sitz zurück.

„Wo soll's hingehen?“, fragte sie.

„Ist das ein Spiel, Tessa?“

Sie fingerte eine Zigarette aus der Jackentasche, zündete und inhalierte. „Linda hat bald Geburtstag.“

Mit der Erklärung gab sich Klaus zufrieden und sank zurück. Das Innere ihres Autos hatte er sich anders vorgestellt. Bis auf den Nikotingeruch, der aus jeder Pore strömte. Außer einem Eisbären, der unter dem Rückspiegel baumelte, machte er keinen persönlichen Touch aus.

Beide schnallten sich an und Tessa startete. Sie traf den Gang nicht, quälte das Getriebe, und sie bogen in die nächste Straße ein. Wohin, wusste Klaus nicht. Er traute sich nicht mehr zu fragen. Gelegentlich schaute sie zu ihm, lachte mit den Augen, sagte aber nichts. Das ging zehn Minuten so.

Klaus öffnete das Seitenfenster, begutachtete die Häuser und Geschäfte, die vorüberzogen. Und schon hier, noch citynah, kam die Gegend ihm fremd vor. Sie fuhr rustikal, beschleunigte bedenkenlos, wenn eine Ampel gelb zeigte, und hatte sicherlich das ein oder andere Bußgeld auf dem Kerbholz.

„Die Anzeige ist Schrott", sagte sie. „Geht zehn vor, mindestens."

Sie hatte gemerkt, dass er zum Tacho geäugt hatte.

„Wie … wie alt wird sie denn?"

„Halb so alt wie du."

„Was?"

„Ein Geschenk haben wir schon."

Seine Gedanken prallten aufeinander, blockierten sich, sodass keiner den Weg zu seinem Sprachzentrum fand.

Das Geschenk kostete Geld, wieviel, wusste er nicht. Müsste er sich daran beteiligen? Warum war er sonst hier? Hoffentlich handelte es sich nur um eine kleine Aufmerksamkeit.

Immerhin kannten Linda und er sich jetzt. Waren Bekanntschaften, wenn auch zarte, nicht für so etwas da?

„Wir wurden ja neulich unterbrochen", sagte Tessa.

Gebannt schaute er durch die Frontscheibe. In diesem von der Außenwelt getrennten Raum genoss sie einen Heimvorteil.

„Du kommst nicht oft raus, ne?", sagte sie.

„Doch."

„Zur Wochenparty?"

„Gehst du da auch hin, Tessa?"

„Ist doch Pflichtveranstaltung für uns Küken."

Sie schaute ihn forsch an.

„Letzten Mittwoch warst du aber nicht da."

„Da konnte ich nicht", antwortete Klaus stockend.

Sie schnalzte. Im Stadtteil Holzterhofen, den sie durchfuhren, war Klaus noch nie gewesen. „Stopp!", rief er. Trotzdem missachtete sie die Vorfahrtsstraße. Ein orangefarbener Sprinter, darin zwei aufgebrachte Handwerker, bremste abrupt, um einen Unfall zu vermeiden.

„Mann, Idioten!" Sie riss ihre Hand hoch.

Tessa hielt vor einem Mietungetüm, das das Bedürfnis bediente, außerhalb zu wohnen. Allerdings erforderte es, die Ansprüche gehörig gesenkt zu haben. Die Fassade war schmutzigweiß, auf kleinen Rasenflächen davor wucherte das Gras. Müll quoll aus den vielen Containern, Kartons und Papier lagen verstreut daneben.

„Was machen wir hier?"

„Daphne besuchen."

Für ihn war Tessa greifbar wie eine Schneeflocke. Glaubte er, sie für einen Moment fassen zu können, war sie schon nicht mehr da. Er war es leid, Fragen zu stellen, die nur halb beantwortet wurden, also folgte er ihr zum Eingang.

„Wir haben's hier hin liefern lassen, das Geschenk. Irgendwie crazy, ne."

„Wenn's ein Pferd ist, könnte es schwierig werden."

Sie lächelte verschmitzt und drückte auf einen Knopf. Daneben las er eine verzierte Computerschrift: „D. Wynholt".

Tessas Nachnamen kannte er gar nicht. Wie bei vielen Bekannten seiner Namensliste. Um zu ihr einen engeren Kontakt zu schaffen, müsste er mehr über sie erfahren. Der Summer dröhnte, sie drückte die Tür auf.

Klaus ging ihr hinterher. Exotischer Geruch durchströmte den Flur, indisch oder thailändisch, sie liefen am Fahrstuhl vorbei, waren nach zwei Treppenwindungen da.

Daphne stand im Flur. Tessa und sie umarmten sich.

Er sagte „Hallo“ wie zu einer Fremden, was sie erwiderte.

„Du bist also die Verstärkung.“ Daphne schloss hinter ihnen die Tür.

„Ich weiß überhaupt nicht, worum's geht.“

„Überrascht das irgendwen?“

„Setzt euch erst mal. Hab noch Mate Tee.“

Daphne trug eine hellblaue Bluse zu weißer Stoffhose und Lederboots. Entweder musste sie gleich zu einem Geschäftstermin aufbrechen oder sie gehörte zu denjenigen, die einem bequemen Freizeitlook nichts abgewannen.

Der großzügig mit Gewebeteppich ausgelegte Raum war Wohnzimmer und Küche zugleich, die durch einen wasserblauen Vorhang, hinter dem ein Herd und die Spüle zu sehen waren, halb abgetrennt war. Die beiden Fenster zeigten einen Ausschnitt weiterer Fenster und jeden Moment erwartete Klaus eine Katze, die ins Blickfeld schlich. Doch es gab keine. So fein und steril, wie es hier wirkte, hätte ein Haustier einen schweren Stand gehabt.

„Wir sind in Eile“, sagte Tessa und setzte sich an den Glastisch.

Klaus musterte beide verlegen. Vielleicht erfuhr er so, was diese Aktion bedeutete und welche Wahrheit sich zwischen den Worten versteckt hielt.

„Gut, ich hole mal das Goldstück“, sagte Daphne.

Tessa klopfte zweimal auf das Plüschsofa und Klaus rutschte neben sie. An der Rückwand hingen Deko-Bilder von Blumen und Bäumen, bewacht von einigen Raubtiermotiven, die sich in einer Kreisformation gruppierten.

Unter dem Kissen zog Tessa eine Männersocke hervor und schnalzte. „Immer die Stillen. Ich sag's dir." Pfeifend blickte sie ihn an. „Nachtigall, ick hör dir..."

Er zuckte mit den Schultern und wartete immer noch auf eine Katze.

Daphne verschwand im Raum seitlich des Eingangs. Als sie wieder herauskam, trug sie einen in knalligrotes Geschenkpapier eingepackten und mit einer Karte versehenen Karton.

Es musste ein Karton sein, wenn es nicht ein Aktenkoffer war.

„Hast du Herrenbesuch, von dem ich nichts weiß?"

„Wieso?", sagte Daphne und stellte das Geschenk behutsam auf den Tisch. Die Maße, ungefähr die eines Laptops, verrieten, dass es etwas Technisches sein konnte.

Oder eine Palette Dosenbier.

Triumphierend hielt Tessa die Socke mit zwei Fingern hoch.

„Ach, gib mal her. Die kommt aus der Wäsche. Mein Bruder ... dem gehört die."

„Mmh, dein Bruder. Wie konnte ich den vergessen?", sagte Tessa und blickte Klaus verschwörerisch an. Dann warf sie ihrer Freundin theatralisch die Socke zu.

Daphne stopfte das Knäuel in ihre Hosentasche und wendete sich ihm zu.

„Möchtest du auch unterschreiben?"

„Einfach so?“

„Nö, für zehn Euro“, sagte Tessa. Warum nur piesackte sie ihn ständig?

„Klar.“ Konnte er jetzt noch nein sagen? Schließlich war Linda seine Mitbewohnerin und er mochte sie. Er griff zum Filzstift, den Daphne ihm reichte, und platzierte seinen Namen am Rand. Weit von den anderen entfernt. Es waren fünf Unterschriften und er war der einzige Mann, der sich darauf verewigt hatte. Das beruhigte ihn. Also gab es keinen Freund, der ebenfalls ständig ein- und ausginge. Keine weitere Person, mit der Klaus zu tun haben musste.

„Macht es euch etwas aus … gleich zu gehen?“, fragte Daphne.

„Ah, der ominöse Herrenbesuch.“

„Pfff, … schön wär’s. Ich muss vorm Training noch lernen. Im Gegensatz zu dir.“

„Heute ist Training?“

„Ich coache doch die Kids, hatte ich dir erzählt.“

„Ja, die Jugend muss noch viel lernen.“

Tessa klatschte sich auf die Oberschenkel. „Wir müssen auch los.“

Wortlos überließ sie ihm das Tragen des Paketes, gewichtstechnisch irgendwo zwischen Konsole und DVD-Player. Unter dem Papier spürte er die Kanten einer Kartonage.

Sie verabschiedeten sich voneinander.

Diesmal reichte Daphne ihm die Hand. Er presste das Paket gegen die Hüfte.

Daphne bedankte sich bei ihm. Wofür, war ihm nicht bewusst.

„Meinen Anteil, also …“

Tessa tätschelte ihn am Oberarm. „Das brauchst du nicht.“

„Danke, Tessa.“ Er hatte einen Kloß im Hals. „Ist … echt nett von dir.“

„Gern geschehen.“

Sie chauffierte ihn zurück, beinahe so still wie auf der Hinfahrt. Als sie vor seinem Zuhause anhielt, entstand eine peinliche Stille.

„Und w-was sollte das nu?“

„Muss immer alles einen Sinn haben?“

Sie vertraute ihm das Geschenk an, das er in Lindas Zimmer stellen sollte. „Gut sichtbar“, fügte sie unnötigerweise an.

Klaus nickte und wusste nicht, ob er jetzt aussteigen sollte oder nicht. Tessa machte keine Anstalten, es eilig zu haben. Er genoss ihre Nähe, auch wenn sich eine komische Stille zwischen sie legte oder sie aneinander vorbeiredeten. Sie faszinierte ihn irgendwie.

„Hast du eigentlich mal daran gedacht, Nachhilfe zu geben?“, sagte Tessa unvermittelt.

„Warum das denn?“

Mit einem vorwurfsvollen Blick streifte sie seine abgewetzten Sandalen und die verwaschene Hose. „Du hast es nicht so dicke, oder?“

Sie hatte seine finanzielle Schieflage also bemerkt. War er so leicht zu durchschauen?

„Das machen einige von meinen Leuten. Ist leicht verdientes Geld“, fügte sie noch hinzu.

„Aha“, sagte Klaus. „Und wem überhaupt?“

„Schau mal online nach. Am schwarzen Brett gibt’s

immer was Interessantes.“

„Jo, klar. Mache ich vielleicht.“

Das Schweigen kam zurück. Tessa trommelte mit den Fingern auf das Lenkrad.

„So, ich muss dann auch wieder“, sagte sie. „All der Stress.“

„Ich … ich hab auch zu tun.“

Er stieg aus.

So rauschartig wie Tessa gekommen war, entfernte sie sich und ließ ihn staunend zurück.

Einfach so in Lindas Zimmer hineinzugehen, fiele ihm nicht ein. Das Geschenk lehnte er ,an die Wand vor ihrer Tür. So musste sie es gleich entdecken.

Er schaute zur Karte herunter, die am Paket heftete.

Gedankenverloren ging er in die Hocke und schaute sich genauer die Grußworte an. Tessas Name war anderthalbmal so groß wie die restlichen, wie typisch. Bis auf einen Namen kannte er alle darauf. Es waren ihre Freundinnen, die beim Umzug geholfen hatten.

Nur diese „Wenke“ war ihm unbekannt. Oder hieß sie anders?

Er drehte die Karte etwas und hob sie an. Mit viel Fantasie könnte der Name auch „Wendy“ oder ähnlich lauten.

Plötzlich ließ er die Karte auf die Verpackung fallen.

„Oder etwa „Werner"?“ Klaus kniff seine Lippen zusammen.

Hatte Linda doch einen Freund? Aber welcher junge Mann trug heutzutage noch einen solch angestaubten Namen? Der wäre echt bedauernswert. Nein, es war bestimmt doch eine Freundin, die eine Sauklaue hatte.

Das Geschenk platzierte er wieder an der Wand.

Er ging in sein Zimmer und legte sich aufs ungemachte Bett. Nach einer Weile, die er tatenlos darauf verbracht hatte, fuhr er hoch. In wenigen Stunden wäre Linda tatsächlich hier. Nicht nur auf einen Sprung. Das Bad war für Damenbesuch gänzlich unvorbereitet, zumindest fehlte ein entscheidendes Detail.

Von einem Karton riss er ein Stück Pappe ab. Vorne schrieb er „Frei“ und auf die Rückseite „Besetzt“. Mit der Schere stach er ein Loch, zog ein Juteband durch und verknotete es. Dann holte er einen Saugnapf aus einer Schublade. Klaus brachte das Schild an der Badtür an und betrachtete sein Werk. Was war noch wichtig? Die Uni erst einmal nicht. „Geh am besten am Donnerstag hin“, hatte Solveig gesagt, als sie ihn auf die Rückmeldung hingewiesen hatte.

Sein dortiger Aushang war gegenstandslos geworden. Die To-do-Liste brauchte er damit nicht zu behelligen.

Als er den Flur durchquerte, drangen aus dem Nebenraum zaghafte Gitarrenklänge. Die Melodie brach unvermittelt ab.

„Ist ja ganz verstimmt“, hörte er Jeff sagen.

Seit wann spielte Jeff denn Gitarre? Klaus war nicht aufgefallen, dass dieser bei seinem Einzug ein Instrument mitgebracht hatte.

Erneut erklangen die Töne wie durch Styropor gedämpft.

„Mist, verdammter. Das war nichts, Josef, rein gar nichts.“

Was ging da vor, dachte Klaus, als er am Laptop etwas eingab. Es interessierte ihn mehr, als er sich eingestand. Aber er wollte nicht stören. Solang Jeff nicht die Nachbarn auf den Plan rief, war alles in Ordnung.

Er surfte weiter und landete durch einen Fehlklick auf der Homepage seines Fachbereiches. Vor Langem hatte er sie als Bookmark gespeichert. Mal schauen, was sich verändert hatte. Die Neuigkeiten wiesen auf den höheren Semesterbeitrag hin, den Klaus ganz vergessen hatte.

Das Konto, italienisch für Rechnung, tickerte wie sein zweiter Herzschlag. Auch oft rasant, meistens auf der falschen Seite. Einzelne Inhalte überflog er, bis er das Schwarze Brett vor sich hatte. Tessa hatte recht gehabt, es gab jede Menge Angebote.

„Nachhilfe Mathe für Tochter gesucht". Hatte noch niemand aufgerufen. Flugs las er den Beitrag und kopierte ihn in einen Texteditor. Er aktualisierte die Seite, woraufhin das passierte, was er gedacht hatte: „Beitrag wurde gelöscht."

Es musste schnell ein Gegengewicht her, um das Finanzloch einzudämmen, das die Nachzahlung für Energie verursacht hatte. Klaus schrieb eine Mail an die genannte Adresse und behauptete, eine Schwester im selben Alter zu haben, vierzehnjährig. Ihr hätte er häufiger bei der Algebra geholfen. Er sendete die Nachricht ab und fühlte sich wie ein nützlicher Mensch.

Die Seite, die er ursprünglich aufrufen wollte, brachte Menschen virtuell zusammen. Er hatte den Account spaßeshalber angelegt, als er nur noch wenige Realkontakte besaß. Hin und wieder checkte er die Gästeliste der Uniparty. Bis auf Solveig, die sogar ihren richtigen Namen benutzte, kannte er dort niemanden.

Wie im echten Leben hatte er nicht nach ihrer Freundschaft gefragt. Hätte sie online die üblichen Informationen preisgegeben, wüsste er, wie ihr Freund aussah, wo sie in Urlaub gewesen war und arbeitete.

„Irgendwas find ich gut.“ Jetzt einen virtuellen Schluck aus der Flasche, um all den Zinnober zu verdrängen: Soziales Netzwerk proudly presented by Single Malt Whisky.

Da kam ihm der Kriegsfilm im TV gerade recht. Glücklicherweise hatte das damalige Regime noch keine sozialen Werkzeuge gehabt, die ihre Spionage der Bürger enorm vereinfacht hätten. Vielleicht redeten die beiden Militärs im stummgeschalteten TV über eine „Information Control Engine“, die man „ICE“ nennen könnte. Bluthunde, die aufspürten, was Leute taten, teilten und mochten.

In der nächsten Filmszene kümmerte sich eine Krankenschwester um einen Verwundeten. Er schaltete ab.

Hätten die Nazis den letzten Weltkrieg dank heutiger Vernetzung gewonnen? Die „Operation Walküre“, die zum Staatsstreich führen sollte, hätten die Machthaber im Keim erstickt. Zum Attentat in der Wolfsschanze wäre es so nicht gekommen. Und Stauffenberg, der übrigens Claus geheißen hatte, würde heute keiner kennen.

Wäre das Attentat hingegen doch irgendwie geglückt, hätten die Verschwörer den Führertod rasanter verbreiten können. Einzig dieses Manko, nicht schnell genug agiert zu haben, verhinderte den Putsch, wie Klaus den Dokus entnommen hatte. Zehn weitere Kriegsmonate forderten zig Millionen Menschenleben.

Auch Klaus’ Großonkel starb während dieser Zeit im Flakhagel. Er war in der alten Welt geboren worden, vor Faschismus und Mediendiktatur.

Wie hatte er ohne Stromanschluss gelebt?

Das Fußvolk musste mehr arbeiten, konnte sich weniger zerstreuen. „Hobbies“ gab es noch nicht, eher Steckenpferde. Ohne mediale Dauerpenetration hatte er vermeintlich mehr Zeit gehabt.

Sonst hätte ein Künstler wie van Gogh, der nur einige Dekaden vorher gelebt hatte, unmöglich zweitausend Werke in seiner letzten Lebensphase erschaffen. Dem war weder langweilig, noch schlief er ausreichend. Hätte er sich heutzutage das Ohr abgeschnitten? Bestimmt alle beide, denn van Goghs Gehirn war Medium genug. Klaus googelte den Namen „Van Gogh“. Die Gemäldeauswahl im Netz zeigte Männer, die auf dem Feld arbeiteten, und Frauen erzogen die Kinder, sorgten für Haushalt, Wäsche und das leibliche Wohl. Der letzte existenzielle Gedanke klang in Klaus nach, rotierte wie ein Geldstück in einem Automaten. Dann fiel es klirrend in einen Kasten, um eine Aktion auszulösen.

Es würde auf jede Kleinigkeit ankommen, um seinen Kopf über Wasser zu halten.

Er zog eine Schublade heraus, in der eine Cappuccinodose verstaut war. Klaus lümmelte sich aufs Bett, hob den Deckel ab und kippte den Inhalt aus. Lauter kupferfarbene Münzen, einige Pfennige und grüne, ergossen sich in seltsamem Muster über die Decke.

Einzelne Münzen nahm er, dann eine Handvoll, zählte schnell und schmiss sie krachend in die Dose.

Es waren vierunddreißig Euro und neunundsechzig Cent. Viel mehr als gedacht. Die Münzen aus seiner Börse gab er hinzu. Ein Notgroschen, mit dem er bei Dinos Büdchen einkaufen würde, acht oder neun Wochen lang.

Er stellte die Dose zurück und wusste, da war noch etwas, das er verdrängt hatte; als hätte er es gewonnen oder geschenkt bekommen. Die ganze Zeit war es hier, wartete darauf, dass er es wiederentdeckte, um den Ausschlag zur richtigen Seite zu geben.

Wusste er denn, was richtig war, zu tun? Vielleicht die Uni, die ihm wieder durch den Kopf schoss. War sie nicht irgendwann als Sprungbrett gedacht? Nur dass er sicher landete, hatte ihm niemand versprochen. All die Jahre war sie da, neben und hinter ihm, doch meistens irgendwo da vorne.

Gäbe er auf, bestätigte er das, was alle von ihm dachten, besonders seine Eltern. Würde sein Vater ihm einen Ausbildungsplatz besorgen? Klaus träfe auf alte Bekannte, denen er sein Scheitern eingestehen müsste. Durch pure Anwesenheit. Seine Mutter würde durch ihr vorwurfsvolles Schweigen jede seiner Aktionen in Missgunst ziehen.

Er stellte sich vor, wie alle ihm zuschauten und darauf warteten, dass er versagte und verschwand. Aber wie sollte er weitermachen, wenn alles unsicher war? Eine Rechnung mit vielen Unbekannten, die schwer zu lösen war. Variablen drängten sich hinein, waren grundverkehrt, ließen es aber richtig erscheinen. Irgendwie binär, null oder eins. Wann wäre die Null einmal wertvoller als die Eins?

Falls die Eins einer Kugel entsprach, die die Schläfe durchbohrte, bestimmt.

So weit musste es nicht kommen. Draußen wartete die Welt, die aus Anzügen, Aufzügen, Schreibtischen und Terminals bestand.

Kein Ort zum uneingeschränkten Wohlfühlen, aber so schlimm würde es nicht sein. Kurz schüttelte er sich bei dem Gedanken. Sogar Solveig fing in der knallharten Consultingbranche an. Sie, die immer auf Harmonie bedacht war, würde wissen, was sie tat.

Vor Jahren hatte Klaus ein Vorstellungsgespräch bei so einem Laden gehabt. Headhunter, er nannte sie insgeheim „Kopfgeldjäger", sprachen Zielpersonen wie ihn am Campus an. Akademische Rasterfahndung. Er fühlte sich gescannt, erfasst und teils provoziert. Deshalb war er froh, dass die ihn laufen ließen, er nie wieder etwas von denen gehört hatte und seinen Anzug, den er zum Vordiplom bekommen hatte, in den Schrank hängen durfte.

Solveig hingegen war diesen Leuten ins Netz gegangen. Sie war und blieb weg. Das machte ihn missmutiger, als er sich eingestand; Nummer hundertsiebzehn auf seiner Namensliste der Verschwundenen. Sie war seine letzte Gefährtin, auch wenn ihr Kontakt lose gewesen war. Gestern fing sie erst an zu arbeiten, also war es zu früh, ihr zu schreiben.

Was sah sie, wenn sie aus dem Fenster schaute? Konnte sie den Himmel sehen oder nur kalte Mauern, die irgendwelchen anderen glichen in irgendeiner beliebigen Stadt? Schien bei ihr die Sonne oder regnete es wie so oft im Norden? Angemessen gekleidet saß sie im Büro, wählte ihre Worte, prüfte, korrigierte und segnete ab.
Was man so tat. Unter einer harten Schale aus Make-up und Businesskluft war es doch Solveig, so wie er sie kannte.

Zwei Stunden war es her, schon bekam er eine Antwort auf seine Mail.

Unter der Nummer, die er anrief, meldete sich eine Männerstimme. Da der Beitrag im Schwarzen Brett von einer Frau gestammt hatte, verwirrte es ihn. Der Mann wusste aber Bescheid und Klaus sollte, falls möglich, am Mittwoch um drei vorbeikommen.

Dankend sagte er zu und hängte ein. Ob er noch fit genug für die siebte Klasse war?

***

„… das wären dann alle Restanten und Auslaufartikel. Sagt jedenfalls die Wawi.“ Das war Lindas Totschlagargument, auch wenn manche Leute das nicht akzeptierten.

„Und die vier Europaletten? Die habt ihr also echt nicht?“

„Laut Herrn Bröker nicht“, sagte Linda und erwartete die nächste Frage.

Ein bronchiales Brummen in der Leitung ließ sie hoffen, dass der Vertriebler sie nicht mehr beanspruchte.

„Jut denn, Tschüssing.“

„Wiederhören, Herr Kreinitz.“

Der Herr würde sich bald wieder melden. Für den Anfang einer Woche war es jedoch ruhig, gerade telefonisch, was sie begrüßte. Sie widmete sich wieder dem Stornobeleg.

Die Mahnungen konnten bis zum Nachmittag warten, die Ausgangsrechnungen auch.

Linda war allein. Ihre Kollegin Judith hatte als Führungskraft immer wieder woanders zu tun und Frauke fehlte unentschuldigt.

Durchhalten ließ sie die Rundmail einer Mitarbeiterin, die sie nur vom Sehen kannte.

Ab dreizehn Uhr lud diese zu Kaffee und Kuchen in ihr Büro, da sie Geburtstag hatte.

Linda schaute auf die Uhr. Gleich Mittag, perfekt. Nur noch essen, auf der Feier nett lächeln und sie hatte ihre Pflicht für heute getan. Hier zumindest. An alles andere, wollte sie gar nicht denken.

Sie rief das Lohnbüro an, wo sie Judith vermutete. Ihre Chefin wäre schon auf dem Weg, sagte man ihr. Linda loggte sich vom Computer aus, verließ das Büro und fuhr mit dem Lift hinunter. Vor der Großraumkantine traf sie auf Judith, mit der sie sich zusammen an der Essensausgabe anstellte.

Wernt, der Kantinengehilfe, arbeitete heute. Er hatte sein Hütchen, unter dem die Locken hervorquollen, schiefer als sonst aufgesetzt. Linda lächelte ihn an.

„Heute mal gute Laune?“, begrüßte er sie.

„Ja, guck doch mal raus. Was für ein Wetter.“ Vorsichtig schaute sie ihn von unten an.

Gestern war er wutentbrannt davongefahren, jetzt strahlte sein Jungsgesicht professionell wie immer. Wernt stellte einen Teller mit Hacksteak und Kartoffelpüree auf die Auslage; es dampfte und roch nach Zwiebeln und Pfeffer. Zu Hause schmeckte es genauso.

Sie zog den Teller auf ihr Tablett. Wernt blickte auf und sofort herunter. In seinem Ausdruck hallte der „letzte Freiwurf“ nach, den er ihr entgegengeschleudert hatte, bevor er gestern mit seinem Mofa davongebraust war.

Sie hatte ihren freien Nachmittag vorwiegend damit verbracht, die Worte und Sätze zusammenzudrechseln, die sie zu Judith sagen wollte. Es gab nur einen Versuch, der passen musste.

Zu Hause hatte sie die nötige Ruhe dafür, also hatte sie ihn, der unangekündigt vorbeigekommen war, weggeschickt.

„Freut mich, dass ich helfen konnte“, sagte er bemüht. „Außerdem?“

„Hmm, was will ich denn noch?“

Ein leises Lächeln wollte seinen Mund erweichen. Hoffnungsfrohe Augen ruhten auf ihr.

„Dein Hütchen“, sagte sie, „das ist ganz fleckig.“

Wernt zog verwirrt die Stirn kraus und wechselte mit einem älteren Kollegen, der abwinkte, einen Blick. Linda nutzte den Moment, um zur Kasse zu entwischen.

Dort zahlte sie mit dem Zwanziger, den sie unten auf dem Parkplatz gefunden hatte und wartete auf Judith.

Sie setzten sich an einen der Zweiertische am Fenster, wo gegenüberliegende Wohnkomplexe die Aussicht verdarben.

„Müssen wir der denn was schenken?“, fragte Linda, um das Gespräch zu steuern.

„Macht die Abteilung. Kommen nachher vorbei, um zu sammeln“, antwortete Judith mechanisch und schaute zur Ausgabe.

„Übrigens. Die Frauke“, setzte ihre Chefin an, „die hat sich gestern oben beschwert.“ Ihre Worte klangen, als glaube sie es gar nicht.

„Über mich?“ Linda verharrte mit der Gabel in der Luft. „O-oder was denn?“

„Nein, nein gar nicht. Sie findet“, Judith stocherte im Püree, „die Arbeitsabläufe seien … wie sagte Armin noch, yep, die seien wohl irgendwie unpassend.“

„Aha“, sagte Linda und atmete flach.

Metallisch klickte ihr Messer auf den Teller, mitten durchs Hacksteak.

„Ist das wirklich so, Linni?“

„Was fragst du mich das?“ Sie fühlte es ansteigen und kniff ihr Gesicht zusammen. Kurz rümpfte sie die Nase, schüttelte sich und sah zur geschäftigen Essensausgabe. Wernts finstere Miene wendete sich gerade von ihr ab.

Judith neigte sich vor. „Ihr redet aber doch?“

„Ja, ’tschuldige. Wir reden, na klar, tut ja jeder hier.“

„Hab ich was verpasst?“

Linda musterte den Teller, als verginge ihr der Appetit.

„Gedanken erraten kann ich nicht. Hat sie denn nie so was gesagt?“

„Zu mir?“, versetzte Linda. „Nein. Hat sie nicht.“ Mehrfach schüttelte sie den Kopf. Vielleicht hätte sie ihre Kollegin doch vorwarnen müssen, was Frauke vorhatte. Das hätte die Lage sicher etwas entspannen können. Nun war es offiziell, die Chefetage schaltete sich ein. Und für die Wahrheit war es eh zu spät.

Judith ließ es dabei bewenden. Die restliche Zeit schwiegen sie.

Der Feier der Kollegin, die schon fünfunddreißig wurde, verdankte sie es, dass der Nachmittag zügiger verlief. Linda war körperlich anwesend, lächelte und tat alles, was Gäste auf einem Geburtstags-Sit-in machten.

Um vier Doppelschreibtische herum standen und lehnten die Kollegen. Manche wirkten gelöst, als seien sie schon zu Hause. Andere strahlten eine Unruhe wie bei einer Betriebsversammlung aus. Ein Marmor- und ein halber Engelskuchen luden ein, zuzugreifen. Zwei Silbertabletts trugen mit Orangensaft und Sekt gefüllte

Gläser, daneben Tassen, Teller und spiegelblanke Kaffeekannen.

Da der Einkauf viel geräumiger als ihr Büro war, verteilten sich die zehn bis fünfzehn Leute mit ihren Gläsern und bunten Tellerchen in den Händen.

Linda blieb allein nahe der hinteren Tür. In ihrem Alter war niemand da. Sie zwang sich zu einem Lächeln.

Immer noch fühlte sie sich wie ein Neuankömmling, obwohl sie schon mehr als zwei Monate hier arbeitete.

Die Kollegen, die sie bereits kannte, waren zwar nicht unfreundlich, aber sie fand keinen Draht zu ihnen. Auch nicht zu den Gleichaltrigen. Im Verhältnis zu Frauke konnte sie sich nichts vorwerfen. Vom ersten Tag an war es entschieden gewesen, ihr Blick sprühte reine Ablehnung aus. Nichts konnte sie ihr recht machen, alles endete stets mit barschen und ungerechten Worten.

Wernt war etwas jünger als sie, gefiel ihr aber. Er machte verrückte Sachen, fuhr manchmal freihändig Mofa oder nahm am Stadtlauf teil. Außerdem war er ein Crack im Basketball, wie sie mehrmals heimlich beobachten konnte.

Er engte sie aber zu sehr ein. Das wollte sie noch nicht.

Sie nahm einen Schluck Orangensaft und beobachtete das muntere Treiben.

Einige Männer waren da, aber entweder zu alt oder verheiratet.

Könnte sie vielleicht mit einem richtigen Mann glücklich werden? Dem Mann im Café schien sie gefallen zu haben. Zumindest hatte er mehrmals Augenkontakt zu ihr gesucht und war ihr nach draußen gefolgt. Auch wenn das eine banale Ursache gehabt hatte.

Aber er hätte ihre Tasche auch ignorieren können. Wäre sie doch nur etwas älter, vier oder fünf Jahre, die müssten reichen, um die nötige Ausstrahlung auf das andere Geschlecht zu haben. Nicht mehr als Mädchen, sondern als Frau.

Ihr Blick traf auf Judith, die sich gerade Sekt nachschenkte.

Wäre sie nicht eine gute Bekannte ihrer Mutter, wer weiß, ob Linda mit ihr gut klarkäme. Im Büro wehte ein anderer Wind als draußen. Alles verkomplizierte sich dadurch unnötig.

Eine Musik, die ihr fremd war, legte sich in Sprechpausen. Sie piekste das letzte Stückchen Kuchen auf und schob es achtsam in den Mund. Den Puderzucker beseitigte sie und warf den Pappteller in einen der Mülleimer.

Zwei ihr unbekannte Frauen verließen Judith, woraufhin Linda zu ihrem Glas griff und hinüberging.

„Und?", sagte sie und prostete ihr zu.

Im Gegensatz zu ihrer Chefin trank sie Orangensaft. Als Auszubildende gehörte sich das so.

„Yes, das letzte Glas." Judith klang angeschlagen.

„Haben die das Geschenk schon überreicht?", fragte Linda.

„Wer weiß?"

„Was denn überhaupt?"

„Einen Ballonflug. Natürlich."

„Ach, darum."

Auf ein prustendes Lachen hin schaute Linda sich um. Verschiedenste Stimmen überlagerten sich. Ernste und leuchtende Augen, die zu einem anderen Grüppchen, zu Gesprächspartnern oder ins Glas blickten.

„Hat gestern aber doch alles geklappt mit den

superwichtigen Unterlagen von der Zentrale?"

„Hörst du nicht zu? Das ist jetzt eine nationale Angelegenheit." Judith schwenkte ihr Sektglas in weitem Bogen durch die Luft.

Linda visierte die Achatperlenkette an, die ihre Freundin noch nie zuvor getragen hatte.

„Besser ist, ich sag nichts mehr." Gebannt blickte Judith durch das Büro, als würde sie eine Verschwörung wittern.

Lindas schlechtes Gewissen drückte ihr derart auf die Zunge, dass sie die Worte einfach rauslassen wollte. „Ich hab", sagte sie innerlich rebellierend, „na, dir was zu sagen."

„Du auch noch? Jetzt verstehe ich", sagte die andere gedämpft. „Hat sich erledigt und es ändert", sie fasste sich an die Kette, „wird sich weit mehr ändern."

Judith lehnte sich mit dem Rücken und Gesäß an die Wand. Ihre Lippen bebten. Sanft legte Linda ihr eine Hand auf den Unterarm, biss sich selbst auf die Lippen. Warum hatte sie Judith nicht vorgewarnt?

Die anderen Gäste bekamen anscheinend nichts davon mit. Sie aßen Kuchen, tranken Sekt, redeten oder hörten der dezenten Musik und Kollegen zu.

„Die wissen's längst."

„Dass die Frau…?"

„Weißt du, was die denken?"

Linda blieb stumm.

„Ich bin ein Trottel. Das glauben die, yep, das tun die."

Ihre ansonsten zügige Sprechweise war betäubt. Judith wirkte verständnislos still, ihre Mimik war reglos.

Linda wischte durch die verbrauchte Luft, die von argwöhnischen Blicken durchtrennt wurde.

„Ein Trottel, der sich kostümiert hat, der … der bleibt trotzdem ein Trottel", sagte Judith.

„Na, ich dachte schon, also dieses Kleid …"

„Guck sie dir an: Kuchen, Stössken, Grinsen, alles Intriganten, wie sie da sind. Siehst du die Bohnenstange da?", sagte sie lispelnd. „Die hat's endgültig befeuert, diese, diese Boltzmann."

Am Fenster unterhielt sich ein Grüppchen von Frauen, von denen eine überragte und gestenreich dozierte. Es war die Leiterin des Lohnbüros. Halb um sie gereiht, wie ein Hofstaat, lauschte man ihr, während die Führungskraft distanziert den Raum überblickte.

Die Frau schaute sie an, woraufhin Linda sich wegdrehte. Sie fühlte sich ertappt oder erkannt. In dem Silberblick lag etwas Abwartendes, als wüsste sie von den zwanzig Euro, die Linda eingesteckt, oder vom Portogeld, das sie heimlich der Kasse entliehen hatte.

„Madame Yale. Erzählt jedem gleich, dass sie drüben war. Was bildet die sich ein? Kein Jahr hier und so 'ne …"

Jemand drosselte den CD-Player, der Dancepop aus einem anderen Jahrtausend spielte. Eine beschwipste Frauenstimme rief: „Hallooo, ihr esst ja nix. Das muss hier, die Brause, weg muss dat noch. Hey, ihr da, Judith, hey, Dagmar!"

Erleichtert sah Linda zur hinteren der beiden Türen.

„Da gehen schon welche."

Ihre Chefin nickte sachte. Die Wand im Rücken, die Füße anderthalb Schuhlängen davor, hielt Judith ihr Glas auf Kinnhöhe. Sie betrachtete es ungläubig.

Den Rest trank sie aus und stellte es, geradeaus blickend, auf ein Sideboard. Die Sektflöte wankte, wovon die Verursacherin nichts bemerkte, hatte bedenkliche Seitenlage, blieb aber stehen.

Beide verabschiedeten sich von der umlagerten Gastgeberin. Judith schlurfte zur Tür und nickte starr hinüber.

Linda wartete neben dem unruhigen Auflauf, reichte der molligen Frau, die eifrig zu tun hatte, mittendurch ihre Hand und blickte in fremde Augen.

Sie setzte das Glas ab. Mit anderen, die stumm an ihnen vorbeizogen, gingen sie hinaus.

Während der zwanzigminütigen Fahrradfahrt beschäftigte nur Judith ihre Gedanken.

Aus dem, was diese zu ihr gesagt hatte, wurde sie nicht schlau. Kraftlos hatte sie an der Wand gelehnt, mit einem Ausdruck, wie sie ihre befreundete Kollegin noch nie erlebt hatte. Mutlos, ohne Zuversicht.

Das hätte sich erledigt, sagte sie. Was immer das bedeutete, es klang nicht gerade erwartungsfroh.

Hatte es etwas mit Fraukes Beschwerde zu tun?

Linda hätte darauf stoßen können, dass die Aufgaben, die Judith ihr zugewiesen hatte, zu verantwortungsvoll für sie waren. Auf diese Weise erhielt sie fundierteres Wissen. Frauke aber wurde zur Leidtragenden, ihre baldige Abschlussprüfung wollte sie natürlich bestehen.

War es das? In Lindas Magen rumorte das schlechte Gewissen. Judith leitete das Büro und wusste, was zu tun war, weshalb sie es stillschweigend hingenommen hatte. Seit einigen Tagen fühlte sich das falsch an. Noch beim Mittagessen hätte sie etwas sagen sollen und hatte sich nicht getraut. Der Druck, der auf ihr lastete, stellte sich dem entgegen. Das Ende ihrer Probezeit rückte unaufhaltsam näher.

„Wer weiß, ob die mich über…“, hatte sie einmal gesagt, als sie mit Wernt darauf zu sprechen kam.

Er hatte sie beruhigt: „Die werden dich doch nicht rausschmeißen. Nicht die beste Kraft.“ Judith würde es nie zulassen, hatte er noch gemeint und ihr über die Wange gestrichen. Er war zwar ein netter Kerl. Aber warum gab er nicht allmählich auf? Hatte sie ihn denn dazu ermuntert? Eigentlich hätte er merken müssen, dass sie nichts weiter wollte, jedenfalls nicht mit ihm. Sie sei zu allen freundlich, oft herzensgut, hatte Judith einmal gesagt. Vielleicht lag es daran. Nur warum sollte sie ihren Charakter, der ihr wie die Haut anhaftete, verändern wollen?

Wäre Linda darauf eingegangen, falls der Mann im Café sie hätte einladen mögen? Zu was auch immer?

Wieder zu Hause, packte sie den letzten Karton.
Sie stellte die Tassen obenauf und drückte die Pappdeckel vorsichtig ineinander. Im Hausflur schob sie ihn neben die anderen. Sollte sie auf ihre Mutter warten? Wann würde sie zurück sein? Zuletzt war sie zu den unterschiedlichsten Zeiten wiedergekommen.

Ihren Schwestern stellte sie das Essen für die Mikrowelle bereit. Auf einen Zettel schrieb sie: „Bin in der neuen Wohnung. Morgen komme ich vorbei. Seid artig!!!“

Heute Abend würde sie dort sein. Sie konnte noch nicht ermessen, wie das sein würde.

Urplötzlich gab es einen weiteren Mitbewohner, von dem ihr Tessa, die ihm begegnet war, berichtet hatte. Dieser gefiel ihr.

Sie hatte einen gestandenen Mann beschrieben, einen Hingucker. Obwohl bestimmt über vierzig. Deshalb hatte Linda mittlerweile Bedenken entwickelt. Ihr wurde bewusst, dass sie zu wildfremden Menschen ziehen würde. Ausgerechnet zu zwei Männern, die um vieles älter als sie waren. Würde sie dort bestehen?

Klaus schien in Ordnung zu sein, obwohl er sich zurückhielt und verschroben wirkte. Lag es am Altersunterschied oder daran, dass er ein Student war? Das war ihr sogar an Tessa aufgefallen, die neuerdings geschwollen daherfabulierte, wie eminent die Forschung, die sie betrieben, doch sei.

Sicherlich übertrieb ihre Freundin, denn glaubte man dem, was sie ansonsten erzählte, fand fast jeden Abend eine Party im Wohnheim statt. Einmal war Linda dabei gewesen, auf der Etage unter Tessas Flur. Die Türen standen offen und laute Musik und Gelächter erschallten Küche und Gang; reichlich Alkohol floss bis tief in die Nacht hinein. Von anderen Trakten kamen die Leute herbei, sogar manche Auslandsstudenten, die nur bruchstückhaft Deutsch sprachen und Spezialitäten ihres Landes mitbrachten. Besonders Getränke. Ihr hatte die Ausgelassenheit der Leute gefallen, die sich nicht um den morgigen Tag scherten und sich treiben ließen.

Hätte Linda damals schon gearbeitet, wäre sie wohl nicht hingegangen.

Wann konnte sie wieder mit ihren Freunden unterwegs sein und musste nicht darüber nachdenken, was morgen war? Ein richtiges Wochenende hatte sie nötig, ohne zu arbeiten. Ein paar Tage Urlaub täten es ebenso.

Konnte sie sich den in der Probezeit leisten?

Tessa hatte eine Reise erwähnt, die Linda machen sollte. Deren Familie flog jedes Jahr an die tollsten Flecken der Erde. Sie erinnerte sich an Postkarten aus Australien, Japan, Kanada und Argentinien. Die Fotos von dort führten Linda stets vor Augen, dass sie ihre Heimatstadt die letzten Jahre nicht verlassen hatte. Wovon hätte sie das auch bezahlen sollen?

Tessa entglitt ihr allmählich. Sie hatte ein neues Umfeld, in dem es stets aufregend war. Wie es Daphne erging, die Linda seit dem Kinderjudo kannte, wusste sie kaum. Sie studierte außerhalb an einer Berufsakademie.

Der Sportverein war ihre Gemeinsamkeit geblieben. Sie trafen sich, trainierten und tauschten sich aus. Linda verspürte nur noch selten die Kraft, hinzugehen. Nächstes Wochenende war spielfrei, also würde Tessa zu ihren Eltern fahren. An ihren letzten gemeinsamen Abend konnte Linda sich nicht erinnern. Vielleicht war es jener im Wohnheim gewesen.

Ein Klingeln riss sie aus den Gedanken.

Da war Judith schon. Der finale Abschied von ihrem bisherigen Zuhause war nun unausweichlich.

***

Linda winkte Judith nach, die ihren Van holprig auf die Straße lenkte. Endlich fuhr sie ihrem Feierabend entgegen. Sie hatte ihn bitter nötig.

Sonst sagte Judith zum Abschied etwa „Bleib vernünftig“, „Treib’s nicht so doll“ oder irgendeinen witzigen Spruch. Diesmal nicht.

Auf der Fahrt hatte Eisesstille geherrscht. Linda wollte nachfragen, was das jetzt bedeutete. Ob ihnen in der Firma irgendwelche Konsequenzen drohten. Sie ließ es aber sein. War vielleicht besser, denn so konnte sich Judith auf den Verkehr konzentrieren. Mit den Gedanken woanders und einigen Gläsern Sekt intus stellte es trotzdem ein Risiko dar, zu fahren. Deshalb wollte sie ihre befreundete Kollegin erst gar nicht um Hilfe bitten. Lindas Schlafsofa hätte zusammengeklappt wohl gerade so in Tessas Auto gepasst.

Sie war aber nicht erreichbar gewesen. Wahrscheinlich schwirrte Tessa wieder irgendwo herum und hatte deshalb ihr Handy ausgeschaltet.

In solchen Situationen nervte es Linda, nicht selbst fahren zu können. Noch passten der Führerschein und ein eigenes Auto nicht in ihren Plan. Sollte sie einmal eine Familie haben, erschienen ihr ein oder sogar zwei Wagen als sinnvoll. Allerdings wusste sie nicht, ob sie all das überhaupt anstreben sollte. Die Erlebnisse ihrer eigenen Kindheit und Jugend stimmten sie nicht gerade positiv. Zumindest nicht, nachdem ihr Vater gestorben war.

Vorher waren sie eine Familie wie andere auch gewesen. In ihrer Kindheit tollten sie in ihrem Garten herum, den sie damals gehabt hatten, Papa machte eifrig mit. Bis zum letzten Augenblick genossen sie das Wochenende mit ihren Eltern. Was wenig später passierte, gönnte sie nicht ihrem schlimmsten Feind.

Mit dem Lift fuhr Linda nach oben zurück.

In Klaus' Wohnung regte sich nichts, vielleicht war er gar nicht da. Es war Dienstagnachmittag und beide Männer waren wohl ausgeflogen. Also musste sie abwarten, bis die anderen zurückkamen. Ohne jemanden zu begrüßen, käme es ihr komisch vor, sich hier aufzuhalten.

Kurz setzte sie sich aufs Bett, konnte sich aber nicht entspannen. Sollte sie untätig in ihrem Raum sitzen und die Uhr anstarren? Reiß dich zusammen, maßregelte sie sich selbst.

Sie stand auf und ging zu den Kartons.

Zögerlich nahm sie einen, darin Geschirr und Küchenutensilien, und ging auf den Flur. In der Küche prüfte sie die Schränke und räumte ihre Sachen dort ein, wo Platz war. Die Fächer und Schubladen waren spärlich gefüllt, also konnte niemand etwas dagegen haben.

Sie griff in den Karton, woraufhin die Teller, das Besteck und Tassen gegeneinander klirrten. Dazwischen mogelte sich ein anderes Geräusch. Ging gerade eine Tür?

Fast wäre ihr eine Tasse aus der Hand gefallen.

Sie fing sie rechtzeitig auf, stellte sie ab und lauschte. Da war wieder ein Klappgeräusch. Um in ihr Zimmer zu gehen, war es zu spät.

Innerlich bereitete sie sich darauf vor, mit jemandem reden zu müssen. Entweder mit Klaus oder dem Älteren, von dem ihr Tessa schon wortreich berichtet hatte.

***

Mit einem leisen Seufzen schloss Jeff die Tür und hängte seine Jacke an den Haken. Zum Arbeiten zu fahren hatte sich heute nicht gelohnt. Drei Stunden waren es gewesen, in denen er selten etwas schaffte. Dabei waren seine Gedanken öfter zu Naikye abgeschweift, was ihm die Zeit im Büro zumindest versüßt hatte. Am Freitag würde er sie wiedersehen, erst in drei Tagen. Ob er sie gleich anrufen sollte? Vielleicht ließ er es lieber sein, er wollte sich nicht aufdrängen. Erstmal etwas essen, dann konnte er klarer denken.

Er öffnete die Küchentür und verharrte wie angewurzelt im Eingang. Eine blonde Frau, die etwas in einen Schrank räumte, drehte sich ihm halb zu.

Die sah ihr aber ähnlich, so im Profil. Jeff ging ein paar Schritte auf sie zu. Das konnte ja wohl nicht wahr sein. Die gleichen blauen Augen und dieselbe rundliche Nase.

„Hmm?“, murmelte er.

War es tatsächlich sie? Er täuschte sich nicht. Wenn es nicht ihr Double war, handelte es sich um die junge Frau aus dem Café. Die Welt war manchmal kleiner, als er dachte.

Dass sie Klaus’ Freundin sein könnte, schloss er aus.

Bestimmt hatte der keine. Jedenfalls wirkte er so zurückhaltend, dass Jeff es sich nicht vorstellen konnte.

„Grüße dich, Jeff Gonnaire.“

Die junge Frau drehte sich ihm zu.

„Linda. Ich … ich bin die Linda Siemeid.“ Sie blickte ihn scheu an, als hätte sie einen Geist gesehen. Vor dem Café hatte sie ihn genauso angestarrt.

Er reichte ihr die Hand, die sie griff, nachdem sie sich

über ihre Jeans gestrichen hatte. Eiskalt legte sich ihr Handballen an seinen.

„Wir haben uns schon einmal gesehen, nicht?“, sagte Jeff. „Vor ein paar Tagen.“

„Ja“, sagte sie. „Ich g-glaube wohl.“

„Hätte nie gedacht, dass wir uns mal wieder treffen. Nicht so.“

„Ich auch nicht“, stammelte sie.

„Und ausgerechnet in einer Küche.“

Linda hob kaum merklich ihre Mundwinkel. Ihr Blick suchte umher.

Erst jetzt, als er das mit Blümchen verzierte Geschirr auf dem Tresen musterte, dämmerte es ihm. „Äh, ich hab ja gar nicht gemerkt, dass du schon hier bist, Linda.“

„Seit eben erst. War niemand da.“

Wohin könnte er das Gespräch lenken? War Linda überhaupt daran interessiert, sich länger mit ihm zu unterhalten? Sie drehte sich ihm kurz zu, um dann wieder hier- und dorthin zu starren. Ihre Scheu war ihm egal, schließlich mussten sie sich doch kennenlernen.

Tessa schien ihm einen probaten Ansatz für einen Wortwechsel zu liefern. „Apropos, deine Freundin habe ich schon kennengelernt.“

Jeff wechselte abrupt sein Standbein.

Sie nickte.

„Klaus und sie verstehen sich, oder?“

Auf Lindas Hals verteilten sich großzügig Fleckchen wie bei einem Marienkäfer.

„Weiß ich nicht.“ Sie fuhr sich über das Kinn. „Könnte schon sein.“

„Nicht so wichtig.“

„Sie hat ja … immer irgendwen.“ Sie sagte es wie zu sich selbst.

„Grüße Tessa mal von mir.“

Sie nickte stumm mit leerem Blick.

Jeff setzte ein Lächeln auf, wodurch er hoffte, sie ein wenig aus der Reserve zu locken. „Übrigens, schön, dass du hier bist, Linda. Nun hab ich Verstärkung, wenn Klaus mir krumm kommen will.“

Endlich leuchteten ihre Augen für einen Moment auf.

„Das … das freut mich auch“, sagte sie und bewegte unstet ihren Oberkörper. Dann blickte sie zum gestapelten Geschirr. Jeff nickte.

„Bis dann“, sagte er und verließ die Küche. Linda murmelte etwas, das er nicht verstand.

In seinem Zimmer dachte er über die neue Situation nach. Es wohnte eine Frau hier, das wusste er. Nur nicht, dass sie so jung und er ihr schon begegnet war.

Gerade hatte sie noch jünger gewirkt als im Café neulich.

Ihn plagte das schlechte Gewissen, dass er mit ihr geflirtet hatte.

***

Sie starrte zur Küchentür, durch die Jeff gerade hinausgegangen war. Mit ihm die unwirkliche Begegnung. Allmählich regulierte sich ihr Atem und sie fasste klare Gedanken.

Warum interessierte der sich nur für Tessa? Sie zog nicht hier ein. Ihr flog immer alles zu, obwohl sie sich um wenig scherte.

Nicht nur beim Volleyball stand Linda in ihrem Schatten. Eigentlich zog sie überall den Kürzeren.

Sollte dieser Jeff sie noch einmal zu Tessa befragen, würde sie das Gespräch einfach abblocken.

Das wäre zwar unfreundlich, aber anders wüsste sie sich nicht zu helfen. Sie kannte diesen Mann nicht und doch spielten sich in ihrem Kopf vertraute Muster ab.

Erinnerungsstücke von früher blitzten auf und schüttelten sie unvorbereitet durch.

In seiner Nähe fühlte sie sich, als hätte jemand Heißwasser über sie gegossen. Sie wusste nicht, wie sie diese Begegnung einordnen sollte. Zum einen war sie froh, jemand Neues kennenzulernen, doch es machte etwas mit ihr. Wie vor dem Café lief es fiebrig durch ihren Körper. Sie stemmte sich dagegen, weil sie stark erscheinen wollte. Zwecklos.

Als er ihr vor dem Café die Tüte überreicht hatte, war es wie an ihren Geburtstagen gewesen. Genauso stand damals ihr Vater vor ihr. Bestimmt war sie noch um einen Kopf kleiner gewesen als jetzt.

Dachte sie nun jedes Mal an früher? Noch immer hatte sie es nicht verdrängt, nicht weit genug.
In den unpassendsten Momenten kam es zum Vorschein. Unverhofft wie ihr nerviger Niesreiz, leider nicht so harmlos.

Der Unfall war auf dem Hinweg zur Versicherung passiert, für die ihr Vater gearbeitet hatte. Schuld hatte er keine gehabt, aber danach fragte bald keiner mehr. Am Unglücksort, wo er verstorben war, war sie seitdem nur heimlich gewesen.

Obwohl die Landstraße die direkte Verbindung zwischen ihrem und dem nächsten Stadtteil darstellte, fuhr ihre

Mutter seither immer einen Umweg. „Hier ist es kürzer", sagte sie dann. Vielleicht wollte sie ihren Töchtern den Anblick des Gedenkkreuzes ersparen.

Als ihre jüngste Schwester Fiona zur Welt gekommen war und in der Folge aufwuchs, lenkte sie oftmals von all dem Leid und Verlust ab. Da war plötzlich ein kleines, hilfloses Lebewesen, um das sie sich kümmern mussten.

Die Jahre danach flogen deshalb in Lindas Wahrnehmung einfach vorbei. Viel Zeit zum Innehalten gab es nicht.

Wie hätte ihr Leben verlaufen können, wenn das nicht über ihre Familie hereingebrochen wäre?

Diese Frage hatte sie sich oft gestellt, besonders wenn ihr alles über den Kopf wuchs. Die Schule, die Nebenjobs und ihre Aufgaben zu Hause.

***

Vielleicht war Ingas Ausspruch, Jocelyne würde seinen vorherigen Besuch rasch vergessen haben, sein Ansporn gewesen, sie vom Gegenteil zu überzeugen.

Kurzentschlossen rief er zu Hause an.

Jeff hatte darauf gehofft, seine Tochter würde rangehen, obwohl seine Frau und er es ihr verboten hatten.

„Hallo", sagte Jocelyne. Sie meldete sich nicht mit ihrem Nachnamen, was Jeff einen Stich ins Herz versetzte. Der Name sprach eine Wahrheit aus, dass sie zusammengehörten. So wirkte sie wie irgendein Kind, das den Anruf eines Unbekannten angenommen hatte. Genau so jemand könnte sie ihrer Mitte entreißen - und das nicht nur für eine halbe Stunde.

„Ich bin's, Papa."

„Papachen!"

„Ist die Mama denn da?"

„Nein, die ist schon wieder weg."

„Hast du Lust auf einen kleinen Ausflug, Schatz?"

„Au, ja!" Die pure Freude lag in ihrer piepsigen Stimme. Wie konnten Jeff und Inga es nur wagen, sie immer wieder zu enttäuschen?

„Ich bin gleich bei dir. Hab etwas Geduld, Jocy."

„Oh toll, ja. Tschüssi!"

Jeff schmunzelte. Dass Inga kurz zuvor noch einmal das Haus verlassen hatte, war eine glückliche Fügung.

***

Unscheinbar lag der Schlüssel im Regal und erinnerte ihn jetzt beim Vorbeilaufen an seinen Nachbarschaftsdienst. Dass Altwegners Tochter den ausgerechnet ihm anvertraut hatte, erstaunte ihn. Hoffentlich quoll der Kasten nicht über. Vielleicht sollte er mal nachschauen.

Klaus nahm den Schlüssel aus dem Regal und verließ den Raum, als sich die Küchentür langsam öffnete.

„Ach, Linda … Hallo. Du bist schon da. Hab dich gar nicht gehört."

Sie schreckte leicht auf, hielt in der Bewegung inne.

„Hallo … Je eher desto besser." Ihre Stimme klang zerbrechlich, dadurch kaum hörbar.

„Dann nochmal willkommen!" Diese Worte fielen ihm schon leichter als noch vor einer Woche bei ihrer ersten Begegnung.

Da hatte er es nur gesagt, aber noch nicht gemeint.

„Danke.“ Sie vergrub beide Hände in ihren Taschen.

„Das Geschenk hast du gefunden? Herzlichen Glückwunsch!“ Er streckte ihr seine Hand entgegen.

„Übermorgen erst“, sagte sie und schlug ein. „Trotzdem danke schön.“

„Ähm, den Jeff kennst du schon?“

„Jaja,“ Sie nickte mehrfach bei zusammengepressten Lippen. „Der war gerade hier.“

„Okay, gut.“ Er wechselte den Schlüssel von der einen zur anderen Hand, zeigte ihn kurz hoch. Dann guckte er zur Wohnungstür.

Mit gesenktem Kopf huschte sie an ihm vorbei, hin zu ihrem Zimmer. Weg war sie.

Im Treppenhaus begegnete ihm niemand, was der Norm entsprach. Einige arbeiteten bestimmt, andere hielten sich den ganzen Tag zu Hause auf. Genau wie er.

Studenten vermutete er aber nicht unter ihnen. Die Wohnungen waren überteuert, jedenfalls seine.

Zuerst öffnete er seinen Kasten, dessen Inneres ihm trostlos entgegenblickte. Nur ein paar Prospekte verloren sich darin.

Altwegner erhielt ungleich mehr Post. Einige Briefe stammten von einer Bank, dazu etwas von der Rentenbehörde und dem Festnetzanbieter, dessen Nachricht mindestens zwei oder drei Zettel umfasste. So dick, wie es sich anfühlte.

Wie hoch war wohl dessen Telefonrechnung? Bestimmt höher als die von Klaus, was aber hauptsächlich an seiner Flatrate lag, die sein Konto gehörig schonte.

Hatte der Rentner etwa auch Zugang zum Internet?

Das konnte sich Klaus nicht vorstellen.

Schon eher, dass dieser ein sozial erfüllteres Leben als er selbst führte.

Kein Kunststück zugegebenermaßen.

Oder täuschte sich Klaus etwa in ihm? War der Rentner noch einsamer als er sich oft gefühlt hatte? An seinen dunkelsten Tagen hatte Klaus das unterste Ende der Skala schon weiträumig ausgelotet.

Sollte ihn solch eine Misere im Alter wieder ereilen, wäre er darauf vorbereitet. Dadurch könnte die zermürbende Stille womöglich nicht mehr so unbarmherzig zuschlagen.

***

Ihr Eigenheim, aus dem sie herauskamen, hatte nicht er, sondern Ingas Eltern erbauen lassen. Ein im Türbogen eingearbeitetes Relief, das Adelswappen ihrer Familie, fand er zu protzig. Darauf abgebildet waren zwei sich zugewandte Löwen, die unterhalb einer Krone saßen. Jeff hatte dazu geneigt, sich bei Gästen dafür entschuldigen zu wollen.

„Und die Mama kommt erst um vier Uhr wieder?“, fragte Jeff.

„Ja, das ist manchmal so.“

„Bis dahin bist du längst wieder hier.“ Unverantwortlich, sie so lange allein zu lassen. Früher war das nie passiert.

„Und warum darf Mama das nicht wissen?“

„Sie weiß es doch. Aber sage trotzdem nichts zu ihr. Das ist ein Spiel zwischen uns.“

„Was willst du mir denn zeigen, Papa?“

„Wo ich jetzt wohne.“

„Ach so.“ Sie blickte zu den Nachbarhäusern. „Und wo?“

„Es dauert nicht lange. Wart’s nur ab.“

„Ja, ja, ja!“

Jeff führte sie an der Hand zum Auto und ließ sie hinten einsteigen. Als er sie im Kindersitz anschnallte, murrte sie: „Ich bin doch schon groß.“

Er duldete keine Widerrede, stieg ein und sie fuhren los. Im Rückspiegel beobachtete er ihren Gesichtsausdruck. Von Ampel zu Ampel, entlang der Außenbezirke hin zum Stadtring schaute sie immer ablehnender.

Was würde sie zu der Wohnung sagen und seinem kleinen Zimmer? Und was zu Klaus? Jeffs Aufenthalt bei ihm sollte nicht zu lange dauern. Er musste eine Wohnung finden, die mehr Wärme ausstrahlte und worin sich Jocelyne geborgen fühlen könnte.

Sie war eine andere Umgebung gewohnt, entfernt von der Stadt, wo sie mit anderen Kindern herumtollen konnte. Schnell würde sie sich daran gewöhnen, egal in welchem Stadtteil Jeff am Ende bliebe.

Jocelyne durfte ihm nicht völlig entgleiten, das würde Inga nur in die Karten spielen.

Am Wohnkomplex an der Martinusstraße angekommen, fragte sie: „Hier wohnst du?“ Sie rümpfte die Nase.

„Gefällt’s dir nicht?“

„Ganz schön laut.“

„Nur draußen. Ist ja nur für kurze Zeit.“

„Dann kommst du wieder zurück?“

„Das muss die Mama auch wollen.“

Prustend atmete sie aus. „Ja, ich weiß."
Er öffnete den Gurt, woraufhin sie die Nase kräuselte.
„Nun, komm."
„Hmm."

***

Klaus' Herz machte einen Satz, als dieses Geräusch in seine Ohren drang. Dass jemand anderes seine Wohnungstür aufschloss, war noch unangenehm. Auch wenn er wusste, dass sich seine Irritation darüber irgendwann abschwächen würde. Hoffentlich bald.

„Hui, dunkel hier", sagte eine Kinderstimme.

Jemand drückte seine Klinke herunter und ein Mädchen mit Seitenzöpfchen schaute zu ihm herein. Klaus zuckte zusammen.

„Wer bist du denn?", sagte sie.

„Äh, ich bin Klaus." Er stützte die Arme auf die Lehnen und drehte sich ihr zu. „Und du?"

„Bist du der Freund von Papa?"

Jeff und er lachten.

„Wir kennen uns ja gerade erst", sagte Klaus.

„Mögt ihr euch denn nicht?"

„Doch, also … das schon, denk ich."

„Hier isses aber klein. Bci uns hast du viel mehr Platz, Papachen."

„Ich brauche eigentlich nicht mehr als einen Raum. Du hast daheim doch auch nur einen."

„Aber ich kann ja überall hin. Ins Wohnzimmer, ins Schlafzimmer, über euer Bett rollen, ins Bad, in die Küche, auf dem Flur spielen und ich kann überall hinrennen."

„Das kann ich auch, nur nicht rennen. Und in Klaus' Raum darf ich auch nicht."

„Liegt bei dir was auf dem Boden rum?" Ihrem Blick entging nicht die geringste Kleinigkeit, das merkte er.

„Ja, genau deswegen darf dein Papa hier nicht rein", sagte Klaus. „Gehst du denn schon zur Schule?"

„Nein, noch nicht."

„Sei froh."

Sie nickte vier- oder fünfmal. „Und was bist du so?"

„Ich?" Erstaunlich, dass ihn dieses Kind aus dem Gleichgewicht brachte. Auch wenn er merkte, dass es ihm gefiel, mit ihr zu sprechen.

„Bist du auch Architekt?" Anstatt des ch sprach sie ein k, worüber Klaus schmunzelte.

„N-nee."

„Da sind ja noch zwei Türen."

Kurz dachte Klaus an Linda, wie sie genauso durch den Türspalt hereingelugt hatte. Ein Mädchenblick, der sein Herz erweichte. Jeffs Tochter machte ihm bewusst, wie allein er aufgewachsen war. Gerne hätte er eine Spielkameradin wie sie gehabt, so neugierig und beherzt. Niemals hatte er in ein anderes Kinderzimmer geblickt, in dem Spielzeug verstreut herumgelegen hatte.

„Da hinten wohnt ein Mädchen."

„Eins wie ich?"

„Nein, ein bisschen älter ist sie schon."

„Weiß Mama das denn?"

„Erzähl's ihr nicht, ja? Bleibt unser Geheimnis, das weißt du doch, Jocy."

„Ich verrat nichts. Indianerehrenwort." Beschwörend kreuzte sie zwei Finger.

„Hört sich ja an, als wenn das verboten wäre, mit einem Mädchen zu wohnen“, sagte Klaus.

„Zu uns kommt ja auch oft …“ Sie stockte und hielt sich die Hand vor den Mund.

„… jemand zu Besuch?“, fragte Jeff.

„Nein, nur die Freundinnen von Mama. Sonst keiner.“

„Ist schon okay. Wir brauchen beide Abstand, die Mama und ich. Dann kann das alles wieder gut werden, glaub mir.“

„Versprochen?“

„Das wird aber nicht so einfach.“

„Wie immer.“ Sie klatschte sich mit der Hand an den Oberschenkel. Dann zog sie eine Schnute.

„Lassen wir den Klaus mal in Ruhe. Der hat bestimmt noch etwas zu tun.“ Jeff schob sich vor sie und blickte entschuldigend zu ihm.

Es fühlte sich gut an, von Jeff so gesehen zu werden. Als jemand, der seine knappe Zeit planvoll einteilen musste.

„Tschüssi“, sagte das Mädchen und winkte.

„Jo, bis dann, du.“

Jeff schloss die Tür. Aus dem Flur drang gedämpft herein: „Und wo schläfst du?“

„Gleich nebenan.“

„Bei dem Mädchen?“

„Nein.“

Er lächelte in sich hinein.

Ein Schwesterchen, eben eine wie sie, hätte Klaus die Kindheit versüßt. Vielleicht wäre er seinen Eltern dadurch nähergekommen. Oder zumindest nicht allein gewesen.

Die Kluft, die sich oft zwischen Klaus und dem zarten Geschlecht auftat, wäre bestimmt kleiner ausgefallen. Im Naherprobungsfeld hätte er den routinierten Umgang mit ihnen von Anfang an gelernt.

13.

Jeden Morgen ins Büro, ein Tag glich dem anderen. Und doch wurde es merklich unbequemer für Linda.

Sie schaute zum verwaisten Stuhl von Judith, die heute fehlte. Keiner sagte Linda, was sie hatte. Ans Telefon ging ihre Freundin nicht.

Auch Mama hatte länger nicht mit ihr gesprochen und wusste nichts darüber.

Nun war Linda Frauke hilflos ausgeliefert.

Diese lief zur Höchstform auf und kostete ihre Machtposition ihr gegenüber aus.

Und sei es nur diejenige, länger hier zu sein. Linda sollte das Tablett aus der Küche holen, die Post und allerlei Botengänge erledigen, die sie ins Lager und andere Stockwerke führten. Niemand ging dazwischen oder ergriff Partei für Linda. Es war ein Zweikampf.

Ob Frauke gesehen hatte, wie Linda die zwanzig Euro eingesteckt hatte? Einmal hatte sie etwas Ähnliches angedeutet. Daraus könnte Linda wohl keiner einen Strick drehen. Jeder andere hätte das Gleiche getan. Solch eine geringe Summe war nicht der Rede wert. Oder wusste Frauke etwa vom geborgten Portogeld?

Sie knabberte an einem Fingernagel und blickte zur Uhr. Halb zehn war durch.

In der Früh hatte es ihr Mühe bereitet, sich aus den Federn zu hieven. Ihre Glieder waren bleischwer. Ein Muskelkater konnte es nicht sein. Es sei denn, sie hätte im Schlaf Volleyball gespielt.

Früher hatte sie das häufiger getan, doch bevor sie zum entscheidenden Schmetterball ansetzen konnte, war sie aufgewacht.

Wie schön es wäre, morgen liegen zu bleiben, ein bisschen fernzusehen oder zu lesen. Irgendwann rief sie dort an und tischte der Sekretärin ein Ammenmärchen auf. Ihre Allergie kam ihr dabei gerade recht. Zu niesen gelang ihr wie auf Kommando.

Danach würde sie aber die ganze Zeit in der Wohnung bleiben. Bestimmt wäre einer ihrer Mitbewohner da. Am ehesten Klaus, der sie nicht weiter störte. Aber Jeff hatte häufiger halbtags frei.

Sich vorbehaltlos und ohne Erwartungen in einer WG zusammenzufinden, fand sie zunächst reizvoll. Die Chemie zwischen den Bewohnern war letztlich entscheidend dafür, ob ihr Zusammenleben harmonisch oder sogar freundschaftlich verliefe. Personen, die sich nicht auf Anhieb sympathisch wären, würden wohl nicht freiwillig auf engstem Raum wohnen wollen.

Dass Klaus ihr sofort zugesagt hatte, machte sie stolz. Insgeheim hatte sie gehofft, er hätte noch jemanden ausgewählt, der sowohl zu ihm selbst als auch zu ihr passen würde. Jeffs Anwesenheit erdrückte sie jedoch regelrecht. Er hatte dieselbe Figur und Größe, dazu das ovale Gesicht mit den dunkelglänzenden Augen. Selbst sein Haar scheitelte Jeff ähnlich wie er und sprach mit einschmeichelnder Stimme.

Würde sie jedes Mal dieses Gefühlschaos erleben, wenn sie ihm in der Küche oder woanders begegnete? Er war freundlich, sogar charmant. Für die Ähnlichkeit zu ihrem Vater konnte er natürlich nichts.

Gestern hatte sie ihr Handy in der Küche vergessen. Jeff hatte es ihr nachgebracht. Gehörte sich das denn? Schließlich waren Handys so etwas wie Heiligtümer und für andere tabu.

Sie hatte ihm höflich distanziert gedankt und sich auf die Zunge gebissen. Er hatte zu einem Gespräch angesetzt, aber Linda hatte es abgeblockt.

Weder dort in der Wohnung noch auf der Arbeit gab es einen Ruheraum. Eine Art Oase, in die sie für eine Weile eintauchen könnte, um sich von der spröden Realität zu erholen. Ihr Leben reduzierte sich auf das Büro in der Firma und ihr Zimmer. Bevor sie morgens auf den Flur trat, horchte sie, ob jemand sich in der Küche oder im Bad aufhielt. Wurde sie langsam seltsam? Lief das Duschwasser, musste sie ohnehin warten.

Wie damals zu Hause.

Ständig befielen sie ihre Erinnerungen. Ihr Vater hatte meistens vor ihr das Bad belegt, dann kam sie an die Reihe. Zu ihren täglichen Ritualen hatte ein Abklatschen im Flur gehört.

Wenigstens in ihrem Bett konnte ihr niemand etwas anhaben. Es sei denn, sie träumte wieder von Schlangen, die herankrochen und sich um sie wickelten.

Linda streckte ihre Arme aus, hörte die Schulterblätter und Gelenke knacken. Selten genügte ihr der Schlaf. Sie ließ sich in den Stuhl fallen, verschränkte die Arme vor der Brust und spulte die nächsten Tage im Schnelldurchlauf vor. Gedanklich beim Rückweg angekommen, rang Lindas Pflichtbewusstsein ihre Schwäche nieder. Ein paarmal kreiste sie mit ihrem Kopf, erst vorne, dann nach hinten.

In letzter Zeit überkam sie abends oft eine Art Panik, dann wollte sie ihre Tür aufreißen, hinausrennen und endlich durchatmen. Tief und lange, die angenehme Nachtluft, die einzigartig duftete wie nichts anderes. Irgendwo dort musste sich doch die Freiheit befinden. Linda kannte sie nur noch vom Hörensagen.

Sie merkte, dass sie etwas Entscheidendes verpasste.

***

Der Fernmeldeturm, einem Minarett ähnlich, erschien höher als Jeffs Büro im obersten Stock. Dieses Gebäude ermöglichte ihm einen weiten Ausblick durch feine Lichtstreifen, die der Lamellenvorhang durchließ. Die beiden nächstgelegenen Etagen waren teilweise von seinem Arbeitgeber angemietet. Darunter, auf vier Stockwerken, waren Versicherungen, Beratungsfirmen und Agenturen untergebracht, wie er von den Firmenschildern und Aufzugknöpfen wusste.

Er trug den nachtblauen Anzug, der stetig mehr an ihm flatterte. Von Geschäftsterminen abgesehen unterlag er keiner Anzugspflicht und doch wollte er suggerieren, dass er stets gewillt war, seine Leistung zu bringen. Leerlaufphasen waren in seinen Arbeitstag eingekehrt und der Stapel neuer Visitenkarten hatte seit einem halben Jahr wenig an Volumen eingebüßt.

Karg war es hier. Früher, noch im Zentrum des Geschehens, hatte er das nicht bemerkt. Gegenüber hingen Plotterpapiere mit Entwürfen, daneben eine Lithographie eines Palastes im mesopotamischen Ninive. In seinem Rücken prangte wandfüllend ein siebenstöckiges Regal, das von Ordnern überquoll, die bereits sehr lange darin standen. Enthalten waren sorgfältig dokumentierte Vorgänge, wofür eine Akribie vonnöten gewesen war, die niemand mehr pflegte noch honorierte.

In einer Ecke hatte er die Sicherheitsschuhe verstaut. Darauf, halb auf dem Boden, lag sein Schutzhelm.

Jeff stand auf und tippte im Regal einige Ordnerrücken an. Wo drin war der Vorgang? Zielsicher nahm er einen heraus und setzte sich wieder. Er blätterte versunken die Zeichnungen durch, alle ähnelten sich wie ein Zwilling dem anderen, bis er einen Zettel vor sich hatte, auf dem „Martinusstraße 32“ stand. Also doch, er hatte sich nicht geirrt. Klaus’ Wohnung würde demnächst im Auftrag von Jeffs Firma kernsaniert werden. Warum hatte er trotzdem noch untervermietet?

Er stellte den Ordner zurück ins Regal.

Da er nichts anderes zu tun hatte, schlug er einen Zeichenblock auf. Oben waren Entwürfe, nichts Besonderes, doch sie hielten einem flüchtigen Blick stand. Er blätterte weiter zu seinen eigenen Skizzen, deren Umfang sich gewaltig vergrößerte, da er jedwede Motive zu Papier gebracht hatte. Jeff musterte Bild um Bild, auffällig viele Kinder, die teils lachten, zusammen spielten oder traurig und allein schienen. Das Kind am Fenster und die junge Frau im Café, die er aus dem Gedächtnis gezeichnet hatte.

Linda hieß sie, wie er jetzt wusste. Was würde sie wohl denken, wenn sie von diesem Bild erfahren würde?

Wofür würde sie ihn halten? Für einen Mann, der jungen Frauen nachlief? Dabei war doch alles ganz harmlos.

Er setzte den Kohlestift an und veränderte ihre Mundwinkel, hob sie an, vergrößerte ihre Augen und vermehrte den Glanz. Linda, die er künstlerisch verewigt hatte, ähnelte seiner Tochter Jocelyne. So wie sie in knapp zehn Jahren aussehen könnte.

Mit seinem Erzieherstuhl drehte er sich zur Fensterseite. Die Dächer anderer Hochhäuser präsentierten sich ihm, hier und dort blieb er haften und vergaß, wo er sich befand. Noch benötigte die Gegenwart seine volle Aufmerksamkeit, nur glaubte er, dass er zurückschauen musste. Gedankenlos musterte er die Tastatur, dann das Gehäuse. Bei Rechnern ließ sich ein voriger Systemzustand wiederherstellen. Wäre dies bei Menschen möglich, würde er dies begrüßen, indes müsste er einen Zeitpunkt auswählen.

Wann war ihm genügend Gutes widerfahren? Wann entwickelte sich etwas, das er tunlichst vermeiden sollte?

Holte er arglos seinen Ich-Zustand zurück, der vor Jahren geherrscht hatte, liefe er Gefahr, seinen Gemütszustand drastisch zu verschlechtern. Dass Jeff gebunden wäre, würde bei manchem dafür sorgen. In jedem Tag steckte man fest wie in einem Verlies. Erst wenn man hinausgelangte, erkannte man, wo man gewesen war. Hätte er über einzelne Perioden Buch geführt, den Monatsberichten in der Firma ähnlich, würde sich die Zeitpunktsuche einfacher gestalten.

Er fuhr langsam mit dem Mauszeiger über seine vielen Bookmarks. Per Klick baute sich eine Seite mit chinesischem Schach auf, mit dessen Rätseln er sich auch daheim länger als nötig beschäftigt hatte. Mit der Kanone setzte er den gegnerischen Feldherrn matt, in drei Zügen.

Er sah den Rundstein im Geiste fallen, hin- und herrollen, bis er liegen blieb.

Ein gerechtes Spiel. Fehler summierten sich, wurden manchmal sofort bestraft und mündeten in eine verdiente Niederlage. Der Spielraum war begrenzt und nichts blieb hinter Türen oder vorgehaltenen Händen verborgen.

Hatte sich Jeff zu Hause zurückgezogen, ruhte hinter ihm der stattliche Bibliotheksschrank, gefüllt mit all jenen Tröstern. Mal Goldschnitt, oft Deckenband, selten Karton, von denen er eine Auswahl mitgenommen hatte. Bisweilen zog er eine der quietschenden Schubladen auf, in denen er Arbeitspapiere aufbewahrte, die er stets umgeordnet hatte, sodass seine Frau annahm, er hätte zu tun.

Jeff griff zu seiner Tasse. Auf dem Korridor, dessen dunkelgrauer Teppich sich farblich seinen Oxfordschuhen anpasste, hörte er Kopierer und Scanner. Vereinzelt drangen Stimmen durch die Türen.

An der Ecke zur Küchennische begegnete ihm ein Mitarbeiter, der seinen Blick suchte.

„Zu Ihnen wollte ich doch“, sagte der Mann in den Fünfzigern tatenfroh. Die Stoffhose und der fernblaue Feinstrickpullover, der ordentlich spannte, entsprachen der Firmennorm.

„Ja?“, fragte Jeff, dem Zigarrengeruch in die Nase stieg.

„Sie haben es sicherlich gehört“, sagte der ungeschlachte Mitarbeiter und zog in den Sprechpausen stets Luft.

Jeff wusste nicht, was jener meinte. „Scherzen Sie?“

„Heute ist mein letzter Tag.“

„Sie haben es gewagt?“

„Das wurde auch Zeit“, sagte der andere gelöst.

„Oh, meinen Respekt, Herr Heilner."

Heilner reichte ihm seine warme, fleischige Hand.

„Auf ein Wiedersehen, Herr Gonnaire."

„Leben Sie wohl, … Hilmar. Ich wünsche Ihnen erdenklich viel Glück."

„Verbindlichsten Dank. Ihnen ebenso, Josef."

Heilners Stimme und Gesicht hellten sich auf. „Ich kann schnell wieder auf die Füße kommen."

„Sie fangen woanders an?"

„Ich werde denen Feuer machen als Selbstständiger." Dann fuhr er sich durch sein strohiges Haar.

„Solch ein Mut ist beachtlich. Recht gutes Gelingen."

„Stellen Sie sich vor, die wollten, dass ich rüberwechsle", flüsterte Heilner in konspirativer Art.

Eine Hand kreiste über den Unterbauch. Die andere ruhte in der Hosentasche, unterhalb der, links wie rechts, eine feine Bügelfalte hinabführte.

„Zu denen? Ich wäre dann ganz allein hier."

Der Kollege schaute ihn inständig an und schob die Unterlippe hoch. Jeff verstand.

„Das könnte Sie jetzt richtig ins Spiel bringen, habe ich läuten hören", sagte er orakelhaft mit seiner Bassstimme.

„Mich? Tatsächlich? Das würde mich überraschen."

„Sie sind auch lange hier. Das zählt doch was, glauben Sie nicht?"

„Wenn Sie es sagen."

„Lassen Sie sich nicht unterkriegen von denen", beschwörte Heilner ihn.

„Von der Geschäftsleitung?"

„Die auch", antwortete er abgekühlt und deutlich leiser, „ich meine die jungen Wilden, die hier den Ton angeben."

„Tja, die Zeit bleibt nicht stehen, nicht wahr?"

„Man hört", Heilner kam näher, „dass die aus New York dem Jugendwahn nachrennen. Gibt dann wieder ‚Hire and Fire'."

Jeff starrte auf den dunklen Teppich. Er erinnerte sich einiger Gesichter und an Abschiede wie diesen.

„Wie drücke ich mich aus", sagte der Kollege. Mit dem Zeigefinger tippte er mehrmals an Jeffs Oberarm. „Meine Tür steht offen, wie Sie wissen."

„Dass Sie an mich denken. Das ehrt mich. Dafür bin ich dankbar."

„Vergessen Sie nicht. Die Kugel fällt, das Rad aber, d…"

„Das dreht sich noch, ganz richtig. Sie haben vollkommen recht."

Heilner verfiel in sein stoßweises Lachen, das keine Zähne zeigte, dem es jedoch an Wirkung nie fehlte. Er hob die buschigen Augenbrauen und streckte Jeff erneut die Hand entgegen. „Nun ist es vorbei. Machen Sie es gut, Josef und grüßen Sie Ihre verehrte Frau recht lieb."

„F-freilich, das werde ich. Danke vielmals, Hilmar."

Der andere war bereits einige Schritte entfernt und Jeff rief ihm hinterher: „Sie Ihre Frau auch", woraufhin sich jener zur Seite drehte und nickte.

Jeff ging in die Küchennische und füllte seine Tasse zum letzten Mal für heute auf.

Er versuchte Heilners Frau zu erinnern, ohne dass sich ein Bild in ihm formte.

Sie waren sich bei einer Vernissage begegnet, die Jahre zurücklag.

Just als er gehen wollte, lief ihm Tom Bostkoep in die Flanke. Was hinderte Jeff daran, auf dem Absatz kehrtzumachen?

„Der alte Kauz“, sagte der und ging in die Küche. Dort goss er Wasser ein und kochte es. „Quatscht der jeden voll.“

„Er hat sich verabschiedet“, sagte Jeff irritiert.

Heilner war nur sieben Jahre älter als er.

„Du wusstest davon.“

„Wovon?“, sagte Tom.

„Von Heilner freilich.“

Tom füllte Instantkaffee in einen Becher. „War das überraschend?“

„Ein wenig, jawohl.“

Was bedeutete das alles? Er ließ die Frage schwinden und dachte an die Lounge.

„Ihr wart fort, am Sonnabend. Auf einmal.“

„Musste sein.“ Toms Mimik verhärtete sich. Deutlich trat die von Akne befallene Gesichtshaut hervor. „Meine Freundin rief an. Das Baby … dem ging es nicht gut.“

„So?“

„Erick kam mit, wollte nicht mehr bleiben.“

Es stimmte nicht. Jeff erinnerte sich an den Kellner, der eine Frau erwähnt hatte, mit der die beiden abgezogen waren.

„Wir haben gewartet, Rick schaute nach. Sind dann los.“

„Wo war ich?“

„Weg, sagte Rick.“

Jeff erinnerte sich daran, gesessen zu haben. Seine Ellbogen auf den Knien, die Stirn lag auf dem Unterarm.

Nach einer Pause sagte er scharf: „Ihr geht einfach fort?“

Tom fokussierte ihn kampfeslustig. „Sollten wir überall nachgucken?“ Der Wasserkocher klickte schließlich. „Du warst betrunken, woll. Und komplett mit dir beschäftigt.“

Jeff senkte den Kopf und antwortete brüchig:

„Tja, macht … macht keinen Unterschied mehr.“

Der andere goss Brühwasser in den Becher.

Tom schaute zum Oberlicht hoch und sagte mit Gönnermiene: „Wird ein schöner Tag, Chef, glaub mir.“

Ein Klaps streifte seine Schulter und zügig ging Tom an ihm vorbei, den Korridor entlang bis zur Ecke und dahinter rechtsherum, wo deren Büros lagen. Jeff schaute nach oben. Dunstverhangene Wolken, die jeglichen Sonnenglanz blockierten, füllten das viele Glas an der Decke aus.

In seinem Büro setzte Jeff sich und nahm genussvoll einen Schluck. Dieser Heilner, der traute sich etwas. In seiner romantischen Vorstellung glaubte Jeff, im Übrigen wie sein Arbeitskollege, noch immer erreichen zu können, wonach er strebe. Als Vater hatte er sein persönliches Befinden ausgeblendet und überließ Inga das Feld, das sie deutlich beanspruchte. Erst später begriff er das. Möglicherweise hatte er, bis auf Jocelynes Geburt, nie weiteres Glück empfunden. Einen verlässlichen Indikator gab es nicht. Er konnte es nicht messen wie die Temperatur.

Seit die Trennung sich abzeichnete, bereitete es ihm Mühe, seine Stimme zu erheben. Daheim wie beruflich.

War er noch ein richtiger Mann oder ein Waschlappen? Wie dachte Naikye über ihn?

Gelänge Jeff ein Neuanfang, würde er manch alten Fehler vermeiden, dafür zweifelsohne fatalere begehen. Setzte er alles auf Anfang, wäre es ein Vabanquespiel. Am Ende hätte er vielleicht nichts. Einem Glücksjäger gleich würde er sein bisheriges Leben aufbieten, das ihm wie freudlose Leere anmutete. Mithin hatte er nichts zu verlieren. Gleichbedeutend mit seiner Freiheit, das anzugehen, wonach ihm der Sinn stand.

Jeff erinnerte sich erneut an seine Schulzeit, was ihn gehörig erstaunte. Die Hand, die ihm sein kindliches Ich entgegenstreckte, schien unerreichbar wie ein entschwindender Traum. Drei Jahre lang hatte er in der Schulband Gitarre gespielt und eigene Lieder dafür geschrieben; „Ganz beachtlich", sagte der Musiklehrer nach einem ihrer Auftritte in der Aula zu ihm.

Dadurch angespornt lieh er sogar Fachbücher aus und verschlang sie wie ein Besessener. Waren die Eltern bis spät abends im Geschäft, übte er verschiedene Riffs und studierte heimlich Ausdruck und Gesten vor ihrem Schlafzimmerspiegel ein. In den dunklen Winkeln dahinter hatte er sich das Publikum vorgestellt.

Vor Kurzem noch hatte er das weggeschoben, tat das, was er überlegte, als törichte Schnapsidee ab und war zur Tagesordnung übergegangen. Aber es gab keine Ordnung mehr. Heilners Abschied machte ihm das erst wieder bewusst.

Weltvergessen schaute er zum Fenster hinaus.

In all den Jahren war es da gewesen, aber erst in den letzten Monaten hatte er es sattsam betrachtet wie sonst nur eine schöne Frau. Die Aussicht gefiel ihm zwar nicht und die Straße war weiter entfernt, als sie schien. Gleichwohl könnten sich draußen die Antworten verstecken, nach denen Jeff suchte oder die Energie, die er benötigte, um einen Richtungswechsel gegen alle Widerstände vorzunehmen. Jeff musste etwas verändern. Er konnte sich nicht mehr leisten, im selben Trott weiterzumachen.

Er schaute auf seine Schuhe, machte gedanklich die Schritte, fühlte Blicke, ignorierte sie. Noch blendeten die Scheinwerfer. Hier und da Gesichter, die gar nicht da waren. Leere Stühle wie in der Probe. Schülerspott, ob seiner anfangs kindlichen Reime, hatte ihn das Texten der eigenen Lieder umso ernster üben lassen.

Daraufhin verstummten die anderen bald. Der Applaus konnte nicht groß genug sein und fortan bemerkte Jeff Blicke von Mädchen aus Parallelklassen. „Kennst du den?“, hörte er im Vorbeigehen. Türen öffneten sich, seiner zierlichen Figur und Körpergröße zum Trotz, die erst in der Oberstufe einen Schub erfahren hatte.

Langsam richtete er seinen Blick zu einem der Telefone, das klingelte. Nach den geschäftsüblichen drei Sekunden nahm er ab: „Gonnaire“, sagte Jeff mit kehligem ch am Schluss.

„Arnold hier, Mr. Herald erwartet Sie in seinem Büro“, sagte die diensteifrige Assistant to the board mit ihrer immer gleichen Glasstimme.

„Sofort?“ Er legte die Zunge zwischen die Lippen.

„Asap.“ Ein harsches Klickgeräusch beendete das Telefonat und dann war es, abgesehen von seiner Brustatmung, ruhig.

Jeff nahm einen Schluck aus der Tasse.
Nach wenigen Momenten stand er auf und betrachtete sich im Wandspiegel.

Er verschob eine der Kontaktlinsen, die verrutscht war. Jeff strich über seine Wange, richtete die Krawatte und ging hinaus, dem Ungewissen entgegen.

***

„Du bist hier“, sagte Klaus in der Küchentür stehend. „Ich dachte, du wärst gar nicht da.“

Jeff schaute von der Zeitung hoch. „Längst zurück.“

Er lehnte im Stuhl, einen Arm auf dem Tisch. Sein Haar war durcheinander, Bartstoppeln sprossen am eckigen Kinn.

„Die Kanne ist ja halb voll“, merkte Klaus an.

„Frisch gebrüht.“

Klaus entnahm dem Schrank einen verzierten Kaffeepott, auf dem „Studentenwerk“ eingraviert war. Dem Henkel fehlte ein beträchtliches Stück, weshalb er ihn erst zurückstellen wollte.

Zur Hälfte schenkte er ein, goss ordentlich Kondensmilch hinzu und rührte um. Damit verdarb er sein bevorzugtes Nugatbraun. Etwas Kaffee schüttete er nach und blickte hinaus.

Hektik beherrschte die Verkehrsader. Auf einer Dachantenne kauerte eine Ringeltaube. Weiter hinten flog ein Helikopter in Richtung Klinik der Knappschaft.

Vorsichtig nippte er an der dampfenden Tasse. „Diesig geworden. Schiet Schmuddelwetter.“

„Tja, welch Glück, dass ich bereits freihabe.“

„Der Anzeiger, also den Schlüssel … Der hängt übrigens bei der Garderobe.“

Klaus kratzte sich am Oberkiefer, wo sich sein Bärtchen in Richtung der Ohren als flaumige Inseln verlor.

„Okay“, entgegnete Jeff und nach einer Weile: „In der Früh dachte ich, du hättest das Blatt gestern Abend mitgebracht.“

„Abends? Wie meinst du das?“ Der Löffel schepperte gegen den Becherrand. „Ah, quasi in der Nacht, oder?“

„Exakt“, sagte Jeff.

„Irgendwie schräg. Hab ich früher mal gebracht. Kommst knülle wieder, die anderen gehen schon arbeiten.“ Betont cool sagte er das und hoffte, dass Jeff es ihm nicht anmerkte.

Raschelnd senkte Jeff die Zeitung. „Da kollidieren Welten, nicht? Die Schattengesellschaft trifft die wirkliche.“

Klaus lachte auf.

„Du gehörst ja zur echten Gesellschaft.“

„Offiziell“, versetzte Jeff. „Ich könnte genauso gut die Seiten wechseln. Etwas Verrücktes machen. Musik zum Beispiel?“

Ihm fiel ein, dass Jeff etwas auf der Gitarre geübt hatte, noch in der Küche hörbar. „Wie kommst du auf so was?“

„Warum nicht?“

„Wäre ein Rückschritt, oder?“

„Denkbar. Ich wäre noch gerne in deiner Lage, Klaus.“

„In meiner Lage?“

„Das Studium, die Freiheit, und mal ehrlich“, sagte der andere und schob die Brust vor, „die Unmenge an Zeit, über die man verfügt.“

Unter dessen Shirtärmel waren die verschnörkelten Ausläufer einiger Zeichen zu erahnen.

„Stimmt schon irgendwie. Jo."

„Man genießt Privilegien, nicht wahr? Ein enormes Glück", sagte er, als müsste er sich selbst davon überzeugen.

„Hmm." Als Segen empfand Klaus das nicht mehr, eher als Belastung.

„Du tust, was immer du möchtest. Niemand schreibt dir Regeln vor, nicht? Und das, Klaus, das nennt man frei zu sein." Jeff starrte die Titelseite an, als versteckte sich darauf eine Botschaft, die über sein weiteres Leben entscheiden würde.

Auch Klaus musste eine Wahl für seine Zukunft treffen. Für oder gegen die Uni. Nichts oder niemand erinnerte ihn daran, sich zurückzumelden. Oder sollte er die Uni sausen lassen?

Bisher hatte ihm sein Studium als Alibi fungiert, hier wohnen zu dürfen und genügend Zeit zu haben.

„Ähm, überweist du …", sagte Klaus.

Schubweise blickte Jeff hoch. „Freilich."

Seit fünf Tagen war die Zahlung der Eltern überfällig. Sie machten also ernst, womit sie ihm den Boden wegzogen.

Es gab kein Zurück mehr, doch er fühlte sich bereiter als je zuvor. Nach Hause zu müssen wäre eine Niederlage, die Klaus nicht verkraften würde. Dass seine Mutter damit rechnete, er würde bald reuig vor deren Tür stehen, gefiel ihm allerdings. Auch wenn er bezweifelte, dass die Eltern, beide im Beruf erfolgreich, ihn überhaupt bemerkten.

Das mit der Nachhilfe durfte er nicht verbocken, denn ohne neue Geldquelle wäre er verloren. Könnte er mit einem Kind, noch dazu einem pubertierenden Mädchen, umgehen?

Hätte er eine Schwester gehabt, wie er gegenüber den Eltern des Kindes behauptet hatte, so eine wie Jeffs Tochter vielleicht, würde es ihm leichter fallen.

Er blinzelte, um sich der Gegenwart bewusst zu werden.

„Arbeit ist der stete Tropfen", sagte sein Mitbewohner ansatzlos.

„Aber da sind doch Aufgaben und so weiter. Könnte doch grandios sein, so … zusammen was erreichen."

„Du bist ganz schön blauäugig." Jeff hob seine Stimme. „Lass dir von einem älteren Junggesellen mal etwas sagen. Nach einer Weile geht der Spot an, von wo spielt keine Rolle. Extrameilen will keiner, deinen Status aber wohl." Seine Kiefermuskeln arbeiteten ohne Grundlage. „Im Dschungel kämpft auch niemand fair."

„Warst du mal Seelsorger oder so was?"

„Sorry, Illusionen sind was für Träumer."

Was sollte Klaus darauf sagen? Er griff zum Becher. Das Edelaroma umgarnte ihn, und er setzte an.

„Hast du Aufsteiger im Business erlebt?"

Klaus nuschelte: „Nee, nee, aber solche kenn ich auch."

Der andere winkte ab, als würde er einen Baseball schleudern. „Harmlos wie Bambis."

„Wie soll man denn … wie kann man das schaffen?"

„Kinderspiel, wenn du weißt, was du willst."

„Und wenn's nu", Klaus' Augen schweiften umher, „man das nicht soho …?"

„Dir klar werden und bedingungslos dafür kämpfen“, sagte Jeff. „Karriere, Ideale, das eine wird zum anderen und umgekehrt. Irgendwann verstellen sich die Koordinaten, unmerklich. Dinge verschieben sich, dies oder jenes entfällt. Bald erwachst du in einer Welt“, tranceartig schüttelte Jeff den Kopf, „… in einer völlig anderen Welt.“

Klaus erwartete den nächsten Kommentar, dessen Worte sich erst formen mussten.

„Zuerst setzt du alles daran, es zu schaffen, deinen Abschluss zu machen. Angenommen, es gelingt dir, Klaus. Bald stehst du vor einer Gabelung mit unzähligen Wegen. Einen davon wählst du, geradeheraus. Marschierst los, kehrst womöglich um und probierst einen anderen aus. Was ist dabei?

Du lernst eine Superfrau kennen, heiratest, immer wieter nach vorne. Kinder, Familienglück, pure Freude. Du reibst dich auf, Klaus, weil du musst, doch nicht mehr kannst.“ Ermattet hielt er inne. „Längst stehst du am Abgrund, ohne es bemerkt zu haben. Ist es das wert, frage ich dich? Ist es das wirklich wert?“

Meinte Jeff das ernst oder stellte er ihn auf die Probe? Klaus konnte nicht einschätzen, ob das Gesagte stimmte. Es war ein Metier, das ihm bisher fremd geblieben war.

Innerlich war er auf dem Sprung. Er wollte sich vom Tresen abstoßen und weggehen, als Jeff fortfuhr: „Erfolge sind wie glitzernde Muscheln, die das Meer freigibt. Kurz liegen sie da, vor deinen Augen, bevor die Wellen sie wegspülen. Schnappt man sie sich nicht und zeigt sie hin und wieder vor, erinnert sich niemand mehr daran, dass … nun, dass es sie je gegeben hat.“

Klaus überlegte, was er selbst als Erfolg verbuchen konnte. Sicher das Abitur und auch das Vordiplom, mehr fiel ihm adhoc nicht ein.

Jeffs Oberkörper erschlaffte, als ruhe er sich aus. Dann sagte er unvermittelt: „Was hältst du eigentlich von Tessa?"

Dieser Leberhaken brachte Klaus aus dem Gleichgewicht.

„Die ist fesch, oder?", legte Jeff provokant nach.

Bestens. Fehlte nur noch, dass der sich an sie ranschmeißen würde. Oder an Linda. Klaus wusste nicht, was er abstoßender fand.

„Also ja. Sie ist echt toll", sagte er und schluckte hart. „Aber … sie ist ja vergeben." Wäre er schonungslos ehrlich, hätte er sie als Idealfrau bezeichnet.

„Tatsächlich? Die Frauen ändern sich."

„Tessa ist ja noch ziemlich jung", antwortete Klaus bewundernd, wie um sie zu verteidigen.

Versonnen knetete Jeff seinen Ringfinger. „Nun, das glaubt man gerne. Schon ist das vorbei."

Emotional packte ihn irgendetwas an der Gurgel.

Wie ein Häufchen Elend wirkte er. Die Schultern hingen schlaff herunter, das Kinn lag auf der Brust.

Klaus wollte ihn aufmuntern, suchte diese schlauen Worte, die er irgendwo gelesen hatte und für angebracht hielt.

„Wer … ah ja, so war's. Wer lebt, verändert sich. Das … d-das Salz des Vergnügens." Stolzerfüllt zog er einen Mundwinkel hoch.

„Das stammt von Schiller, richtig?"

„Nee, Jeff. Ist von dem, der knapp danebenliegt. Im rechten Sarkophag."

Sein Gegenüber kratzte sich am ergrauten Kinn:

„Du irrst dich.“

Klaus wusste nicht, was er sagen sollte. Nervös schaute er von der Wand zum Boden und wieder zurück. Innerlich zählte er in Zeitlupe bis vier, strich über jeden Fingernagel und stieß sich mit beiden Händen vom Tresen ab.

„Ich hab jetzt noch etwas zu tun. Bis später“, sagte er, griff zum Becher und ging zur Tür.

„Okay“, ertönte es aus der Ecke, als er über die Schwelle trat.

Klaus ging auf den Flur und stoppte abrupt.

„Ach, Linda. Hallo“, sagte er perplex. „Wolltest du rein?“

Sie stockte und drehte sich ihm leicht zu. „N-nein. Hab was vergessen.“

Ihre Stimme klang zerbrechlich, als würde etwas ihr Herz zuschnüren. Sie durchschritt mit gesenktem Kopf den Flur und verschwand in ihrem Raum.

Klaus beschlich das Gefühl, sie flüchtete vor ihm. Gefiel es ihr doch nicht, hier zu wohnen?

Er schob den Gedanken weg. Bestimmt hatte es nichts mit ihm zu tun. Mit Jeff wohl erst recht nicht.

***

Das Fenster spiegelte Jeff vor einem Hintergrund, der sich verdüsterte. Vorhin hätte er Klaus gegenüber nicht so offensiv sein sollen. Nur weshalb in den schönsten Farben malen, wenn es dies fraglos nicht war. Inhaltlich stand er zu seinen Aussagen, obwohl er zu dick aufgetragen und überzeichnet hatte.

Hätte ihm damals jemand von der Berufswelt berichtet, dem wahren Leben, wäre er über solche Worte erfreut gewesen.

Diese zeugten von einschlägigen Erfahrungen und beschönigten nichts. Schließlich lag die Arbeitswelt hinter der Tür, durch die man nach einem unendlichen Weg gehen musste, wobei er ihm nicht helfen, ihn doch zumindest aufklären konnte. Erinnerte er sich an Gespräche mit Kollegen, Bekannten oder Inga, vertrat er häufiger eine Gegenthese. Allein um nicht die gleiche Meinung wie sie zu haben. Auf diese Weise drückte er aus, unzufrieden mit der Situation zu sein.

Wer hatte den Dialog oder die Beziehung gewonnen? Wer hatte recht oder es bekommen?

Es war alles ein Wettbewerb, dem er sich zu stellen hatte. Klappte es nicht im Beruf, so musste es doch drin sein, zwischenmenschlich die Oberhand zu erhalten. Womöglich mutierte er sonst zum bärtigen Einsiedler, der in den Weiten Alaskas oder sonst wo lebte und froh war, niemandem begegnen zu müssen. Diese Spezies fühlte sich missverstanden und grollte in Vollzeit, verwünschte alles und jeden, weil niemand opponierte.

Die meisten hatten das nicht aus freien Stücken gewählt, sondern fanden sich eines Tages darin wieder, nicht kräftig genug, aus dieser Misere auszubrechen. Mitunter fehlte der Schwung, sich aus dem Sessel zu erheben, mit dem manche zusammenwuchsen. Bis auf diese bittere Pointe konnte Jeff einem solchen Ansatz etwas abgewinnen. Stockte das bisherige Leben gewaltig, hielt er es nicht für abwegig, sich nach Alternativen umzuschauen.

Manchmal hatte er Klaus verdächtigt, diesen Lebensstil zu pflegen. Ob er ihn um Rat fragen sollte? Aber wer war er, dass er sich ein Urteil erlauben konnte?

Mechanisch blätterte Jeff in der Zeitung und sah erneut das Feuilleton durch. Einen der Sätze, den er gegenüber Klaus gebraucht hatte, entlieh er sinngemäß einem berühmten Popsong, den er als Jugendlicher geprobt hatte. Dieses Schwärmergefühl schlummerte also noch in ihm. Es überraschte ihn, wie wahr ihm alles erschien, als er es gesagt hatte.

Vorläufig wollte er beides kombinieren, den Schein wahren, um im Verborgenen genug Schwung zu holen. Der Nebensache wollte er so halbherzig wie ein Viererschüler begegnen, der zwar durchkam, jedoch Rüffel ob seines begrenzten Elans aushalten musste; gemeinhin Dienst nach Vorschrift, die vielerorts akzeptierte Norm. Sollten sie ihm doch kündigen, es würde ihm nichts mehr ausmachen. Zur Not arbeitete er wieder mit den Händen und seiner Körperkraft auf dem Bau. Zu sehen, was er mit seinen eigenen Händen schaffen konnte, der Fortschritt, der unmittelbar sichtbar war, hatte ihn stets in ein Hochgefühl versetzt.

Seine Eltern hatten nach einer Weile Jeffs musikalischen Ehrgeiz toleriert, aber wohl befürchtet, wie viele dies taten, er würde früher oder später auf der Straße landen. Er erinnerte sich lebhaft an die Zwiegespräche, die es damals gab, nachdem er die Schule beendet hatte.

„Josef, höre einmal. Mache doch bitte etwas G'scheites wie Klemens", beschwörte ihn vor allem seine Mutter unermüdlich. Dies war teils von Erfolg gekrönt, da Jeff pflichtschuldig zuerst Maurer lernte.

Das anschließende Studium sahen seine Eltern, die ein Lädchen im Fränkischen führten, nur bedingt als vernünftig an.

Erst dadurch hatte Jeff sich vollends von ihrem Einfluss gelöst, war staatlich gefördert worden und ließ den Dingen ihren freien Lauf.

Seine künstlerischen Ambitionen, die er seit Wochen freilegte und abwog, hatte er weit vor dem Studium entwickelt, teils währenddessen.

Dass er dies so genau erinnerte, Details und manche Textzeilen abrufen konnte, beruhte doch nicht nur auf Zufall.

Griff er zur Gitarre, lag der gewölbte Korpus auf seinem Oberschenkel, als wäre es nie anders gewesen. Es fühlte sich instinktiv richtig an, dieses Kribbeln, wenn er die Saiten anschlug und die ihm nach all der Zeit noch vertrauten Klänge genoss.

Sollte er es diesmal mit aller Entschlossenheit wagen?

***

Eine brütende Heizungswärme erfüllte das Zimmer seiner Nachhilfeschülerin, das fast doppelt so groß wie sein Raum zu Hause war. Gerne hätte Klaus auch noch seinen Pulli ausgezogen, unter dem er ein Shirt trug.

An der hellgrünen Raufasertapete hingen mehrere Poster von einem blonden Jüngelchen, vermutlich irgendeiner Boyband. Daneben ein Bild einer molligen Sängerin, die kräftig ins Mikro zu schreien schien.

Durch eine breite Fensterfront fiel trübes Tageslicht hinein. Hoffentlich regnete es nicht wieder, er hatte seinen Schirm immer noch nicht wiedergefunden.

Philine war dunkelhaarig und trug einen Mittelscheitel. Immer wieder legte sie sich ihr Haar hinter ein Ohr, in dem ein Stecker in Herzform blitzte.

„Kennst du die überhaupt?“, fragte sie ihn altklug. Die Ärmel ihres karierten Pullovers schob sie bis zu den Ellbogen hoch.

„Äh, … die Musiker?“

„Wen sonst?“

„Da sind doch auch Schauspieler dabei, oder?“

„Bollywood actors“, sagte sie mit englischem Akzent und schwang den Kopf theatralisch hin und her.

„Nee, kenn ich nicht.“

„Hab ich mir gedacht. Bist ja schon älter.“

Er atmete tief durch. „Wie … wie alt wirke ich denn?“

„Älter als der vorige jedenfalls. Der war zweiundzwanzig und kannte alle Leute auf meinen Postern.“

„Auch die Inder?“

„Klaro.“

„Vielleicht habe ich ja mehr Erfahrung als der.“

Sie kräuselte die Nase. „Glaub ich nicht.“

Er suchte nach einer Frage, die schnell von ihm als Zentrum des Gesprächs ablenkte.

„Und du?“

„Was?“

„Wie alt bist du denn?“ Wie alt konnte sie schon in der siebten Klasse sein?

„Das interessiert dich?“

„Ja, … das sind die Kennzahlen. Also die Zahlen, die ich kennen muss.“

Sie lachte. „Gerade dreizehn. Bin überall die Jüngste.“

„Aha.“

„Muss mich immer durchbeißen. Nervt echt ab.“ Sie kaute an einem Fingernagel.

„Ist doch gut.“

„Aber irre schwer.“

„Okay, Philine.“ Er klapste auf den Rundtisch, an dem sie nebeneinandersaßen. „Ich denke, wir sollten jetzt weitermachen.“

„Ja, zu chillen ist nicht gerade deine Stärke, Klaus. Bist aber lustiger als der vorige.“

„Hmm“, brummte er. Ihre Aussage überraschte ihn. Dabei verhielt er sich wie immer. Gefühlt zumindest.

„Der Typ war total verbissen. Philine, das musst du doch wissen, Philine, das kannst du doch. Stell dich nicht so dumm, bla bla bla. Immer dieser Leistungsdruck.“

„Deswegen bin ich aber auch hier.“

„Weil ich zu doof bin“, sagte sie mit gehörigen Pausen zwischen den Worten. Sie nahm einen Schluck von der Cola, die vor ihr stand.

Er dachte über ihre Antwort nach. Wer hatte ihr nur eingeredet, dass sie zu dumm sei? Der Lehrer?

Bisher hatte er einen völlig anderen Eindruck von ihr gewonnen.

„Nicht mal Mathe ist doof, überhaupt nicht. Und du erst recht nicht. Zeig mal das tolle Buch her, das ihr da habt.“

„Das hier sind die Aufgaben, die ich voll hasse.“ Sie tippte mehrmals auf eine Seite, blickte dann zu den Postern.

„Gut, dann weiß ich ja, wo es brennt.“

Sie schwenkte stoisch ihren Kopf hin und her.

„Glaubst du, ein Weltstar braucht für irgendwas Mathe?“

„Die verdienen supergut. Trotzdem sollten die den Überblick behalten, sonst ziehen ihnen die Manager das Fell über die Ohren.“

„Das wär ja brutal.“

„Deshalb lernen wir jetzt fleißig.“ Er lenkte ihren Blick zum Zettel vor sich.

„Du meinst, das bringt was?“

„Wir schauen mal.“ Er schrieb ein X und ein Gleichzeichen auf das Papier. Daneben fügte er einige Zahlen ein und zog einen Strich darunter. „So, du hast hier eine unbekannte Zahl X. Sieht total unbekannt aus, oder?“

„Ja, kenne ich nicht, dieses komische X. Nie gesehen.“

„Danach löst du das hier auf.“ Er wandelte den Bruch um und überprüfte, ob sie ihm zusah. „Und schon hast du sie.“

„Ja, ich hasse sie.“

„Mehr steckt nicht dahinter.“ Er blickte in ihre ungläubigen grauen Augen.

„Echt?“, sagte Philine.

„Jo. Das sieht oft schwieriger aus, als es ist. Probier´s mal.“

„Der Lehrer erklärt das immer so, als ob der Chinesisch redet. Das kapieren nur die schwachsinnigen Nerds unserer Klasse.“

„Das ging mir früher auch oft so.“

„Warst du ein Nerd?“ Sie musterte seine Klamotten, die faltige Jeans und den verwaschenen Pulli. Seine alte Lederjacke fand sie cool, weil sie so ein Teil mal in einem Gaunerfilm gesehen hatte.

„Vielleicht etwas.“

„Ach, darum bist du jetzt so gut.“

War er das wirklich?

Klaus erinnerte sich an die Unterlagen von Solveig, die zu Hause auf ihn warteten.

Es würde sich bald herausstellen.

„Bin ich ja gar nicht. Ich muss auch noch viel lernen. Genau wie du."

„Das Gleiche wie ich?", quäkte sie.

„Teils schon. Ist ja auch lange her, dass ich das gemacht habe."

„Aber du studierst doch Mathe, sagte Mama. Klingt voll nach Elite."

Hielt sie ihn tatsächlich dafür? Oder wollte sie ihn nur ein wenig verschaukeln? Er sah nach Allem aus, nur nicht nach Elite.

„Glaubst du, deswegen weiß ich alles?"

Sie zog eine Schnute. „Ich möchte nicht studieren. Wär mir zu stressig."

„Und was willst du mal werden?"

Sie schaute zum Fenster hinaus. „Vielleicht so was wie … bei Ärzte ohne Grenzen. Da lief was auf Youtube, war echt spannend." Ihre Augen leuchteten auf. „Und dafür brauche ich bestimmt kein Mathe."

„Täusch dich mal nicht. Rechnen muss man überall." Das wusste er nur zu gut, er steckte bis zum Hals in der Kostenfalle. Er wartete förmlich darauf, dass etwas Unvorhergesehenes in seinen Briefkasten flatterte und ihn finanziell überrollte.

Sie seufzte. „Leider."

„Aber Leuten in einer Notlage zu helfen, ist nie verkehrt."

Zufrieden schaute sie ihn an.

„Hast du … eine Freundin?"

Klaus merkte, wie ihm das Blut in den Kopf stieg. Er wich ihrem Blick aus und räusperte sich.

„W-warum willst du das denn wissen?“

„Nur so.“ Keck blickte sie ihn von der Seite an.

„Äh, … du meinst, so richtig, oder?“

„Ja, was sonst?“, sagte sie entschieden.

„Ein bisschen, glaube ich. Noch nicht ganz, aber … aber vielleicht bald.“

„Ein bisschen? Was soll das denn heißen?“ Ihr Gesichtsausdruck wirkte verstört, als hätte ihr jemand Milch in die Cola geschüttet.

War Tessa seine Freundin? Oft nervte sie ihn, war aber auch manchmal so süß, dass er sie einfach umarmen und nie mehr loslassen wollte.

„Verstehe schon. Du traust dich nicht.“

„Wieso?“

„Du bist ja eher der Nette. Der letzte Typ von der Uni war echt ein Oberarsch.“

Er dachte an einige Exemplare, denen er dort in Vorlesungen und Seminaren begegnet war. Vielleicht steckte in ihm doch ein umgänglicher Kerl, den er viel zu lange unterdrückt hatte.

„Danke für das Kompliment, Philine.“

„Du darfst wiederkommen, Klaus“, sagte sie und gähnte leicht.

„Habe ich dich gelangweilt?“

„Nö, bin aber geschafft. Erst Schule und jetzt das hier.“ Sie wies zu den Lehrbüchern und dem mit Beispielen versehenen Schreibblock.

„Gut, dann machen wir Schluss für heute.“ Er lugte zu ihrer Uhr, die zehn nach vier zeigte. „Das reicht auch fürs Erste.“

„Hast du schon die Kohle von Mama gekriegt?“

„Nee."
„Wieviel gibt sie denn?"
„Pro Stunde zwanzig."
„Mehr nicht? Der vorige hat sogar dreißig bekommen."
„Echt? Vielleicht verhandele ich noch mal nach."
„Mach das. Die lassen bestimmt mit sich reden, wenn ich schnell besser werde."
„Du bist ja ganz schön ausgebufft."
„Haben wir beide was davon. Oder soll ich mich noch blöder anstellen?"
Skeptisch schaute er sie an.
„Dann kommst du halt öfter. Meine Freundin braucht auch jemanden." Sie lachte. „Also für Mathe."
„Und?"
„Kann ich dir vermitteln."
„Bist ja 'ne richtige Geschäftsfrau."
„Früh übt sich, sagt Papa immer."
„Gut, dann bis nächsten Mittwoch, Philine."
„Denk dran. Die machen auch mehr locker. Im Moment bist du ein absolutes Schnäppchen."
Er nickte und packte seine Unterlagen in die Tasche.
„Mama sitzt bestimmt im Wohnzimmer und telefoniert."
„Tschüss, Philine!", sagte er und ging zur Tür.
„Du findest ja allein raus. Einen schönen Abend wünsche ich dir." Mit geneigtem Kopf blickte sie ihn über die Schulter an.
Ihre Mutter wartete an der Treppe.
„Und? Wie macht sie sich?"
Er ging hinunter. „Ich glaube, das kann was werden, Frau Meffert."
„Dafür bezahlen wir Sie schließlich."

Sie reichte ihm einen Zwanziger. „Das ist doch genug, oder?“

„Danke sehr!“ Er steckte den Schein in die Hosentasche und blickte zum Boden. „Ähm, … ich versuche natürlich einen schnellen Erfolg zu erzielen.“

„Warten wir mal ab, wie die nächste Klassenarbeit ausfällt“, sagte sie.

Er nickte.

„Falls sich ihre Note auf drei oder mehr verbessern sollte, ja, dann zeigen wir uns Ihnen gegenüber erkenntlich.“

„Das ist aber nett von Ihnen. Ich bin da guter Dinge.“

Sie gab ihm die Hand und begleitete ihn zur Haustür.

„Bis Mittwoch um drei dann“, sagte sie freundlich.

„Okay, Wiedersehen, Frau Meffert. Schönen Abend.“

„Ihnen auch. Kommen Sie gut nach Hause!“

Er ging hinaus und nach wenigen Schritten hörte er ein dumpfes Klopfgeräusch. Langsam weitergehend, drehte er seinen Kopf herum. Philine stand am Fenster und winkte ihm. Klaus erwiderte es.

Energiegeladen marschierte er durch das Kreuzviertel hin zur U-Bahn. Das hatte doch unerwartet gut geklappt. Tessa hatte recht gehabt, es war leicht gewesen.

Vielleicht würde er auf Philines Angebot eingehen und auch ihrer Freundin auf die Sprünge helfen.

Es könnte sich zu einem vielversprechenden Geschäftsmodell entwickeln.

14.

Im Flur zog Linda ihre College-Jacke an und bückte sich zum Rucksack. Kein Geräusch drang sonst aus der Wohnung. Vielleicht schliefen die anderen beiden noch. Deshalb erledigte sie alles so leise wie möglich.

Der Gedanke an die Arbeit ließ sie schaudern. Nicht mehr so lange, beruhigte sie sich, und bis dahin musste sie durchhalten. Sie hatte sich vorgenommen, Frauke die Stirn zu bieten, aber gemerkt, dass es nicht wie gewünscht verlief. Zum Jahresanfang würde Linda in den Einkauf wechseln, dann müsste die sich einen anderen Dienstboten suchen.

Als sie den Türknopf zu sich zog, klirrte es auf dem Marmor des Außenflures, wo das Schlüsselbund hingefallen war. „Hoppla“, sagte sie und bückte sich. Andächtig lugte sie in die dunklen Räumlichkeiten hinein. Aus dieser Position heraus kamen ihr der Flur und die Garderobe, die sie durch den Türspalt erfasste, viel größer vor.

„Ich hab Geburtstag“, fiel ihr ein. „Volljährig, wie das schon klingt.“

Die letzten Jahre waren so proppenvoll gewesen, dass nicht mehr hineingepasst hätte. Unmöglich, dass ihr Leben als vollwertiges Mitglied der Gesellschaft erst jetzt losgehen sollte. Früher hatte ihr Vater Linda die Geschenke ans Bett gebracht, jedes Jahr. Wäre es heute auch so, wenn er noch lebte? Linda seufzte.

Sie musste sich an den Verlust ihres Vaters gewöhnen wie an die Allergie oder jetzt die Büroarbeit.

Doch manchmal erschien es so frisch, als risse jemand ihr Herz fort.

Sie griff das Schlüsselbund, richtete sich auf und zog die Tür ins Schloss.

Linda betrat das Büro und wendete sich zur Garderobe. Frauke war schon da, saß aber auf der falschen Seite.

„Morgen. Habt ihr umgeräumt?“

Frauke peilte über die Schulter. Eine dicke Strähne, wieder malvenfarben, zierte ihre Schläfe. „Wunderschönen Morgen“, sagte jene und bleckte die langen Zähne.

Ihren Rucksack trug Linda zum Schreibtisch, auf dem ein moderner Monitor stand. Davor eine Tastatur, die unbenutzt wirkte. Sollte sie Frauke fragen?

Linda musterte den Tisch gegenüber, es war ihrer. Links die Kerbe, am Bildschirm klebten ihre Notizzettel.

Sie zog die oberste Schublade heraus, in der alles wie gehabt war. Dennoch war es anders, denn sie guckte gegen die spröde Wand, statt in Fraukes mit Kajal betonte Augen.

Die Tür schwang auf und zu.

Sie wendete sich hin.

„Tag, Sie sind auch endlich eingetroffen.“ Die stattliche Frau, die sie auf der Geburtstagsfeier gesehen hatte, begrüßte sie. „Esmé Boltmanns, Morgen. Gegenüber fehlt noch jemand“, sagte sie mit Reibestimme und wies zum leeren Stuhl. Linda fasste eine feingliedrige Hand.

„Guten Morgen. Linda, Linda Siemeid heiße ich.“

„Von Ihnen, Linda, möchte ich auch etwas erfahren. Nun, Ihre Sichtweise zu dieser unrühmlichen Sache.“

„Über w-was denn?“

„Eilt nicht sonderlich. Wir haben noch ein Weilchen miteinander. Erfolgreiches Teamwork." Frau Boltmanns, die einen silbergrauen Blazer samt Bleistiftrock trug, ging ans andere Ende und setzte sich Frauke gegenüber.

Linda wartete ab. Dann drehte sie sich um:

„Ist … ist Frau Graberg denn noch krank?"

„Ab heute übernehme ich hier die Leitung. Weiterhin im Lohnbüro selbstredend."

„Und die Jud… Frau Graberg?"

Effektvoll strich sich Frau Boltmanns durchs nussbraune Kurzhaar, das seitlich glatt, darüber fransig gestylt war.

„Wird unser Außendepot in Kaiserslautern unterstützen", sagte sie bedeutungsvoll.

Hatte Judith das mit „nationale Angelegenheit" gemeint? Aber wurde ihre befreundete Chefin versetzt, nur weil sie Frauke bei wichtigen Aufgaben ständig übergangen und sie hier und da respektlos behandelt hatte? So eine Konsequenz wäre doch völlig unverhältnismäßig.

Linda schaltete den Computer ein und musterte das Büro, als wäre sie das erste Mal hier.

Unter den Eingangsmails war was von der Geschäftsleitung und eine von Judith. In der ersten stand, was sie gerade erfahren hatte, und in der zweiten, dass sie Kontakt halten und telefonieren würden. Alles sei überraschend gekommen.

Diese Konsequenz hatte Linda nicht erwartet, aber insgeheim rechnete sie mit einer Veränderung, die weder für Judith noch für sie ein gutes Ende hätte.

Aber dass die Leitung Judith einfach woandershin abschob, wäre nicht in ihrem schlimmsten Albtraum passiert.

Wie hätte sie es verhindern können? Noch dazu als Auszubildende. Hätte es etwas gebracht, Judith oder irgendwem anders, etwas davon zu sagen? Was sollte nun werden? Ein kalter Schauer lief über ihren Rücken.

Die Eingabemaske beschäftigte sie eine Weile und lenkte sie hoffentlich ab. Aus einem der Schränke holte sie die nächsten Ordner und postierte sie auf ihrem Tisch.

Sie schlug den ersten auf und tippte die Beträge ein, die genauso aufleuchteten, als wäre nichts geschehen.

Diese monotone Aufgabe ermüdete sie, zudem fehlte ihr der Blickkontakt zu Judith. Das gute Verhältnis zu ihr hatte vieles, was ihr in der Firma missfallen war, übertüncht.

Hätte ihre Mutter Judith nicht gekannt, hätte Linda bestimmt nicht hier angefangen. Es war eine Gefälligkeit beiden gegenüber gewesen. Wahrscheinlich hatte auch Jeff mit seiner trostlosen Schilderung des Arbeitslebens recht gehabt. Sollte sie nicht doch besser studieren, vielleicht Übersetzerin, um ihre Geschicke selbst in die Hand zu nehmen?

„Linda, bringen Sie uns ein Tablett. Um Punkt neun." Es klang nicht wie eine Frage.

„Ja."

Gemurmel in ihrem Rücken, Papier raschelte. Sie fuhr herum, an der Tür sagte Frau Boltmanns: „Wir sind drüben", und ging hinaus, wohin ihr Frauke folgte.

Schon sank Linda wieder hinein, saugte Zahlen und Buchstaben auf. Vertraute Logos und Schriftzüge. Firmen von weither, aus dem In- und Ausland.

Einen Stoß Rechnungen vor sich, nahm sie Zettel um Zettel, tippte neben die Summe, gab sie ein und speicherte.

Die fertigen Papiere stapelte sie umgedreht daneben.

Die Uhr zeigte zehn nach neun.

„Der Kaffee, verdammt!“

Sie hastete hinunter zur Küche und stellte die bereitstehende Kanne und alles Weitere zügig zusammen.

Dann nahm sie die Treppe und klopfte ans Lohnbüro. Linda schlich hinein und setzte das Tablett auf dem Sideboard vor dem mittigen Fenster ab.

Die neue Chefin telefonierte und Frauke, deren Oberweite sich prall abzeichnete, lauschte ihr. Rechts unterhielten sich die beiden Assistenten. Einer war Doktorand und sei auf einer Betriebsfeier mit Judith in flagranti erwischt worden, hieß es.

Wernt hatte es ihr erzählt, als Kantinengehilfe schnappte er so einiges auf. Gerüchte dieser Art kursierten ständig und wer wusste, ob überhaupt etwas Wahres dran war.

„Nä, die brauch ich hier“, dröhnte die Leiterin in den Hörer und hob einen Arm. „Linda, warten Sie.“

Vor der Tür stoppte sie.

„Die Siemeid schick ich dir runter. Ja, ja, bis dahin.“ Frau Boltmanns richtete ihren Eiferblick herüber.

„Die brauchen jemanden, die Akten von der Zentrale sind jetzt unten. Pronto, bitte.“ Die lang gezogenen a und o wirkten so noch fremder.

„Wie schön, Kaffee. Doch ich sagte um neun.“

Die Klinke in der Hand nickte Linda und ging ohne ein Wort hinaus.

Im Archiv war es kühl, niemand war dort.

Es roch nach altem Papier. All diese Menschen hatten ewig gearbeitet, damit die Ordner gefüllt waren. Hier lagerten sie, als wenn niemand sie mehr brauchte.

Eine Wanduhr beobachtete das Archiv und klickte, als bestätigte sie, dass alles planmäßig lief.

Zischend öffnete sich der Fahrstuhl. Zwei Praktikanten trugen einen Faltkarton durch die offene Tür herein. Sie begrüßten sich und der größere drückte den Lichtschalter.

Die Kabine war vollgepackt und Linda erkannte die Aufkleber, die nachweislich von der Zentrale kamen. Jetzt erst.

Sie bückte sich zum staubigen Boden und schnitt das Klebeband mittels Cutter auf. Zwei Ordner reihte sie im jeweiligen Regal ein, um die nächsten zu holen. Stetig brachten die beiden Jungs weitere Kartons aus dem Fahrstuhl herein und stapelten sie. Es war gut, hier zu sein. Sie entging Frau Boltmanns und den erhabenen Gesten von Frauke.

Ihr routinierter Nasengriff half nicht, und es brach ein stoßweises „Ha … Haa … Haaatttschiiiiieeeee“ in die vorgehaltene Hand heraus.

„Bless ya, mylady“, sagte der Drollige aus Irland, der seit zwei Jahren hier war. Linda dankte ihm lachend. Sie zückte ein Stofftuch, auf dem ihr Vorname eingestickt war. Gründlich wischte sie alles ab.

Bald war die Wand bis zur Hälfte zugestellt. Die Praktikanten waren weg, irgendwann gegangen, ohne ihr etwas zu sagen.

Die Mittagszeit nahte, aber was sollte Linda allein in der Kantine? Sie wollte Wernt nicht sehen.

Auf ihrem Gepäckträger hatte ein Notizzettel geklemmt, auf dem in Großbuchstaben „LOST W.“ stand.

Das „L“ hatte er in rot, den Rest in schwarz geschrieben. Peinlich. Kollegen hätten ihn dabei sehen können.

Für sie war es belanglos. Nicht mehr als eine Liebelei mit einem Jüngelchen, das sie anhimmelte. Er war ihr zu anstrengend, nahm ihr eher Kraft, als dass er ihr welche gab. Wernt war nicht der Richtige, um sich Hals über Kopf zu verlieben. Endlich war das vorbei und sie hatte ihre Ruhe. Nie könnte sie das wie Tessa halten, die nicht wusste, was sie wollte. Eine Folge davon war, dass diese studierte, ohne sich Gedanken darüber zu machen, ob es das Richtige für sie war. Das tat die Mehrzahl ihrer Bekannten, wenn sie unsicher waren, welche Station als nächste im eigenen Lebenslauf erscheinen sollte.

Männertechnisch stellte sich das nicht anders dar. Fabio, Yves, und wie hieß der andere noch, dieser grobschlächtige Typ aus ihrem Wohnheim? Derjenige, der anzügliche Bemerkungen Linda gegenüber gemacht hatte. Jetzt wollte Tessa etwas mit Klaus anfangen?

Das jedenfalls hatte sie Linda am Telefon verraten. Ob ernst gemeint oder nicht, das konnte sie nicht ergründen. Klaus war viel älter als sie. Vielleicht passten die beiden letztlich doch zusammen, weil sie sich auf eine seltsame Art ergänzten.

Tessa gab sich in ihrer Standardpose ruppig und entwaffnend – Klaus war eher das Gegenteil, obwohl er ein Pfundskerl war. Und er sei erstklassiges Material, das Tessa, wie sie fand, bearbeiten könne.

Für ein Weilchen hatte ihn wohl das Leben abgehängt. Linda konnte es nachempfinden, da sie in einer ähnlichen Situation steckte.

Was aber, wenn Tessa nach anfänglicher Begeisterung nicht mehr an ihm interessiert wäre? Bei ihren anderen Typen war es auch so gewesen. Würde Tessa ihn schroff fallen lassen, könnte Linda dadurch Probleme bekommen. Allein, weil sie Tessas beste Freundin war.

Das Gegenlicht, das zwischen den Regalen durchströmte, wurde spärlicher. Tropfen rannen die Scheiben herunter.

Linda stieg auf einen Schemel, um an die oberen Kartons zu gelangen. Herr Bröker, der Leiter des Materiallagers, kam herein und guckte sie an, als tanze sie auf einem Bein. Er nahm seine Brille vom Graukopf und setzte sie auf.

„Ganz allein, Mädsche?"

„Hallo. Ja, die beiden sind wohl weg."

„Essen fassen", sagte Herr Bröker.

„Ich mach das hier fertig."

Sie streckte die Arme zu einem Karton aus, der zu hoch für sie war. Herr Bröker, der einen Kittel und eine weite Stoffhose trug, bedeutete ihr herunterzukommen.

Mit dem Fuß schob er den Schemel zur Seite und griff zur Bockleiter. Er stieg auf die mittlere Stufe, packte die Kartons und reichte sie Linda herunter.

Viele Akten später rief jemand an und Herr Bröker, der zur Anlieferrampe musste, ging fort. Wieder nur ein Gastspiel.

In gebückter Haltung schnitt sie Karton um Karton auf, so lief es besser. Eine Reihe, noch eine, automatisch sauste der Cutter durch die angebrachten Klebebänder, trennte sie auf. Sie riss die Pappe auf, die mit dumpfen Lauten widerstrebte, und rutschte gebückt weiter.

Das Regal füllte sich wie von selbst. Flink hockte sie wieder und setzte an.

Es wurde dunkel. Lautlos fiel der Cutter zu Boden. Ihre rechte Hand ruhte auf dem Oberschenkel. Starr sah sie nach unten. Dort lag das Schneidewerkzeug. Daneben war, von Spritzern und Tropfen umzingelt, eine Lache.

Sie hievte sich hoch und taumelte zur Trittleiter. Aus der Hosentasche fingerte sie das zusammengeknüllte Stofftuch. Linda presste es dagegen, prompt war es durchtränkt. Mühsam schleppte sie sich, als wippte der Boden unter ihr, hinaus.

„Hilfe … ich brauch … kann m… Haallloo …!“

Sie rief so laut wie sie konnte, dicken Mauern entgegen, hin zu den entfernten Büros, die womöglich verlassen waren.

„Hilllffe.“

Ein galliger Geschmack umspülte ihre Mandeln.
Langsam füllte es den Mundraum. Im Gang, gegen die restlichen Kartons gelehnt, sackte sie in die Kniebeuge. Sie stemmte die Handflächen gegeneinander und drückte ihre Stirn darauf.

Wieder war es dunkel.

Jemand fasste ihren Unterarm. Ein Mann sagte: „Mädsche, Mädsche. Wat machste denn für’n Unfug?“

Sie wurde unter den Achseln gepackt und hochgezogen. Die unversehrte Hand umklammerte eine Schulter. Gestützt wankte sie ins Archiv.
Ein Stuhl schleifte über den Beton. Sie saß.

Der Bezug, wohlig weich, besonders im Rücken.

„Hol Verbandszeug. Das muss ambulant … muss gleich

genäht werden. Sofort!“

Es war die Stimme von Frau Boltmanns.

***

Gestern hatte Klaus abgewartet und auf das, was er zu tun hatte, gelauert. Wer wich zuerst aus? Den stummen Blick der Verantwortung, der tagelang auf ihm gelegen hatte, konnte er nicht mehr ignorieren.

Er musste sich auf den Weg zur Uni machen, um sich zurückzumelden. Der Tag nach dem Wochengipfel, wie er den Donnerstag nannte, war dafür angemessen, da er ihn mit Vorlesungen und anschließenden Mensabesuchen verband. Bis einschließlich Freitag lief die Frist, aber die Verwaltung hatte morgen nur bis zwölf geöffnet.

Heute hinzufahren, forderte ihn trotzdem heraus. Nicht von der Öffnungszeit her, die bis fünfzehn Uhr ging, aber von der Sache an sich. Klaus war ein terminloses Leben gewohnt, also stellte dieses Ereignis alles auf den Kopf.

Es würde keinen ganzen Tag dauern, und doch war alles darauf abgestimmt.

Das Semester begann, weshalb er ein Lebenszeichen senden musste, dass es ihn noch gab und weiterhin geben würde.

Nicht zwangsläufig als Mensch. Für den interessierte sich an der Uni niemand. Nur als Matrikelnummer, für die er fleißig Gebühren einzahlte. Diese Zahlenkombination war, wie ein Bauchansatz, schnell Teil von ihm geworden. Früher konnte er sie abrufen wie die eigene Telefonnummer, wovon die führende Sieben gefolgt von einer Vier geblieben waren.

Überspitzt könnte Klaus behaupten, dass er dem Idealbild des Studenten entsprach. Aus Hochschulsicht ganz bestimmt.

Er belegte keine Stühle in Mensa, Hörsaal oder Bibo und zahlte dennoch kräftig in deren Kasse ein; eigentlich für nichts. Aber es beruhigte sein Gewissen.

Im Spiegel des Badezimmers, der besprenkelt war, blickte ihm eine Person entgegen, die nach schrammeligem Britpop aussah; im Stil von „just out of bed“ standen seine wirren Haare in alle Richtungen ab. So dürfte er keiner Frau unter die Augen treten. Seit er ein Steppke war, wusste er, dass Haareschneiden nicht wehtat. Doch es konnte sein Gleichgewicht zwischen Gemütslage und Aussehen stören. Eine gepflegte Frisur ließe ihn vital und zupackend erscheinen. Damit würde sie lügen wie gedruckt.

Nach einer Schnelldusche zog er sich an und ging in die Küche. Die Wanduhr zeigte mit großen Ziffern elf Uhr fünfundvierzig an. Sie ermahnte ihn, sich trotz des luxuriösen Zeitpuffers zu beeilen. Schließlich war sie bei all seinen vergangenen Termindramen Zeuge gewesen.

Er schnappte sich den prallen Müllbeutel und ging hinaus. Unten im Hof öffnete Klaus die Tonne. Staubig schepperte der Beutel auf den Grund. Ob die andere Tüte seine war? Im Briefkasten lag wieder etwas von seiner Krankenkasse.

Die Propagandamaschinerie für Gesundheit lief auf Hochtouren. Warum nervten die ihn ständig? Jedes unscheinbare Stück Papier, das ihm auflauerte, stellte einen potenziellen Torpedo für seinen Lebensentwurf dar.

Neben einem neuerlichen Brief von „Allsites Immobilien“ war da ein weiterer, der, wie er erstaunt registrierte, für einen gewissen Josef Gonnaire bestimmt war. Wäre er heute verkatert gewesen, hätte er ihn auf dem Kasten platziert, damit der Postbote ihn wieder mitnehmen würde. Bisher wirkte alles wie ein kurzzeitiger Besuch, der schlagartig offiziell wurde. Die Post wusste von seiner Wohngemeinschaft.

In der Küche setzte er sich an den Fenstertisch und verschnaufte. Achtlos riss er einen Umschlag auf. Die knappe Mitteilung der Krankenkasse war nichtssagend, also griff er zum zweiten, dem Immobilienbrief. Eigentlich schmiss er Postwurf gleich weg, suchte die Stichworte und ließ das Papier in den Schoß fallen.

Mit der Innenhand schlug er auf den Tisch und streifte den Kaffeepott. Etwas schwappte über die Brote.

Das durfte nicht passieren. Sanierung und Vororttermin waren die bestimmenden Stichworte. Wie konnten diese Halsabschneider das tun? Es war doch seine Wohnung, irgendwie. Ohne eine saftige Preiserhöhung würde das nicht vonstattengehen. Das konnte er sich denken. Jeff und Linda trügen die höhere Miete bestimmt nicht mit. Vor allem Linda nicht. Sollte er einfach so aufgeben und damit seinen Eltern recht geben? Nach alldem, was er bisher geschafft hatte? Niemals.

Aber was bliebe ihm übrig mit dieser Aussicht?

Den Hiobsbrief schmiss er beiseite und bemerkte missmutig, dass es regnete. Eine minutenlange Suche nach dem sogenannten Knirps brachte nicht das gewünschte Ergebnis. Das hatten Schnellsuchen, im Leben wie im Laptop, so an sich.

Wann fuhren der Bus und die U-Bahn? In seinem Gedächtnis verschwammen die Abfahrtszeiten genauso, wie sich das Papier und der Dreck auf den Straßen gerade zu einem unkenntlichen Etwas vermengten. Heute musste es klappen. Solveig hatte ihm gesagt, er solle schon am Donnerstag hingehen. Da sie ihm stets geholfen hatte, wo sie konnte, hinterfragte er das nicht.

Streikten die Öffentlichen noch? Falls ja, müsste er zehn Kilometer zu Fuß laufen. Ein Fahrrad besaß er nicht, und ein Taxi wäre zu teuer. Um vierzehn Uhr fünf fuhr der nächste Bus, dann alle Viertelstunde. Zum Hauptbahnhof dauerte es zwölf Minuten. Also wann startete ab zwanzig nach eine Bahn zur Uni?

Er scrollte in der Übersicht hastig herunter, da war es, stopp, wieder hoch, da: vierzehn Uhr achtzehn, danach alle zehn Minuten. Den Achtzehner konnte er sich abschminken, da es zu knapp würde. Auf den Achtundzwanziger könnte er in Ruhe warten. Ankunft an der Haltestelle Campus Nord war um vierzehn Uhr dreiundvierzig. Den nächsten Bus durfte Klaus nicht verpassen, ansonsten konnte er gleich hierbleiben.

Vierzehn Uhr dreiundvierzig klang komfortabel, doch bis zum Sekretariat lag ein langer Fußweg übers Areal vor ihm. Gerade so würde es passen, damit die ihm nicht die Tür vor der Nase zusperrten.

Schlagartig fiel Klaus einer der Gründe ein, warum er vor Jahren die Vorlesungen geknickt hatte.

Nie war etwas am selben Ort und ständig war umdisponiert worden. Teils so kurzfristig, dass er vor leeren Räumen oder Sälen stand.

Zu seinem Defizit trug bei, nicht mehr über das Netzwerk der Anfangssemester zu verfügen. Die Ausweichorte waren nicht selten an einem entfernten Campus, sogar mitten in der Stadt. Hatte er den Bus oder die Bahn dahin erwischt, traf er erst ein, als die Veranstaltung halb vorüber gewesen war.

Um fünf vor zwei brach er auf. Ohne Schirm, aber mit Ledermappe. Nicht, dass er die brauchte, doch mit ihr wirkte er wie ein Student. Außerdem schützte sie vor dem Regen, dessen Tropfen ihn am Stirnhaar kitzelten.

Er umkurvte eine Benzinlache, die in Regenbogenfarben schimmerte. Wäre bloß der Riss im Profil nicht. Ständig auf dem Absatz zu gehen, strengte enorm an. Er sammelte Speichel, spuckte aus und verfolgte die kurvenreiche Bahn der Bläschen, bis sie in einen Gulli sausten.

Klaus fühlte sich, als hätte er ein sinkendes Schiff verlassen. Er stellte sich vor, dass seine Wohnung nach unten rutschte, mindestens um eine Etage. Würde er länger wegbleiben, läge sie unterhalb des Kellers.
Vom Grundwasser geflutet.

Der Bus der Linie 153 fuhr tatsächlich. Hinter einigen Rücken, es waren sechs Erwachsene und zwei Kinder, setzte er sich.

Am Bahnhofseingang, den sie erreichten, standen die üblichen Verdächtigen Spalier und spähten umher.
Andere verharrten regungslos, als wollten sie unsichtbar bleiben. Näherte sich ihnen jemand, schwenkten manche ihre Pappbecher. Davon ließen sich nur wenige Passanten erweichen. Meistens waren es jüngere Normalos, die eher „ja“ als „nein“ sagten und noch nicht verbittert waren.

Zwanzig Cent weniger in der Tasche würden daran nichts ändern.

Klaus halbierte sein Tempo, kramte in beiden Taschen und fischte einen vom Stoff gefangenen Euro heraus. Er bückte sich und ließ ihn in einen Coke Becher fallen. Ehrfürchtig guckte der Besitzer hoch, dessen Gesicht vom Leben enttäuscht und vom Wetter gegerbt war.

In der Bahnhofspassage bestimmten Trolleys das Bild. Zu beiden Seiten luden die Shops ein, während Tunnelblicke und Stechschritte vorbeirauschten. Auf der Infotafel wechselte die Anzeige. Städte, Zahlen, Zeiten poppten auf: Vierzehn Uhr vierundzwanzig.

Er erwischte eine verspätete Bahn und lehnte sich in den Sitz. Seine Stirn war feucht, das Shirt klebte unangenehm am Körper. An der Haltestelle Uni stieg er aus und machte sich auf den langen Fußweg über den Campus.

Gerade noch rechtzeitig kam er am Sekretariat an, gleich schlossen die. Die säumige U-Bahn hatte ihn gehörig schwitzen lassen. Nach zwei oder drei holprigen Herzschlägen klopfte er an. Klaus hörte ein „Herein" oder stellte es sich vor.

Beinahe vergaß er die Tür ins Schloss zu ziehen, als er das Büro betrat. Die vier bebrillten Augen der Schreibkräfte blickten, als wüssten sie, durch wie viele Prüfungen er gefallen war. Sie konnten nicht ahnen, dass er sich nur zurückmelden wollte, eine Sache von zwei Minuten. Damit bedrohte er nicht deren pünktlichen Feierabend.

Auf der einen Seite saß die ältere Frau mit rötlichem Kurzhaar. Ihren Namen merkte er sich nie. Die junge Kollegin gegenüber blätterte in einem Ordner.

In dem Korridor zwischen ihnen flankierten zwei Yucca Palmen einen Drucker. Vorne stand der Kassenautomat, der Klaus um eine Kopfhöhe überragte.

Die Atmosphäre war so angespannt wie damals in manchen Schulstunden. „Ich möchte mich … nur zurückmelden“, sagte er wie ein Bittsteller.

Ein mildes Nicken der Älteren bedeutete ihm, dass ihn niemand davon abhalten würde. Am liebsten würde er sich verteidigen, da er früh aufgestanden war, um auf schnellstem Weg trotz aller Widrigkeiten herzukommen. Nicht einmal lügen müsste er. Und das mit dem Schirm, den er gesucht hatte, erwähnte er gar nicht erst.

Klaus klemmte die Mappe zwischen die Füße. Seiner Börse entnahm er zittrig Chipkarte und seinen Studentenausweis.

Er schob die Karte ein und tippte auf die Felder. Was war die Matrikel? Drei oder vier, drei oder vier, was war es? Die Vier am Ende. Nicht zu denen rübergucken, ruhig bleiben und bestätigen. Semester vier… nein, jetzt fünfzehn. Bestätigen, warten, hoffen.

Mit einem Pfeifgeräusch atmete er aus, denn es war genug Geld darauf. Hatte Jeff für das nötige Polster gesorgt?

„Könnte ich einen Beleg kriegen?“, sagte er, obwohl die Überweisung erfolgreich gewesen war. Ungefragt präsentierte er seinen Studentenausweis, der taufrisch aussah.

Die Frau in Stoffweste stand auf und näherte sich mühselig dem Tresen, an dem Klaus wartete.

Ein flüchtiger Blick streifte das Papier und dann maß sie ihn wie ein Relikt einer ausklingenden Epoche.

Lieber hätte er die ein oder andere Fünf mehr eingesteckt, als sich so durchleuchtet zu fühlen.

Sie schaute zur Kollegin, die kein Interesse zeigte. Dann ging sie an ihren Platz zurück, wo sie lautlos die Tasten drückte. Daten zu verwalten war eine ernste Sache.

Eilig wurde geschrieben und es klackte, als der Stempel das Papier markierte, welches die Frau ihm darauf aushändigte.

Dieser Blick über den Brillenrand erinnerte ihn an Frau Bischoff-Kesseler, die seine Lehrerin gewesen war; wohl das Zeichen für seinen Verbleib an der Uni.

Beleg und Ausweis steckte Klaus ein und schnappte die Ledermappe. Dann sagte er provokant: „Schönen Tag noch“, um der nüchternen Sache einen würdigen Rahmen zu geben.

Stumme Mienen begleiteten ein amtliches „Wiedersehen“. Ob ein- oder zweistimmig war unklar. Er zog die Tür geräuschvoll zu.

Auf dem Gang musterte er die Zettel, die an der Vorderseite der Tür hefteten. Einer schien besonders wichtig zu sein, da er rote Farbe enthielt:

„Freitag, den 11.9.15, haben wir ganztägig geschlossen. WICHTIG: Für persönliche Rückmeldungen ist Donnerstag, der 10.9.15, der letztmögliche Tag. Wer zu spät kommt, den bestraft die Uni!“

„Satan“, rief er aus und wischte sich über die Stirn.

Klaus tastete zu einem Sitz, legte die Mappe hin und sackte daneben nieder. Seine Wangen pochten.

Er rieb über sein Gesicht und schüttelte sich ein paarmal.

Hatte er wirklich begriffen, was da stand? Konnte eine verspätete U-Bahn über ein ganzes Studium entscheiden?

Er blickte schubweise hoch. Der Glaskasten gegenüber, sein Schaufenster in die Zukunft: Zettel an Zettel, Zahl an Zahl.

„Irgendetwas“ Komma „irgendetwas“ entschied für morgen, nächstes Semester, das ganze Leben.

Die vier Plätze neben ihm, die ihn oft vor dem Aushang hatten verzweifeln sehen, wirkten, als wollten sie ihm auf die Schulter klopfen.

„Glück gehabt, Alter“, schienen sie, die haufenweise Studentenhintern ertragen hatten, ihm zuzurufen. Ob es sich um einen Glücksfall handelte, würde sich noch zeigen.

Auf der Zielgeraden kam es auf Commitment und Disziplin an. Nichts, worauf er bisher Wert gelegt hatte.

Am Ende war es wie immer knapp geworden, so auch heute. Trotz der reichlichen Vorlaufzeit für diesen Termin. Rauschten diese Stunden wie im Flug vorüber, dann das ganze Leben erst recht, folgerte er.

Hätte er, wie vor einer Woche noch, allein in seiner Wohnung abgehangen, wäre er sicherlich erst am Freitag hergekommen. Und damit zu spät.

Sein Studium wäre vorbei gewesen, unfreiwillig. Gerade jetzt, wo er es für richtiger hielt, das wieder in Gang zu setzen. In den letzten Wochen hatte ihn ständig das Aus gelockt, lag manchmal um eine Länge vorne, das süße Ende vor Augen. Doch er hatte widerstanden. Was ihn dazu gebracht hatte, wusste er gar nicht genau.

Vielleicht die Aufmerksamkeit der Leute, die nun Teil seines Lebens waren. Zumindest bei ihm gewohnt hatten.

Die Tür gegenüber öffnete sich. Nacheinander marschierten die beiden Frauen heraus und wendeten ihre Nein-Gesichter dem Feierabend zu. Die Ältere schloss ab, schon waren sie weg, ohne ihn zu bemerken. Für die war er eine Zahl, die blieb oder wich, um für andere den Platz zu räumen.

„Ja“, hörte Klaus deutlich seine innere Stimme skandieren. Das bequeme „Nein“ hatte er zermürbt und umgedreht. „Ja“ bedeutete nichts anderes als seine erfolgreiche Rückmeldung. Wie in den vierzehn Leidenseinheiten davor blieb er lediglich bei der Stange, gewann jedoch Entscheidendes.

„Ja“, hörte Klaus wieder, dieses Mal siegessicherer. Doch niemand außer den Stühlen hielt es für nötig, an seiner stillen Euphorie teilzunehmen.

Er war dem Tod gerade noch von der Schippe gesprungen. Die Zwangsguillotine namens Studienaus war im unebenen Holz stecken geblieben.

Wäre es schiefgegangen, hätte Klaus sein persönliches „Nine-Eleven“ erlebt. Und jedes Mal hätte ihn der Jahrestag im September daran erinnert, bei Null zu stehen.

Das richtige Ende, nicht des Studiums, war vor drei Jahren gefährlich herangerückt. Der Sturm, dessen Namen er nicht mehr kannte, war längst vorüber gewesen, die Spätfolgen noch nicht.

An jenem Abend ging er durch den Park, der sich in der Nähe des Campus befand.

Er begleitete zwei Kommilitonen, die er sogar auf seiner Namensliste vermerkt hatte.

Mittlerweile waren sie gesichtslos für ihn geworden. Die beiden zogen ihn zu einer Party für Erstsemester mit. Große Lust hatte er nicht darauf, fügte sich aber der Begeisterung der anderen beiden und kam widerwillig mit.

Während sie den Fußweg entlanggingen, ließ er seinen Beinen und Gedanken freien Lauf. Was sollte er auf der Party machen? Sich in eine Ecke stellen und den anderen zuschauen? Die anderen beiden wollten sich unterhalten, aber bestimmt nicht mit ihm.

Schließlich kamen viele tanzwillige Studentinnen zu solchen Anlässen.

Plötzlich durchbrach ein lautes Geräusch die Stille des frühen Abends. Es klang ganz anders als ein Pistolenschuss, hatte aber nichtsdestotrotz eine ähnlich alarmierende Wirkung.

Er ahnte, dass irgendwo etwas Unheilvolles lauern konnte, aber eben nicht von welcher Seite.

Dieser Fluchtinstinkt hatte sicher schon so manchem Urmenschen dabei geholfen, den Raubtieren seiner Zeit zu entkommen.

Sekt oder Selters? Sollte er stehenbleiben oder weitergehen? Der 50:50-Joker bei der Millionenfrage.

Nie war eine so einfache Frage so gewichtig gewesen wie in diesem Moment. Allgemeinhin spürte er einen Drang zu flüchten und seine Bewegung war dabei intuitiv nach vorne gerichtet.
Denn nur hinter ihm konnte schließlich das Böse warten.
Die anderen beiden gingen viel zügiger als er Richtung Partygebäude weiter.

Klaus verharrte kurz. Hätte er danach sein Gehtempo auch nur minimal weiter erhöht, wäre das ganz bestimmt nicht sein Tag geworden. Sein Todestag höchstens.

Nach dem Geräusch waren noch einige Sekunden vergangen, in denen er sich in völliger Unkenntnis geradewegs weiter Richtung Verderben bugsierte.

Das verdächtige Knacken war schon eine Weile her, als ein anhaltendes Rascheln ertönte, das länger nachklang, woraufhin ein peitschender Knall direkt vor ihm erfolgte. Waren es überhaupt drei Meter gewesen? Gerade eben so, sagte ihm sein Augenmaß.

In seiner ganzen Pracht bot sich ihm der ursächliche Grund für all die Nebengeräusche dar, die den ansonsten friedlich anmutenden Park heimsuchten.

Dort vor ihm auf dem Weg lag ein Kaventsmann von einem Ast mit all seinen kleineren, wenngleich äußerst imposanten Ästen und Blättern.

Er erstreckte sich über die gesamte Breite des keinesfalls schmalen Weges und hatte zusätzlich jeweils einen halben Meter Überhang.

Ein Luftzug zischte wie eine Drohung an ihm vorbei und verteilte sich.

Na, Tod, dachte er.

Abgesehen vom gewaltigen Ast, der ihm vor die Füße gekracht war, fiel ihm etwas anderes auf. Eine vom Ast oder von etwas anderem verursachte Schleifspur, die Klaus später als verwackelte Startlinie zum Rest seines Lebens begriffen hatte.

Er verfiel in eine schockartige Starre, die sicher eine Minute andauerte. Vielleicht auch länger. Auf einmal war er ganz alleine hier, die anderen konnte er nicht mehr sehen oder hören, sie hatten sich wohl aus dem Staub gemacht.

Ungläubig schaute er auf den verwaisten Brocken herab, so als wollte er ihn hypnotisieren, damit er keinen weiteren Schaden anrichten konnte.

Nein, alles war unter Kontrolle. Der machte keinen Mucks mehr. Wie hätte aber dieses Bild ausgesehen, wenn sein Körper, bedeckt von geduldig fließender roter Flüssigkeit, durch das teils grüne, teils braune Monstrum geschimmert hätte?

Mit wackeligem Blick schaute er zum Baum rechts von ihm hinauf, der, wie alle anderen auch, ziemlich weit emporragte. Was für eine Geschwindigkeit erreichte so ein Ast im freien Fall auf geschätzten zehn Metern?

Er hielt fünfzig Stundenkilometer für möglich. Ein kaum halb so schnelles Tempo war unter Umständen schon tödlich, wenn ein nicht angeschnallter Fahrer mit seinem Auto auf ein massives Hindernis träfe. Wäre er zur falschen Zeit am falschen Ort gewesen, hätte er seine Chancen nicht besonders rosig eingeschätzt. Dieser falsche Ort lag drei Meter vor ihm.

Was waren schon drei Meter? Eigentlich nichts, wenn er bedachte, dass er bei durchschnittlichem Gehtempo anderthalb Meter pro Sekunde zurücklegte.

Lotste ein Navigationssystem einen Autofahrer durch die Stadt, konnten leicht mehrere Häuserbreiten Abweichung vorkommen. Von der Ansage, dass man sein Ziel erreicht hatte, bis zum wirklichen Zielort.

Hätte ihm eine imaginäre Frauenstimme in einem leicht besserwisserischen Säuselton aus dem Off mitgeteilt, dass sein fiktives Ziel, nämlich Baum 87, nicht schon jetzt, sondern erst in drei Metern erreicht sein würde, den langen Baumausläufern und der peniblen Rechthaberei der Frau sei Dank, und wäre er zudem etwas schneller gegangen, cirka zwei Sekunden, dann hätte ihn der Gigant von einem Ast ganz sicher erbarmungslos unter sich begraben.

Erst Wochen danach erinnerte er sich, dass der berüchtigte Sturm, dessen Name ihm entfallen war, zuvor zerstörerisch über das Land gewütet hatte.

Wer konnte sich solche Namen schon merken? Der große Sturm hatte rund zwei Monate vorher getobt und war deshalb an dem besagten Tag längst nicht mehr in seinem Bewusstsein.

Indirekt wäre der Sturm an seinem Ableben schuld gewesen, aber er hätte nicht einmal dessen Namen gewusst. Noch hätte er im Ansatz mitbekommen, was ihm eigentlich zugestoßen wäre.

Opfern von Auftragskillern erging es wohl ganz ähnlich bezüglich der allgemeinen Informationslage ihres Dahinscheidens.

Wenn er früher davon gelesen hatte, dass Bäume oder Äste eine Person erschlagen hatten, hatte er so viel Dämlichkeit gar nicht fassen können.

Wie sollte das gehen? Man brauchte doch nur auszuweichen. Dass man aber de facto überhaupt keine Chance hatte, wusste er erst seit jenem Frühlingstag vor drei Jahren.

War nach einem solchen Zwischenfall nicht alles egal, zumindest fragwürdig?

All diese Jahre kraxelte er den Berg hoch, den höchsten, den er je gesehen hatte.

Er kämpfte gegen ihn an. Manchmal schien der Gipfel zum Greifen nahe, dann weit entfernt oder umnebelt.

Auf halber Strecke hatte er auf einem Plateau gerastet, schielte zu den anderen, die an ihm vorbeihuschten. Manche verschwanden bald, andere stürzten ab. Klaus hatte den Anstieg mühsam geschafft, hielt ihn nun jedoch für leicht.

Irgendwann hörte er auf zu zählen und richtete seinen Blick nach innen.

Hin und wieder tat er gut daran, herunterzuschalten, stehen zu bleiben und sich Zeit zu gönnen. Tag für Tag ein Schneckenrennen gegen den Tod, das niemand gewinnen konnte. Drückte er einmal aufs Gaspedal, dann um zu schauen, ob es noch funktionierte.

Anstelle des Studiums ließ er sich in seine Geschichtsbände und die Medien hineinfallen. Er sog viele Einzelheiten auf, nährte Ideen und Theorien.

Währenddessen brannte sich eine Frage mehr als alle anderen in ihn: „Bin ich böse, weil ich allein lebe oder lebe ich allein, weil ich böse bin?“

Beantworten konnte Klaus sie nicht, verstand dafür aber etwas anderes. Ihm blieb sein nacktes Leben. Unschätzbar für diejenigen, die es verloren hatten.

Menschen wie er, die sich unterhalten, gelacht und getanzt hatten. Eine Liste mit vergilbten Namen, vergangen und vergessen.

***

Auf dem Ecktisch stapelte sich Post, zuoberst las er „Altwegner“. Was hatte das zu bedeuten?

Jeff musterte die darunter befindlichen Briefe. Einer war vom St. Vinzenzhospital. Alle trugen denselben Adressaten.

Am Tischrand verlor sich ein Großbrief, dessen Stempel er von weiter weg erkannt hatte. Er prüfte das Gewicht des Kuverts, der Form halber kontrollierte er den Absender. Seine Mundwinkel verhärteten sich und er knallte den Brief ungeöffnet auf den Tisch. Sollten die doch machen, was die wollten.

Jeff wurde, wie offenbar sein Kollege Heilner, fortwährend übergangen und durch plötzliche Offerten zermürbt. Eine perfide Art zu mobben, die der Firma eine hübsche Summe einsparen würde. Dieses Arrangement räumte Jeff immerhin genügend Freizeit ein, um seine Pläne zu schmieden.

Die Titelseite der Zeitung, die er von Marmelade ablöste, wartete mit denselben Themen wie seit Tagen auf. Er blätterte zum Feuilleton und las zwei Meldungen durch. Eine Auszeichnung für einen Kurzfilm und ein Schauspieler, der gestorben war.

Die genannten Filme, in denen jener mitgespielt hatte, kannte er allesamt nicht. Jemand, der sein Gesicht, die Stimme, Arme und Beine verlieh, sich Figuren widmete, die ein ihm Unbekannter am Schreibtisch entworfen hatte.

Man musste sie zum Leben erwecken, zu einem Menschen aus Fleisch und Blut. Was war der Lohn? Der Applaus, Renommee, womöglich ein Hauch von Ruhm? Nie hatte Jeff einen Schauspieler auf der Straße erkannt, ohne ihre Rollen blieben sie gesichtslos. Sie führten ein Leben für die Kunst.

All die Zweifel und bescheidenen Erfolge, um bestenfalls mit einer Meldung, die kaum einer las, posthum erwähnt zu werden.

Jeff blätterte weiter zu den Kleinanzeigen. Gründlich studierte er die Annoncen, ohne Ergebnis. Jemand bot „Webarbeit“ an. Im weiteren Verlauf las er „Tep-Pich“ als Teil der Dienstleistung. Nie davon gehört. Er las weiter und lachte auf. Darunter stand „Textilien“. Niemand, der leidlich Englisch verstand, würde „Webarbeit“ mit einer uralten Tätigkeit an einem Webstuhl verbinden. Es tat ihm wohl, Nischen zu entdecken, die dem Fortschritt trotzten.

Die intensive Suche führte er im Internet fort.

Was bot sich an? „Musiker gesucht“ oder „Band braucht Gitarristen“? Ein Schälchen füllte er mit Sultaninen und stellte es in Reichweite. Er setzte die Lesebrille auf, neigte sich zu einem Karton hinab. Daraus entnahm er einen Tonträger. Das Albumcover zeigte den mageren Nick Drake wie er an einer Dachschräge lehnte und schwermütig zum Fenster hinausschaute. „Time has told me“, ertönte einer von Jeffs Lieblingssongs.

Erwartungsgemäß ergaben sich viele Treffer, die er prüfte, um abzuklopfen, ob mehr als warme Worte dahintersteckten. Nach ungezählten konfus gestalteten Seiten, die er in einer Stunde aufrief, durchsah und teils intensiv las, war nichts Brauchbares dabei. Nichts, was seriös wirkte und ihn zugleich packte. Jeff machte weiter, irgendwann musste ja etwas dabei sein. Aufgeben war keine Option. Auch als junger Musiker hatte er anfangs mit sich gehadert. Manche Gitarrengriffe gelangen ihm nicht, da seine Finger noch zu kurz waren.

Er lernte damals, zu improvisieren. Und um gute Texte zu schreiben, für die er sich nicht schämen musste, fehlten ihm bessere Englischkenntnisse. Was er auf Deutsch geschrieben hatte, klang furchtbar.

Da war jedoch dieser eine Song, der die anderen von der Schülerband überzeugt hatte. Vor ihrem ersten Auftritt wartete Jeff mit verschränkten Armen hinter der Bühne.
Sie wollten seinen Song „The One", den sie wochenlang geprobt hatten, erstmals aufführen.

Dann öffnete sich der Vorhang, und auf einmal war es da. Er genoss jedes Wort, auch alle Gesten und Blicke. Jeder weitere Akkord nährte seinen Wunsch, wieder dort oben zu stehen, vor dem kritischsten Publikum aus Lehrern, Schülern und Eltern.

Jeff hatte seine kreative Ader über die Jahre verdrängt und geradezu vergessen. Wenn er es jetzt nicht probierte, würde er es bitter bereuen, das wusste er.

Er hatte all die Jahre Texte geschrieben und Gitarre gespielt. Und doch war er mittlerweile ungeübt, bei dem, was er tat. Die spätere Band, die Richie während des Studiums gegründet hatte, war nie für eine große Bühnenkarriere vorgesehen. Er, Jeff und ihr britischer Drummer namens Clay, der für vier Semester hiergeblieben war, sorgten für den nötigen Glanz einer Garagenband. Für etwas Ernstes reichte es nie. Vor allem hatte ihnen die Zeit gefehlt. Das geplante Demotape, es sollte ihnen zumindest Gehör verschaffen, schoben sie Semester für Semester vor sich her. So lange, bis Clay in seine Heimat zurückkehrte. Wenn Jeff auch damals alles unwichtig erschienen war, so war letztlich die Summe dieser Dinge größer als ihre Einzelteile gewesen.

Seine Hand rutschte von der Maus. Er fuhr sich über das Gesicht und gähnte lauthals. Auf einmal poppten Fenster eines Jobportals, als würden sie auf seine Lage reagieren, ins Bild. In einem der Texte las er „keine Studioerfahrung nötig“; das Beste, was er bisher entdeckt hatte. Die Vorauswahl eines Leadgitarristen erfolge nach der Performance bekannter Themen und Songs. Teils würden Kosten erstattet, falls er die erste Runde schaffe. Die Kontaktdaten notierte er sich, setzte ein Ausrufezeichen dahinter, verstärkte den Strich und den Punkt.

Nach diesem mühsamen Erfolg sackte er in sich zusammen. Mechanisch griff er zu den Rosinen und zerkaute sie genussvoll.

Anderthalb Stunden später, in denen er seine Maßstäbe nach unten korrigiert hatte, waren weitere Angebote für die Bassgitarre und als Bühnenhelfer dabei.

Jeff fiel der Karriereverlauf eines bekannten Musikers ein, der sich zunächst im Schatten des Erfolgs aufgehalten hatte. Als Busfahrer der Band AC/DC hatte er wohl nicht mehr mit seiner großen Chance gerechnet. Dann verließ der Leadsänger die Band, woraufhin der Fahrer ihn kurzerhand am Mikro ersetzte. Der Rest war Geschichte.

Müsste Jeff erst jahrelang auf seine Stunde im Rampenlicht warten, hätte er noch seinen regulären Beruf. Dieser ermöglichte ihm nicht, wie anfangs erhofft, sich zu verwirklichen. Gefiele ihm der Job nicht mehr, könnte er kündigen, um sich vollauf der Kunst und der Musik zu widmen; auf der Bühne, in einer Garage oder auf der Straße, je nachdem.

Den Zettel riss er ab und heftete ihn an die Pinnwand,

die über der Matratze hing. Entschieden visierte er Naikyes Fahrkarte an, auf der ihre Kontaktdaten standen.

Es hieß Leben, was nicht zwingend bedeutete, zu leben. Man musste allem ein Maß an Leben einhauchen, es füllen wie ein Text die Melodie.

Sonst war es nichts als ein Pappmaché.

***

Klaus verließ das Mathegebäude und wollte nicht sofort zurückfahren. Das Wetter hatte sich inzwischen spürbar gebessert. Abseits in einer Einbuchtung, durch Büsche verdeckt, stand eine Bank. Und da das Holz durchnässt war, setzte er sich auf die Lehne, die Füße und Mappe auf der Sitzfläche.

Ein kleiner Winkel ermöglichte die Sicht auf ihn, der durch Luftlöcher im dichten Gewächs einen Panoramablick genoss. Es war ruhig, der Stadtlärm drang nicht bis hierhin. Friedlich entspannt atmete er den angenehmen Geruch von feuchtem Holz, Erde und Laub ein.

Noch herrschte reger Betrieb, denn die Wissenschaften waren alles andere als ein Nine-to-five-Job. Zahllose Studenten aller Hautfarben und Altersgruppen, von neunzehn bis maximal achtundzwanzig, schoben fremdbestimmt kreuz und quer über das riesige Areal. Manche geradewegs dahin, wo sie ihm bald seinen Platz streitig machen würden. Wie lang war wohl so eine Wegstrecke übers ganze Studium gerechnet?

Vor drei Jahren noch hatte Klaus ambitioniert im Laufrad gestrampelt. Genau wie all jene, die vorbeizogen.

Buddhisten und Westeuropäer übrigens zügiger als die Moslems.

Bis zu diesem Zeitpunkt hatte er nicht weniger an Strecke als die Regelabsolventen zurückgelegt. Doch die Vertreter der von ihm verhassten Ellbogenspezies hatten nur einen Bruchteil der Partys besucht, die ihm in den Knochen steckten. War das so? Wer konnte das schon wissen.

Er rührte sich nicht, damit man ihn nicht als stillen Beobachter enttarnte. Für eine Weile blieben seine Augen an einer Frau mit rötlichem Haar haften. Sie war mit einer Umhängetasche bewaffnet und steuerte in gemessenen Schritten die Bibliothek an. Dahinter schlängelte sich der kanalgleiche Campusweg, flankiert von den Gebäuden der Verwaltung, der Aula und den Hörsälen gegenüber.

Klaus rief ihren Namen, woraufhin sie nicht reagierte; die Entfernung und das inzwischen wieder raue Wetter waren dagegen. Selbst wenn sie etwas gehört hätte, wäre sie nach einem Umschauen wohl weitergegangen. „Hmm.“ Er beschloss, ihr nicht nachzulaufen. Das wäre übertrieben. Künftig würden sie sich wahrscheinlich öfter begegnen.

Sie verschwand aus seinem Blickfeld. Nach einer ereignisarmen Minute, in der er den mühsamen Weg einer Nacktschnecke beobachtete, sagte er: „Was tut's?“

Klaus schlurfte hinüber, wich Wassermulden aus und spürte den Nieselregen sanft im Gesicht.

Drinnen starrte ihm eine endlos rote Steinfläche entgegen, die er überquerte. Durchmischt von wackerer Leichtfertigkeit, die Dosen, Tütchen und glitzerndem

Kunststoff entströmte, verbreitete sich eine ernsthafte Ruhe. Diese Atmosphäre war ihm vertraut.

Hinter dem Eingang wartete sie am Ausleihtresen. Vor ihr war noch jemand anderes dran. Er passierte die Schließfächer und bog ein ins verlassene Studi-Eck. Dort setzte er sich an den vordersten Tisch. Sie musste ihn sehen, wenn sie herauskam. Und falls nicht, würde er nach ihr rufen.

Keine Minute verstrich, und sie stand vor der Glastür. Sie rückte ihre hüftlange Lederjacke zurecht und wusste anscheinend nicht wohin. Er guckte aus dem Fenster, als glockenklar ihre Stimme die fünf Meter herüberschwebte.

„Klaus?“

Um Erstaunen bemüht, drehte er sich ihr zu.

„Ach, hi Tessa“, sagte er. „Wow, das ist ja …“

Sie kam auf ihn zu. „Hi, warst du auch in der Bibo?“

„J-jo, nur kurz.“

„Wir sehen uns jeden Tag, ja?“ Tessa setzte sich ihm gegenüber und stellte ihre Tasche ab. „Gewöhn mich dran.“

Nach einem Moment fuhr sie fort. „Oben warst du also.“

Klaus kapierte nicht.

„Mathe ist doch oben, ne?“

Angestrengt lachte er. „Jo, oben.“

„Was ausgeliehen?“ Ihr Blick streifte seine Ledermappe, die flach auf dem Boden lag. Erschöpfung pur, obwohl sie nichts transportierte.

„Nope.“

„Bleibt das hier alles so … spannend, Klaus?“

„Wird noch besser.“

„Hab Bücher weggebracht“, sagte sie und seufzte.

„Darum kommst du extra her?“

Aus ihrem seitlichen Zopf schauten Strähnen heraus. Sie hatte ihr Gesicht diesmal natürlicher geschminkt.

„Erst Mensa, na klar. Nachher dann Krabbelgruppe.“

Klaus lachte auf. „Krabbelgruppe? Was soll d…?“

„Kennst du nicht? Das ist doch so ’ne Lern… so für uns Nichtchecker halt.“

„Das habe ich immer gehasst, also diese Wartezeit abzutöten.“

„Gehasst?“ Tessa guckte ihn verwundert an. „Jetzt nicht mehr, oder wie?“

„S-sicher. Das hasse ich immer noch, klar.“

„Bleibst du … musst du noch länger, Klaus?“

„Nee, heute nicht, nope. Die Rückmeldung und“, er blies die Backen auf, ließ es ploppen, „sonst nichts weiter.“

„Bist du ’n Adrenalinjunkie?“, sagte sie und zog am Stehkragen ihrer Jacke.

„Hat nu Tradition.“

„So könnte man’s auch nennen.“

„Anfangs weiß man noch nicht, wie es läuft.“

„Kriegst du ’ne Sonderfrist?“

„Ich hatte Riesenglück“, er pustete durch, was wie sein altes Bügeleisen klang. „Freitag ist geschlossen.“

„Also darum heute. Wie planvoll.“

„Nee, das wusste ich gar nicht.“

„Wo lebst du denn?“, sagte Tessa in lehrerhaftem Ton, als hätte er den kleinsten gemeinsamen Nenner übersehen.

„Ja, im zweiten Semester.“ Konnte er sich erinnern, wann das eigentlich und wie es so gewesen war? Alles lange her und undeutlich.

„Verstehe. Dem Herrn ist egal, was die Uni ihm sagt.“

„Es kümmert mich, Tessa, wirklich. Wäre ich erst Freitag hergekommen, dann …“

Ihre Zungenspitze lugte hervor.

„Hm, finito und weg“, sagte er weiter.

„Wie weg?“

„Exitus. Exmatrikuliert.“

„In echt? Tun die das einfach so?“ An der Hand, über die sie strich, reihten sich silberne Dreieckringe, die teuer aussahen, es wahrscheinlich auch waren. Selbst wenn nicht, standen sie ihr hervorragend.

„Klar, da rollen Köpfe. Gibt ja die Fristen, um die Schnarchnasen zu entsorgen.“

„Solche kenn ich nicht.“

„Ich aber.“ Viel zu lange war er es gewesen. Ein Sleeper, wie Solveig ihn genannt hatte. Seit heute fühlte er sich hellwach.

Tessa schaute zu den Automaten hinüber, vor ihnen im Studi-Eck. Schwungvoll wendete sie sich ihm zu.

„Und gleich? Wohin … was machst du?“

„Nach Haus.“

„Würde auch lieber abhauen.“

„Ist weiter weg?“

„So fünf Minuten“, sagte sie beiläufig. „Lohnt aber null.“

Abwesend pustete sie sich eine Strähne aus dem Gesicht, die prompt zurückfiel. „Hast du Lust auf ’ne Stärkung?“

„Na klar, immer.“

„Ich hol mal zwei. Milch und Zucker?“

„Paar Tropfen Milch.“

„Eins, null, eins, richtig?“

Klaus musste wohl dreinschauen, als wüsste er nicht, wo oben und unten sei.

„Die Kombination“, sagte sie eindringlich.

„Ach, soho. Genau.“

„Ich dachte, du wärst süßer.“

„Was?“

Sie zwinkerte ihm zu und stand auf. „Nicht weglaufen“, sagte Tessa. Als sie zu den Automaten hinschwebte, klickten ihre Stiefeletten gleichmäßig auf dem Boden. Gerne würde er sie einmal Volleyball spielen sehen. So elegant, wie sie sich bewegte. Sie warf einige Münzen ein und drückte die Tasten. Bestimmt war alles teurer geworden. Früher hatte ein Kaffee siebzig Cent gekostet. Beim letzten Mal, als er hier gewesen war, einen Euro oder mehr. Bei täglichem Mensagang, inklusive aller Schandtaten von Süßigkeiten bis Gebäck, wog das mehr als die Studiengebühren, schätzte er.

Den Becher nahm sie heraus und setzte ihn auf einem Minitisch daneben ab. Lange konnte man den sowieso nicht halten, war ja kochend heiß. Sicherlich verbrühte sich einmal jemand und verklagte die Uni. Darüber würden die garantiert nur müde lächeln.

Tessa guckte zu ihm herüber, tippte dann auf die Zahlenfelder. War die „101“ richtig? War es nicht die „110“? Falls es nicht stimmte, bemerkte sie das wohl.

Nach ihr kam ein baumlanger Student in Kapuzenjacke herein. Seine geschlängelten Koteletten reichten bis zum Unterkiefer. Der klobige Typ stoppte wie vor einem Abgrund, ging zum vorderen Automaten und verdeckte sie.

Lautstark kicherte eine weibliche Verergruppe, die durch die Tür der Bibo marschierte. Das Personal würdigte es sofort mit einem strengen Blick, notfalls mit einer Ansprache.

Der Student trat an Tessas Seite, hob mehrmals den tätowierten Unterarm. Den anderen stemmte er in die Hüfte.

Sie neigte sich ihm zu und schob eine Hand in ihre Gesäßtasche. Worte flogen hin und her, von Gesten begleitet. Dann lächelte Tessa unecht.

Prüfend schaute sie den Studenten an, nickte und kam mit beiden Heißgetränken, ohne zu kleckern, zurück.

Einen Becher, nur mäßig gefüllt, stellte sie wortlos an seinen Platz, ihren gegenüber und setzte sich.

„Wie viel kriegst du denn?"

„Du bist nicht oft hier, ne?" Die Frage brannte ihr sicher schon eine Weile auf der Zunge.

„Gelegentlich. Die Preise ändern sich ja andauernd", redete er sich achselzuckend heraus.

Er hatte gar kein Hartgeld dabei, fiel ihm ein. Steckte alles in der Capuccinodose zu Hause. Weder dieser Notgroschen noch die Nachhilfe würde für das Wohnungsfiasko ausreichen, das ihn erwartete.

„Ich gebe ihn dir aus."

„Oh, dann danke."

„Ist schwer gutzumachen."

Kurz überlegte er, was dafür angemessen wäre, und sagte: „Kennst du den?"

„Wen?"

Klaus guckte zu den Automaten, die unbeschäftigt waren.

„Den Typen da gerade, diesen", seitlich wies er mit dem

Kopf, „diesen Wikinger.“

Tessa lachte auf. „Jo, vom Sehen.“

Beide nippten an ihren Getränken. Tessa umfasste ihres mit beiden Händen am Rand. Klaus spielte mit zwei Fingern am Becherboden.

Mit der Fußspitze berührte sie ihn am Unterschenkel. Er gab vor, es nicht bemerkt zu haben.

Was könnte er sagen, was nur?

„Hab Linda gesprochen, gestern“, kam sie ihm zuvor.

„Und?“

„Arbeitet viel, ist oft kaputt. Doch sie freut sich, dass sie bei dir wohnen kann.“

„So wie ich.“ Es fühlte sich nicht wie eine Lüge an. Wohnen würde er noch mit Linda. Nur nicht mehr lange. Er dachte an die bevorstehende Sanierung, die es ihm unmöglich machte, seine Wohnung behalten zu können.

Tessa holte eine Schachtel hervor und ließ einen Glimmstängel herausgleiten; längs klopfte sie damit auf den Tisch und fragte ihn mit abgeklärtem Blick: „Du willst auch eine?“

„Das ist hier verboten, Tessa.“

„Pfff, merkt doch keiner.“

Klaus dachte an die siebte Klasse zurück, als er zum ersten und letzten Mal geraucht hatte. Nie wieder, hatte er sich damals geschworen. Zögerlich griff er zu.

Tessa steckte ihre Zigarette an, gab ihm Feuer, wobei er auf ihre längliche Nase schaute und nicht genügend am Filter zog. Ein zweites Mal reichte sie ihm das silberne Feuerzeug, zündete und kam mit ihrem Gesicht, durch die Flamme erhellt, näher heran.

Sie nahm einen langen Zug, beobachtete mit verengten Augen, wie er sich bemühte, und stieß den Rauch gekonnt zum offenen Fenster hinaus. Ihr Unterarm lag auf dem Tisch und ihre mattweiß lackierten Fingernägel umgaben den Filter wie Blätter eines halb gezupften Gänseblümchens.

Klaus hielt die Zigarette rechts, dann links. Er fasste sie zu mittig an und wechselte zurück. Als Tessa auf den Boden aschte, wollte er es ihr nachtun, widerstrebte aber. Auf der Fensterbank sah er einen ramponierten Flyer, der ihm dafür gerade recht kam.

„Und hast du mal aufs Schwarze Brett geschaut?", fragte sie.

„Habe ich tatsächlich."

„Was Interessantes gefunden?"

„Du wirst es nicht glauben, aber ich habe schon eine Stunde gegeben."

„Echt?" Voller Erstaunen kräuselte sie die Stirn. „Und wie war's?"

„Lief gut, ziemlich gut." Klaus lächelte gelöst, als glaubte er selbst nicht, was er sagte.

„Siehst du. War doch gar nicht schwer. Einfach mal Tessa fragen." In ihrer frechen Art schnalzte sie zweimal.

Eine Viertelstunde später waren die Kaffee ausgetrunken und die Zigaretten geraucht. Tessa raffte sich auf.

Klaus spannte die Oberschenkel an und überlegte, was sie wohl dachte. Ihre Nixenaugen blickten ihn auffordernd an.

Erwartete sie nun von ihm, die Initiative zu ergreifen? Wenn ja, wie sollte er das anstellen?

Sie richtete ihre Jacke, korrigierte das Umhängeband ihrer Tasche. Tessa ging um den Tisch herum und einen halben Schritt auf ihn zu. „Jetzt muss ich aber“, sie lugte zu ihrer Uhr, „obwohl viel bringen …“

„Viel Spaß dabei.“

„Nö, eher Pflicht.“

„Wofür lernt ihr denn?“

„Meistens Botanik und Mathe.“

Kurz ging Klaus in sich. „In den Wäldern bin ich nicht zu Haus. Bei den Zahlen aber … Jo, du weißt, da ginge was.“

„Echt? Und was willst, was kriegst du dafür?“

Er wollte antworten und schloss die Augen. Tessa legte ihm ihre zarte Hand an seinen Oberarm. Sich ihr zuneigend, rührte sich Klaus ansonsten nicht. Gut fühlte sich das an.

„Die Einweihungsfete ist hoffentlich bald“, sagte sie. „Der Jeff ist auch da?“

In seinem Bauch rumorte es. Ihn befiel eine Mischung aus schlechtem Gewissen, ihr nichts vom Verlust der Wohnung zu sagen, und einer vagen Befürchtung, Jeff könnte sich Tessa annähern. Konnte der sich nicht in seiner Altersklasse umschauen? Er war doppelt so alt wie sie, das passte doch gar nicht. „Hab ich ganz vergessen.“

Seit heute Morgen war es fragwürdig, ob sie überhaupt noch stattfand. In ihrem Brief hatte die Immobilienfirma auf einen baldigen Termin gedrängt. Klaus verspürte den plötzlichen Mut, Tessa zur Seite zu nehmen und alles loszuwerden. Sollte er ihr das anvertrauen? Nein, zuerst mussten es die anderen beiden erfahren

„Linda wollte wissen, wann’s geht.“

„Ich rufe sie an. Also gleich."
„Du siehst sie ja nachher."
„Stimmt, klar", sagte Klaus zu sich.
„So ganz bist du nicht im Bilde, ne?"
„Es wird deutlicher. Jo, immer deutlicher."

Tessa lächelte leise und drehte sich zur Seite. Sie hob eine Hand, ihre Finger tanzten auf und ab. Dann ging sie gemessen von ihm weg. Stehend verfolgte Klaus ihren Gang und begleitete gedanklich den Takt ihrer Modelbeine. Das Stück hätten sie zusammen gehen können.

Er musste sich ihr gegenüber weiter öffnen, sonst würde es im Sand verlaufen wie immer. Könnte er lernen, ihr zuliebe verlässlich zu sein?

Ihre Stiefeletten klackerten, es wurde leiser und verstummte. Tessa senkte den Kopf und wühlte in ihrer Tasche. Sie schaute sich um, ein Handy am Ohr. Dann fasste sie sich an den Mund und hastete bis zur Tür, linksherum hinaus.

Die anderen hatten es eilig. Solche gab es überall.

Kurz darauf klemmte er seine Mappe unter einen Arm und ging, ohne sie noch zu sehen. Für einen Tag hatte Klaus genug Vergangenheit bewältigt. Draußen hustete er kräftig durch, da er den Reiz unterdrückt hatte.

Er schlenderte über den verschmutzten Untergrund, dachte nach und empfand den Sprühregen, der einsetzte, als einen sanften Luftzug.

Es war schön zu wissen, dass Tessa hier war und sie sich wohl wiedertreffen würden. Er dachte an seine Liste mit den vergilbten Namen, die er vor etlichen Tagen aufgeschrieben hatte.

Gedanklich setzte er einen Schlussstrich darunter. Drei neue Namen, die noch keinen Staub angesetzt hatten, schwebten ihm stattdessen vor.

Von den hundertsiebzehn Weggefährten, die er erinnert hatte, war ihm höchstens eine Handvoll bedeutsam gewesen. Oft hatte er Zeit mit den falschen Leuten verschwendet. Mit den richtigen Menschen konnte keine Zeit vergeudet sein. Und mit einer Person, die ihm gewogen war, zusammen zu sein, war unersetzlich.

Allmählich ahnte er, warum sich ein Vakuum in ihm ausgebreitet hatte. Zuletzt hatte er nicht nur seine Oma vermisst. Auch andere, die nicht bei ihm waren, wie Tessa, Linda und Solveig gehörten dazu. Vor seiner Zeitungsannonce und den Aushängen gab es die beiden Erstgenannten noch gar nicht. Jedenfalls nicht für ihn.

Vor drei Tagen hatte Solveig in Hamburg zu arbeiten angefangen. Bestimmt war sie am Samstag hingefahren, um sich intensiv die Stadt anzugucken und ihren Takt zu spüren, ein Gefühl dafür zu bekommen, dort zu leben. Sie war da gründlich, wie bei allem anderen auch.

Hätte Solveig das Vakuum, das sich in ihm gebildet hatte, ausgefüllt? Vielleicht wenn sie jemals richtig zusammengekommen wären. Klaus hatte nie alles auf eine Karte gesetzt. Immerhin hatte sie einen Freund, seit mindestens fünf Jahren.

Das reichte ihm als Entschuldigung vor sich selbst. Doch er wusste nicht, ob sie all die Zeit mit ihm zusammenblieb. Wie hätte er das erfragen können? Nie hatte sie dergleichen angedeutet, keine Auszeit oder Ähnliches. Deshalb war es Klaus recht gewesen, eine selbstverständliche Freundschaft zu ihr haben und behalten zu können.

Vielleicht hatte sie nie mehr als das in ihm gesehen. Einen guten, nicht zu engen Freund. Sein Alibi war stets die Zeit gewesen, die vor ihm gelegen hatte. Eines Tages würde sich seine Situation wie von selbst regeln, und falls nicht, sollte es eben nicht sein. Spätestens seit letztem Freitag wusste er, dass alles ein Trugschluss war. Diese Zeit war aufgebraucht. Solveig war weg, notgedrungen zwar. Ihr Studium war zu Ende, aber die Tatsache blieb bestehen.

Just-in-time glitt die Bahn stadteinwärts an die unterirdische Haltestelle. Klaus war auf den letzten Treppenstufen hinunter zu den Gleisen. Der Zug rollte aus. Die Leute bewegten sich ihm unruhig entgegen, als erübrigten sie keine Sekunde mehr; auf einem Fleck zu stehen, drohte einen zu ersticken.

Wo fuhren sie hin, was wollten sie? „S4 Hauptbahnhof" leuchtete auf der Stirn dieses stahlverhüllten Soges, der die Menschen verschlang und ausspie. Er arbeitete sich vor und suchte sich einen Platz im Gang.

Das Tageslicht überflutete die Waggons, und sie passierten das Industriegebiet: Halle an Halle, einmal für Produktion, dann für Glücksspiel, wechselten sich mit Dönerläden, Billardsalons und schillerndem Rotlichtgewerbe ab; „Rooms", „Port", „Love", „King". Aggressive Teaserplakate.

So etwas hatte die Kokerei samt Förderturm nicht nötig. Von guten Geistern verlassen, kündete sie bizarr von einer anderen Zeit und überragte hier alles.

Den Schmelztiegel mit so vielen Menschen, die hier drinnen Geruch von Fruchtgummi und Schuhcreme vermischten. Dicht gedrängt standen die Leute, mittendrin er.

Komisch, dass er gar nicht sofort rauswollte. Sonst hatte ihn das immer genervt, so eingepfercht zu sein.

Neben ihm unterhielten sich zwei junge Frauen, wahrscheinlich Studentinnen, über eine gestrige Küchenparty. Diese sei spektakulär gewesen.

Als die hübschere von beiden ihren Satz beendet hatte, streifte sie ihn kurz mit einem offenen Blick. Er lächelte, was sie erwiderte und sich wieder ihrer Freundin zuwendete. Hatte er solche Blicke früher nicht bemerkt oder hatte es sie nicht gegeben? An der nächsten Station stiegen die beiden Frauen aus. Gerne hätte er ihnen noch weiter zugehört, vielleicht sogar mit ihnen geredet.

Erst sauste der eine, dann der andere Mac unserer Gesellschaft vorbei. Einmal für die Fitness zuständig und gleich daneben zur fettreichen Ernährung, um sich die mühsam abgespeckten Kilos gleich wieder draufzupacken. Nach wenigen Sekunden hatten sie Innenstadtschienen unter den Rädern.

Wie eine Abrissbirne schnellte die Bahn durch die City und würde alles plattmachen, was sich ihr entgegenstellte.

Irgendwie musste er verhindern, selbst unter die Räder zu kommen. „Vororttermin“, „Sanierungen“, „Eigenbeteiligung“ stand im Brief der Immobilienfirma, der wie ein Furunkel seine Nerven strapazierte. Alles war dadurch infrage gestellt.

Wie würden die anderen es aufnehmen? Was würde ihn das kosten und wie lange dauern?

Im Moment wirkte die Waage noch ausgeglichen. Jedes kleine bisschen aber, das auf der falschen Seite läge, ließe seine Planungen in sich zusammenfallen.

Dann wäre alles umsonst gewesen. Die Annonce, die Telefonate, die Besichtigungen und die WG. Wie konnte das sein?

Dass so viele gute Dinge am Ende in etwas Schlechtem endeten?

Welche Alternative hatte er? Eine andere Wohnung konnte er sich nicht leisten. Sie musste schon winzig sein und weit weg von der Uni, dann wäre die Miete bestimmt erschwinglich.

Bliebe der Weg zurück in seine Vergangenheit. Noch verhielten sich seine Eltern ruhig, würden aber bald auf den Busch klopfen. Schließlich kümmerten sie sich um seinen Umzug.

Bis dahin musste er es anderweitig geschafft haben, hierzubleiben. Wie schön wäre es, ihnen einen fetten Strich durch die Rechnung zu machen. Er ging jede Wette ein, dass sie ihren engsten Freunden und Nachbarn schon von seiner Rückkehr erzählt hatten.

Die Fahrt in ihrem BMW Kombi, dahinter ein riesiger Planenanhänger. Er sah alles vor sich: vorne seine Eltern, er verschüchtert auf der Rückbank. Neben ihm Kartons, Kisten und Klamotten, fast bis zur Sitzhöhe gestapelt.

Eben alles, was nicht mehr in den Anhänger passte.

Die Auffahrt zu ihrem Grundstück rückte näher, überall säumten Nachbarn ihren Weg. Seine Eltern mussten niemandem etwas erzählen, diese Aktion spräche Bände.

Die Luft röche frischer dort, was einer der Vorteile wäre. Vielleicht der einzige.

An den Wochentagen hauste er ganz alleine in diesem riesigen Bunker.

Abends kämen sie von der Arbeit zurück, ein kurzes Hallo, gemeinsames Essen, danach wieder endloser Platz und zermürbende Stille.

Am schlimmsten wären jedoch die Wochenenden. Er wäre ihnen ausgesetzt, ihren Fragen und Belehrungen, Ratschlägen, alles haarscharf vorbei an der Inquisition.

Wenn es wirklich dazu käme, noch konnte er das nicht ausschließen, hätte er mehr zu bieten. Mehr als sein vergangenes Ich sich jemals getraut hatte.

Er ließe sich nicht länger gängeln, würde bald ausziehen, egal wohin. Geld spielte dann keine gewichtige Rolle mehr. Besonders nicht, wenn er jobbte oder doch eine Ausbildung machte.

Genug der Horrorszenarien. Er schob es weg.

Früher als erwartet erreichte er die Haltestelle, an der er aussteigen musste. Auf dem Weg zum Haus kam Klaus ein gebeugter Greis entgegen, gestützt auf einen Gehstock. Bevor sie sich begegneten, nahm jener seinen grauen Filzhut ab, wendete sich ihm zu und sagte höflich: „Grüß Gott, Herr … Herr Freisen."

Er zuckte zusammen, denn schon ewig hatte ihn niemand mehr mit seinem Nachnamen angesprochen. Klaus stockte, drehte sich um und erkannte, dass es der Rentner vom Parterre war.

„Ja, guten Tag", rief er ihm hinterher. „Ich bring Ihnen dann alles. Die Post und so."

„Is scho recht", winkte der Alte ab und ging weiter.

Die metallene Spitze des Gehstockes knirschte auf dem Steinpflaster. Altwegner scherte die Hüften aus und schob sich vorwärts, was Klaus beobachtete und weiterlief. Allmählich versank das Geräusch hinter ihm.

Würde Altwegner bald in einem Heim wohnen? Falls er sich das nicht leisten konnte, müsste wohl seine Tochter für die Kosten aufkommen. Wäre er weniger einsam als hier, weil er mit lauter anderen Alten dort hockte? Oder gerade deswegen noch mehr?

Durch die offene Tür stieg Klaus die Treppe hoch und schloss die Wohnung auf. Aus Jeffs Raum ertönte ruhige Musik, die er keiner Band zuordnete und am ehesten als Easy Listening klassifizierte.

„Hm, funzt ja noch“, würdigte er das Flurlicht und ging in seinen Raum.

Auf seinen Merkzettel schrieb er „Friseur“ und „Immobilien“ als viertes To-do. Für die Post des Rentners brauchte Klaus keinen Reminder.

Sein Blick fiel auf Solveigs Tüte, die er achtlos in die Ecke gestellt hatte. Irgendwann wollte er hineinschauen oder auch nicht. Das hatte noch Zeit.

Einen Moment hielt er inne, seufzte schließlich auf. Er nahm die Unterlagen heraus und setzte sich. Aufmerksam blätterte er darin.

Markowketten, Martingale und andere Variablenmonster blickten ihm entgegen. Manches kam ihm superbekannt vor.

***

Der Vorhang war geschlossen und nur das Licht der Nachtlampe erhellte notdürftig den Raum. Hauptsächlich fiel es auf Jeffs Gesicht.

Ausgestreckt füllte er die Matratze aus, die Hände unter dem Kopf verschränkt.

Naikye wollte sich erneut mit ihm treffen. Am Freitagabend bei ihr. In Jeff breitete sich Vorfreude aus, sammelte sich in der Magengegend und ließ ihn innerlich umherwirbeln.

Seit ihrem letzten Treffen hatte sie einen Stammplatz in seinen Gedanken. Ihr sinnlicher Duft, das glänzende Haar, die warmen Augen. Naikye könnte er alles anvertrauen, sie wirkte auf ihn beruhigend. Obwohl sie weit jünger als er war, fühlte er eine große Nähe zu ihr. Wenn er nur öfter mit ihr zusammen sein könnte.

Trotzdem sollte er das andere, das er sich vorgenommen hatte, nicht vor sich herschieben. Insgesamt fanden noch sieben Termine fürs Vorspielen statt. Zwei sogar in dieser Woche. Was wäre, wenn er diese oder nächste Woche erscheinen sollte? Er hatte bislang nichts geprobt, geschweige denn eine Idee, was er vorbereiten könnte.

Jeff richtete sich auf und löste den Zettel mit den recherchierten Kontaktdaten ab. Aus dem Schränkchen holte er das Firmentelefon hervor, streckte die Beine aus und wählte. Es dauerte einige Augenblicke, er wollte auflegen.

Eine Frauenstimme vom Band teilte ihm mit, dass die nächsten drei Termine belegt seien: „Bitte schaue regelmäßig auf unserer Homepage vorbei."

Unter einer Nummer meldete sich niemand, bei der letzten ein Herr, den Jeff verdächtigte, der Vermieter des Proberaums zu sein.

Das Auswahlverfahren der Gruppe sei abgeschlossen. Näheres sei jenem nicht bekannt.

Jeff ließ das Mobilfon auf die Matratze fallen und fläzte sich auf das Laken. Mehrmals rieb er sich über das Gesicht.

Nach einer Weile fuhr er ungestüm hoch und fasste sich ans Kreuz. Dort kreiste er vehement mit den Fingern.

Was würde passen, was kannte er überdies gut genug, um sich darin inhaltlich und musikalisch aufgehoben zu fühlen? Er öffnete den Vorhang ein Stück und ging zielsicher zu einem der Kartons an der Wand. In der Hocke hob er die Schallplatten an und legte sie seitlich ab. Ungeordnet präsentierten sie sich ihm, nicht atemberaubend viele Exemplare, aber doch ein paar. Trotzdem sichtete er alles mühelos.

All diese Bands, Alben und Songs. Lyrische Kurzgeschichten auf schwarzem Vinyl. Er musste sie erneut hören und andere kennenlernen, ganz in ihnen leben und aufgehen. Jeff hatte genügend Freiraum, nur nutzen musste er ihn. Wie lange war er nicht mehr auf einem Konzert oder in einer Jam Session gewesen? Früher ließ sich Inga das ein oder andere Mal erweichen, hatte ihn begleitet, ohne besonderen Gefallen daran erkennen zu lassen.

Die vereinzelten Silberlinge musterte er flüchtig, um sie neben den Platten zu postieren. Nicht nur visuell stellten sie hierfür keinerlei Konkurrenz dar.

Das nächste, was Jeff aus dem Karton zog, war ein Buch.

Ein Künstlerroman, dessen tragischer Protagonist an den Idealen von Schönheit und Jugend zerbrach, Chancen zu spät begriff und aus seinem verschmähten Leben einen einzigen Ausweg erkannte.

Darunter entdeckte er noch eine indigoblaue Lederschatulle, die er früher wie einen Schatz gehortet hatte.

Er wischte den Staub ab und öffnete sie. Der vertraute Anblick beschriebener Zettel bot sich ihm, mal mehr, mal weniger mit den Resultaten seiner lyrischen Versuche gefüllt. Worte bedeuteten alles, nur hatte er sie lieber aufgeschrieben, statt sie zu äußern. So hatte er kein unerwünschtes Echo hervorgerufen.

Die Gedichte waren wie ein Kaleidoskop seiner Gedanken, Ängste und Sehnsüchte in all diesen verflogenen Jahren gewesen. Sie waren Teil von ihm geworden wie Arme und Beine. Es lag so lange zurück, trotzdem konnte Jeff jederzeit einen Blick darauf werfen, um wie durch ein altes Foto in die jeweilige Zeit hineinzugleiten.

Auf dem obersten Zettel las Jeff:

„*Your new - spiritual clue*
A burden once – live when it's gone
Your new - spiritual truth
One lovely face - now with rough trace
Your new - spiritual tool
A longtime run - till it's been done ..."

Melancholisch ergriffen schmunzelte er, dann entspannten sich seine Gesichtszüge. Von Nostalgie durchströmt sann er über das Gelesene nach.

Auf der Rückseite hatte er die Akkorde vermerkt: e-Moll und C-Dur sieben. Wie mochte das wohl klingen? Er erinnerte sich nicht an jedes Stück, das er einmal geschrieben hatte. Die Gesangsspur inklusive der Musik musste er auf irgendeinem Tape aufgenommen haben. Seit Jahren schlummerten die Kassetten in einem prall gefüllten Karton auf dem Dachboden ihres Familienhauses.

Er schloss das Behältnis und legte es zur Seite.

Ein handliches Buch, das Jeff während seines Studiums gelesen hatte, schlug er mittendrin auf.

Mehrere Stellen waren mit Bleistift markiert.

Er neigte seinen Kopf zur Seite. Diese Zeilen und andere Passagen hatte sein vergangenes Ich unterstrichen, um ihm nun die Suche zu erleichtern. Wer war dieser Jemand, der ein Buch über die Zukunft gelesen hatte? Die eigene Zukunft ließ er außer Acht und begab sich stattdessen auf Wege, die andere von ihm erwartet hatten. Dieses Unterfangen erwartete niemand, würde jahrelang dauern und mühsam sein. Ob es ihm etwas bringen würde, wusste er nicht. Aber er musste es tun. Das war alternativlos.

Jeff hatte bereits vieles geschafft und rieb an seinem Ring. Er zerrte daran, das Blut unter den Nagelbetten wich zurück, bis er das Silbermetall abstreifte und nahe der Tischkante hinlegte.

Wie auf einen besiegten Gegner blickte er hinab. Die bleiche Haut am Fingerglied, über das er fuhr, würde demnächst verschwunden, aber niemals vergessen sein.

Aus dem Schälchen nahm Jeff die letzte Rosine, zerkaute sie und ließ einen Stoß Buchseiten vorbeischnellen wie beim Daumenkino. Rückwärts rauschten Worte, Punkte und Absätze sinnentfremdet an ihm vorüber. Er wechselte richtig herum.

Gegen Ende des Buches häuften sich die von Hand gezogenen Linien, wurden schiefer und dünner und in einem der letzten Kapitel fing Jeff an zu lesen.

Er entdeckte geeignete Textabschnitte und bereute, das Buch nicht am Anfang begonnen zu haben, da es ihn direkt fesselte.

Nun wusste er, wonach er gesucht hatte.

Welchen Song kannte er besser als die meisten anderen? Sogar mit „Debbie Cries“ hatten sie ihn einige Male gespielt.

Er nahm die Debütplatte von Nick Drake zur Hand und legte sie auf. Die ersten Klänge von „Time has told me“ zogen ihn sofort wieder in ihren Bann. In einem seiner Hefte fand er die Noten dazu. Die nächsten Tage würde er das Lied einstudieren, bis er es wieder blind spielen und singen konnte.

Die zukünftigen Klicks der Uhr, die im Hintergrund tickte, würden unverändert klingen, wenngleich sie den Takt für den fortschreitenden Verfall vorgaben. Für den Staub, der unmerklich zu Boden fiel und für das Tageslicht, das hereinbrach, wich und sich kontinuierlich veränderte.

Wie alle anderen versuchte Jeff diesem Takt zu entrinnen, der seinen Körper und Geist, schleichend wie der Staub und das Licht, dem unausweichlichen Ende näherte.

15.

Heute war der zweite Wochentag, der ihn vom Namen her an Aufgabenerfüllung erinnerte. Klaus packte das Leergut in eine Tragetasche, warf die Lederjacke über und ging nach draußen. Er wartete, bis der Verkehrsstrom unterbrochen war, und überquerte die Fahrbahnen. Dann sah er zum Wohnhaus hinüber. Links oben waren seine Fenster, drei matte Rechtecke. Jeffs Vorhang war geöffnet. Lindas Fenster starrte ihn an wie eine schwarze Lücke. Sie würde sich nach ihrem Aufenthalt im Krankenhaus wohl erst einmal bei ihrer Familie erholen, hatte Tessa ihm am Telefon erzählt. So musste er Linda wenigstens nicht mitteilen, dass er die Wohnung wahrscheinlich nicht mehr behalten könnte.

Zu den genaueren Umständen hatte Tessa ihm nichts gesagt. Anstandshalber hatte er auch nicht danach gefragt. Auf ihn hatte Linda wie ein normales Mädchen gewirkt, das es allerdings nicht leicht zu haben schien. Aber deswegen gleich so eine Kurzschlussreaktion?

Prompt dachte er an seinen Mitschüler, der sich vor einen Zug geworfen hatte. Auch er war gerade achtzehn gewesen. Vielleicht passierten besonders in diesem Alter Dinge, die Heranwachsende aus der Bahn werfen konnten.

Trotzdem überlegte Klaus, ob er etwas falsch gemacht hatte. Hatten Jeff und er sich nicht genügend für ihre Belange interessiert? Sie war zu kurz dagewesen, weshalb er wenig mit ihr gesprochen hatte, was er bedauerte.

Wie in Trance ging er die Straße entlang, den Weg fände er mit verbundenen Augen. Er wusste, wie viele Schritte es waren, wann er stoppen oder abbiegen musste. In Sichtweite rückte der Superladen heran, gegenüber Dino. Im Rückraum lag Klaus' Wohnung. Es erschien ihm wie sein Bermudadreieck, in das er vor sieben Jahren eingetaucht war.

Dieses Läuten wirkte ebenso vertraut wie seine Türklingel, wenn nicht mehr. „Hallo."

Dino, vielleicht hieß er anders, drehte sich um.

„Tschau, Kollege." Er wendete sich ab und räumte Süßwaren in das Regal.

Dino konnte Mitte vierzig oder jünger sein, denn er hatte einen Sohn im Vorschulalter. Sein Haar war spärlich, an den Schläfen ergraut, der Körper von der Schwerstarbeit gestrafft. Bierkisten der etablierten Marken türmten sich in Klaus' Rücken. Ringsherum reihten sich Metallregale, in denen Spirituosen aus aller Herren Länder auf ihren Verkauf warteten.

Allerlei fremde Wimpel und Mannschaftsfotos hingen an der Wand hinter dem Verkaufstresen. Dazwischen gerahmte Bilder, die Dino und seine Familie zeigten. Auf dem Plasma-Fernseher lief internationaler Fußball, die Serie A.

Viele Worte mussten nicht gewechselt werden, beide kannten die Abläufe. Die Bierkästen erhielten sein Leergut und Dino fragte ihn, wie viele es waren. Klaus sagte elf, zwölf oder dreizehn. Heute waren es zwölf und zwei Dosen.

Er nahm drei Exportflaschen.

Dino tippte das Pfand ein, zog es ab, und häufig war es derselbe Betrag. Mal acht Cent mehr oder weniger. Sein Notgroschen, den er angriff, wurde um Hundertvierundfünfzig Mikroeinheiten reduziert.

„Spiele gesehen?“ Dino gab ihm das Rückgeld.

„Klar.“

„Wir hatten Glück, nicht?“

Klaus wusste, wen er mit „wir“ meinte. Es war ihm so vertraut, dass er am liebsten den ganzen restlichen Tag mit Dino darüber reden würde, statt gleich mit zwei Fremden über seine Wohnung.

„Jo, war ein Elfer. Hätte der sehen müssen. Aber gut so.“

„Ja, mit Meisterschaft“, Dino machte eine abschätzige Handbewegung, „wird wieder nix.“

„Abwarten. Ist noch lang hin.“

„Anderen sind stärker. Mehr Auswahl.“

Die Verkehrsader war gleichmäßig befahren. Hier drinnen, fünf Meter seitlich davon, fühlte sich Klaus, als wäre es ein von der Außenwelt hermetisch abgetrennter Raum.

Als sein Finanzloch sich zum ersten Mal aufgetan hatte, überlegte er, Dino zu fragen. Nicht um ihn anzupumpen, das wäre unverantwortlich. Aber ob er bei ihm aushelfen könnte. An den Tagen, wenn Ware geliefert wurde, um sie einzuräumen.

Lange genug hatte Klaus die Abläufe miterlebt, das Klientel und Dinos Familie. Sein Stolz hatte ihm einen Strich durch die Rechnung gemacht. Außerdem half bei Dino neuerdings ein junger Typ aus, den Klaus schon ein paarmal an der Bushaltestelle gesehen hatte.

Er konnte es verschmerzen.

Er richtete seinen Blick zum Spiel, das noch torlos war.

„Wer ist da besser?“ Es war eine Wiederholung, doch das Ergebnis kannte er nicht.

„Ah, Napoli, wer sonst? Ausgegangen zwei zu zwei.“

„Vielleicht holen die den Titel.“

Dino verzog skeptisch das Gesicht und wog den massigen Kopf. Beide wussten, dass ihr Gespräch beendet war, und Klaus sagte: „Tschüss denn.“

„Ja, Kollege. Bis dann, tschau.“

Klaus äugte zum Flatscreen und machte sich auf den Rückweg.

Er musste sich beeilen, um vor dem Regen, der sich ankündigte, zurück zu sein.

War Dino nicht wie ein Freund? Zumindest ein guter Bekannter. Mit jenem hatte er die Vielzahl seiner Gespräche in den letzten Jahren geführt, wenn auch über Fußball, Sport und andere Belanglosigkeiten. Es war wichtig, weil es Klaus’ stumme Phase durchbrochen hatte, die von da an wieder bei Null begann. Manchmal unterhielt er sich auch mit anderen, die in den Laden kamen. Klaus hatte mit Wissen geglänzt, selten ein Ergebnis oder einen Spielernamen vergessen, auch wenn es lange zurücklag. Wieso nur hatte er sich das merken können? Wäre es ihm beim Lernstoff besser gelungen, hätte er unter Umständen bereits abgeschlossen. Im Büdchen war er jemand, der teilhaben konnte. Es war egal, wie er den Tag verbracht hatte.

Er schloss seine Tür auf und wusste instinktiv, dies würde eines der letzten Male sein, dass er in seine Wohnung kam.

Morgen, übermorgen, und an allen Tagen, die folgen würden, wäre es anders. Über die Jahre war Klaus mit den Räumen verwachsen, doch allmonatlich hatte ihn die Miete daran erinnert, dass die Zimmer doch nicht ihm gehörten.

Die beiden Herren, die vor ihm auf der Couch Platz genommen haben, hatten sich ihm vorgestellt, ihre Namen genannt, sogar wiederholt. Für Klaus waren sie nur noch Herr A und Herr B, wobei Herr A, der weit jünger war, wie der Entscheider auftrat und Herr B prüfte, ob das, was Herr A entschieden hatte, realisierbar war.

Perfekte Teamarbeit, um jemanden wie ihn zu überrollen.

Beide Anzüge, ein himmelblauer und ein grauer, hier ein Kavalierstüchlein, dort eine goldglänzende Krawattennadel, wollten das Gleiche von ihm.

Wen um alles in der Welt hatten die erwartet, hier vorzufinden?

Abgesehen von der Schlüsselübergabe hatte er nie jemanden von der Wohngesellschaft zu Gesicht bekommen. Es lief über Jahre wie geschmiert. Die Überwiesung der Miete sicherte ihm das weitere Bleiberecht. Solchen Leuten gegenüberzusitzen, auch wenn es jetzt andere waren, mutete komisch an. In ihnen war die Entscheidung gereift, ihn hier herauszukriegen. So als wüssten sie, was er all die Jahre getrieben hatte.

Seine lieb gewonnene Umgebung, in der Klaus seine Studienzeit verbracht hatte, würde in einer Woche Geschichte sein. Nicht nur für ihn. Es fühlte sich an, als ob er sich häuten musste.

Menschliche Zellen erneuerten sich im gleichen Zeitraum, also gehörte es, wie der Tod, zum Leben dazu.

Vier Annäherungskontakte hatte es gedauert. Klaus erreichte den einen, Herrn A, den anderen, Herrn B, die Sekretärin oder niemanden. Einer schien nicht imstande zu sein, einen Termin mit ihm abzumachen. Letztlich wollten beide Firmenvertreter dabei sein, hörte er heraus, was es erschwert hatte, auf einen Nenner zu kommen.

Klaus hatte einen Termin ausgewählt, an dem Jeff tagsüber nicht da sein würde. Der sollte nichts davon wissen. Zunächst nicht. Um Linda musste er sich keine Gedanken machen. In ihrer Kurzmitteilung, die Tessa ihm weitergeleitet hatte, stand, dass sie nach fünf Tagen endlich das Krankenhaus verlassen konnte. Sie käme jedoch nicht zurück und zog wieder bei ihrer Familie ein.

Genügend Zeit an diesem Dienstag, um die leidige Prozedur hinter sich zu bringen. Eingangs, nach der routiniert geschäftsmäßigen Begrüßung, hatte ihm Herr A unter die Nase gerieben, unnötig viel Zeit sei verstrichen.

Klaus war schuld daran. Es hemmte ihn, also sagte er nichts darauf. Vielleicht entsprang ihm daraus ein Vorteil, denn die mussten sich zügiger mit ihm verständigen und, so hoffte Klaus, womöglich dabei entgegenkommen. Da die Untervermietungen, die er verschwiegen hatte, augenfällig waren und bisher keine Rolle spielten, vermutete er, dies traf zu.

„Bis zum Mittwoch, das ist der dreiundzwanzigste Neunte, haben Sie komplett geräumt? Schaffen Sie das wirklich, Herr Freisen?“ Herr A, der eine silberblonde Haarpracht trug, genoss die eigene Stimme, weil er wusste, dass sein Bariton einlullte.

Mittlerweile kam Klaus solch eine Frage beinahe albern vor. Er musste, also konnte er. Irgendwie. „Das werde ich schon einrichten“, sagte Klaus, im Wissen, dass notwendige Verstärkung vorhanden war. „Übrigens, die Restmieten… Kann man da noch was runterschrauben?“

„Sie haben doch sicherlich eine Kaution hinterlegt, richtig?“

Er nickte stumm. Waren es eine oder anderthalb Monatsmieten gewesen?

Mit einem Seitenblick versicherte sich Herr A bei Herrn B, der flugs in seinem Aktenordner blätterte und fündig wurde. Dreimal tippte er mit dem Zeigefinger auf das Papier, als würde es dadurch an Bedeutung gewinnen.

Klaus erhaschte dabei einen Blick auf das Logo einer Firma, das links oben in der Ecke prangte. Er lehnte sich weiter vor. Eine Skyline war darauf abgebildet, darunter der Slogan „Create your Future“. Irgendwie kam es ihm bekannt vor. Hatte er es vor oder nach Jeffs Einzug gesehen?

„Ja, neunhundert steht hier. In Euro.“

„Genau, so war’s. Korrekt“, sagte Klaus irritiert. Ihm fiel ein, dass es nur sechshundert gewesen waren. Offensichtlich hatte der vorige Vermieter einen Zahlendreher zu seinen Gunsten fabriziert.

Herr A ergriff das Wort: „Wir werden das verrechnen, selbstverständlich, das können wir tun. Mehr ist aber wirklich nicht drin, das müssen Sie verstehen, Herr Freisen. Sie kommen glimpflich davon, wissen Sie das? Denken Sie nur an die Substanzschäden, die unerlaubten Vermietungen, aber wir möchten uns nicht vor Gericht treffen, oder?“

„In Ordnung, das … das geht klar. Zwei Mieten abzüglich Kaution.“ Er dachte an sein Poster vom Luftschiff LZ 129. Darauf zu sehen war die letzte Landung in Lakehurst, womit er den längsten Riss in der Wand verdeckt hatte. „Das ist durchaus fair.“

„Wir geben Ihnen unser Wort und darauf die Hand“, die Herr A ihm reichte, danach Herr B. „Der Schuh drückt gewaltig, wir müssen allmählich loslegen, Herr Freisen. Altes Sperrgut, das lassen Sie einfach da. Glauben Sie mir, nachher werden Sie es bereuen, ausgezogen zu sein. Das wird ein Schmuckkästchen, richtig nobel wird das hier. À la bonne heure.“

Raumgreifend schaute sich Herr A in der Küche um, als sähe er alles vor sich und wollte selbst baldig hier einziehen. Klaus drängte sich der Eindruck auf, er hätte all die Jahre in einem unzumutbaren Rattenloch gehaust.

„Exklusiv wird es auch“, sagte er säuerlich. Die Mieterhöhung betrug satte sechzig Prozent.

„Herr Freisen, alles hat seinen Preis. Premiumqualität in besonderem Maße“, sagte Herr A, der das Kavalierstüchlein trug. Dann knipste er sein Gameshow-Grinsen an.

Klaus guckte zum Kühlschrank, danach zum Flatscreen hoch. Still taxierte er deren Wert.

Beide Männer standen auf. Der angegraute Herr B packte seinen Ordner und dankte für den Kaffee. Der Wortführer Herr A rückte seinen Gürtel zurecht und steckte das Smartphone ein: „Auf den Stichtag können wir uns demnach verlassen. Allerbestens.“

„Voll und ganz. Da können Sie sicher sein, Herr ähm“, sagte Klaus und erhob sich.

Er fühlte eine immense Last, vor allem durch das anstehende Gespräch mit Jeff verursacht.

Erneut schüttelte er zwei Hände. Die Veränderung, die in den beiden Gesprächspartnern vorgegangen war, war greifbar. Die Tinte auf dem Papier war trocken, womit Klaus eine abgehakte Randnotiz darstellte.

Er versuchte, sie zu verstehen. Sie machten ihren Job und mussten Ergebnisse liefern. Konnten sich keine Emotionen oder Nachlässigkeiten leisten. Vielleicht war das auch ein Erfolgsrezept für Klaus. Verbindlich im Umgang, doch in der Sache half nur ein Killerinstinkt.

Wer Sympathiepunkte sammelte, konnte ebenso in den Wald gehen, wo er bestimmt einen Giftpilz pflücken würde.

Klaus musste zählen, hochrechnen, vergleichen, Potenziale erkennen und ausnutzen. Der Kautionsbetrag, um den sich Herr B oder wer auch immer vertan hatte, nützte ihm.

Neunhundert weniger, die er bis Ende des Jahres aufbringen musste.

Eine weit niedrigere Summe, die verplant war, erwartete ihn in der Heimat; wie jedes Jahr, sofern er hinfuhr. Sein Finanzierungskonzept, das er aus dem Boden stampfen musste, konnte nicht auf Langfristigkeit beruhen.

Morgen folgte ein weiterer Termin zur Nachhilfe bei Philine. Den durfte er nicht vergessen. Sie war clever und, was sein Glück war, allem Anschein nach denkfaul. Ihr Notenbild würde sich nicht rasant verbessern, was ihm diese Zusatzeinkunft für eine Weile sicherte.

Klaus musste ihr trotzdem mehr Stunden geben oder ichrer Freundin, der er lerntechnisch unter die Arme griff, bevor er das für sich tat und in der Lage wäre, die Prüfungen zu bestehen.

Alles lief gleichzeitig, wie Regionalzüge. Verschiedene Tempos, Fern- und Nahstrecken hin zum selben Zielbahnhof. Nicht kollidieren, nicht entgleisen, immer wieter, immer weiter, zügig weiterrollen.

Jeffs Miete fiel weg, Lindas auch. Die Wohnung war weg. Noch war er hier, nächste Woche an einem anderen Ort, keine Ahnung, wo. Eine Woche, das war viel zu knapp. Wie konnte er dem zustimmen? Bis dahin sollte er alles ausgeräumt und irgendwo untergestellt haben?

Mit Jeffs Sachen hatte er nichts zu tun. Mit Lindas wohl eher. Tessa würde ihm helfen, Judith hoffentlich auch. Beide hatten ein Auto und Freunde wie Daphne, die bei Lindas Umzug mitgeholfen hatte.

Hier ein volles Zimmer, dort ein leerer Raum. Verschoben wie ein Buchungsposten auf einem Konto.

Null oder eins.

Ein Schlüssel drehte den Zylinder der Wohnungstür herum. Ein Luftzug, dann das Knarzen. Die Tür schloss, worauf ein männliches Räuspern folgte. Klaus atmete durch, besann sich und ging auf den Flur.

„Jeff, also Hallo."

„Grüße dich." Jeff schulterte einen Gitarrenkoffer. Seine Schuhe hielt er fest und schien zu überlegen, wo er sie abstellen sollte.

„Du, es gibt da was." Warum fiel es Klaus so schwer, Worte zu finden? „Wir müssen reden, Jeff."

Jener schaute, als erwarte er nichts Gutes. „Reden?“

„Die Lage hier“, Klaus schniefte geräuschvoll, „die hat sich geändert.“

„Welche Lage?“ Jeff fuhr sich durchs Haar, in dem Wassertropfen glitzerten.

„Meine Lage. F-folglich auch deine.“

Mit den feuchten Schuhen klopfte Jeff auf seinen Oberschenkel. „Im Klartext heißt das gleich was, bitte schön?“

Klaus stierte zum Boden, der so sauber war, wie seit Monaten nicht. „Die Wohnung, die ist weg“

„Weg? Was bedeutet das?“

„Genau das, was ich sage.“

„Die haben dir gekündigt?“

Klaus schüttelte den Kopf. „Nee, ich habe das getan.“

„Warum das, verflucht noch eins?“ Jeff stampfte mit dem Fuß auf. „Verdammt, das gibt’s doch wohl nicht.“

„Aus Kostengründen. Das Haus wurde verkauft, alles wird saniert und … und das ist unbezahlbar dadurch. Glaub mir.“

Mehrfach wechselte Klaus seinen Stand und wartete darauf, wie Jeff reagierte.

„Übernächsten Mittwoch, dann muss hier geräumt sein. Bis auf Sperrmüll, meinten die.“

„Das sagst du mir nun erst? Sage einmal, bist du spinnert, Klaus?“ Der Gitarrenkopf ragte hinter ihm hervor, als wollte er nötigenfalls helfend einschreiten.

„Es ist ja erst seit heute klar. Vor zwei Stunden waren die hier, gerade eben also“, sagte er energisch.

„Nein, nein, und nochmals nein. So etwas müssen die Monate vorher ankündigen. Du vergisst, ich bin vom Fach.

Menschenskind noch mal, das dürfen die nicht über dienen Kopf beschließen. Nicht so." Vehement tippte sich Jeff vor die Stirn. „Warum hast du mich nicht eingeweiht? Ich hätte einen Kniff gekannt, um mehr für dich herauszuholen."

„Jetzt ist es so. Lässt sich nicht mehr ändern."

„Und was wird aus mir?" Jeff starrte missmutig umher. „Wo bleibe ich so g'schwind? Wo?"

Einige Momente stand er trostlos herum. Wassertropfen perlten an seiner Stirn, den Mund kniff er zusammen.

„Zeig mir den Wisch", befahl er. „Das möchte ich sehen."

Was sollte das bringen? „Okay, gut. Aber …"

„Hol es einfach, ja."

Klaus ging widerwillig in sein Zimmer und kam mit der Vertragskopie zurück.

„Hier", sagte er wie ein Schüler, den der Lehrer beim Spicken erwischt hatte.

Jeff überflog den Inhalt. In dessen Augen blitzte kurz ein Ausdruck der Vertrautheit auf.

Jetzt fiel Klaus ein, woher er das Firmenlogo kannte, das auf dem Schriftstück abgebildet war. Von einem Großbrief, der an Jeff adressiert gewesen war. Wohl von der Baufirma, in der er arbeitete.

„Du hast recht. Da kann man nichts machen." Jeff gab ihm das Blatt emotionslos zurück. Als er sich zu seinem Zimmer wendete, sagte Klaus: „Gut geschauspielert. Meinen Respekt."

Langsam drehte Jeff sich um. „Was?"

„Du wusstet das doch längst. Mach mir bloß nichts vor."

„Woher sollte ich das wissen?“ Jeffs Augen aber verrieten die Wahrheit.

„Du gehörst doch zu diesem Laden. Leugnen ist zwecklos.“

„Damit … ich habe damit nichts mehr zu tun.“

„Hattest du aber. Deine Firma jedenfalls.“

„Das ist vorbei.“

Irgendwie wollte er Jeff glauben, ließ ihn aber nicht so leicht vom Haken.

„Wieso bist du trotzdem hier eingezogen, Jeff? Das ist doch … echt mies so etwas.“

„Hat es dir nicht geholfen? Ich brauchte ein Zimmer. Und dass dieses Haus saniert würde, habe ich erst später begriffen. Das musst du mir glauben, es stimmt.“

„Du wusstest aber Bescheid.“

„Hätte es irgendetwas geändert, dir was zu sagen? Er zog die Brauen hoch. „Du hast deren Brief doch nicht heute bekommen. Hast ihn verschludert, richtig?“

Jeff schüttelte den Kopf.

Klaus dachte über sein Versäumnis nach, wollte sich einen Fehler aber nicht eingestehen.

„Musst schon selber sehen, wie du aus dem Quark kommst. Ich spiele nicht deinen Aufpasser“, sagte Jeff. „Glaubst du, ich merk das nicht? Dein Studium ist eine jämmerliche Alibinummer, Klaus.“

„Du redest ja Bullshit.“

„Traust dich doch kaum nach draußen. Versteckst dich hier wie ein Illegaler.“

Klaus atmete in portionierten Zügen.

„Bist du etwa besser? Ein Sklave auf Abruf. Hau besser ab, renn zu deiner super Firma, diese …“

Klaus hielt inne. „Und lass die Finger von Tessa, klar!“, schickte er mannhaft hinterher.

Mehrfach nickte Jeff süffisant.

Dann drehte er sich ruckartig weg und suchte seinen Raum auf. Mit einer Tragetasche kam er zurück auf den Flur. Ein eisiger Seitenblick streifte Klaus.

Ohne ein Wort verschwand Jeff nach draußen.

Endlich Ruhe.

Als Klaus am Abend seinen Kontostand prüfte, stutzte er. Jeff hatte ihm mehr Miete überwiesen, als sie abgesprochen hatten. Weil ihn sein schlechtes Gewissen befallen hatte?

Eine Sache wurde ihm jetzt jedoch klar. Nur deshalb war es Klaus gelungen, den Semesterbeitrag zu stemmen.

16.

Erst seit drei Tagen wohnte Jeff bei Naikye und doch hatte er sich schon daran gewöhnt.

Sie machte es ihm äußerst leicht, sich wohlzufühlen. Gestern Abend hatten sie zusammen gekocht, eine ihrer Freundinnen war spontan vorbeigekommen. Anfangs hatte sich ihm der Eindruck aufgedrängt, dass sie ihn begutachtete. Aber sie hatten sich nett unterhalten, gut gegessen und getrunken.

Ihre beste Freundin kannte ihn also. Wann würde Naikye ihn ihren Eltern vorstellen? Oder hatte sie das gar nicht vor?

Im Moment war es ihm egal, da er ihre Nähe und Worte genoss, sich bei ihr geborgen fühlte.

Nachdem ihre Freundin gegangen war, zwei Flaschen Wein hatten sie geköpft, erzählte er ihr erstmalig von seinen Plänen mit der Musik.

Sie sprang sofort darauf an und meinte, dass er Richie doch einmal wegen der Band fragen sollte.

Oft warteten die Menschen vergeblich auf den ersten Schritt des anderen. Machte er ihn selbst nicht, würde er das später ganz sicher bereuen. So eine lange Freundschaft wäre selten, sagte sie noch, selbst in ihrem Kulturkreis. Das sollte er zu schätzen wissen.

Auf dem Weg zur Arbeit hatte er darüber nachgedacht. Naikye hatte recht. Richie und die Band waren ein wichtiger Teil seines Lebens. Immer noch. Das warf man nicht einfach weg.

Während seines Aufenthaltes bei ihm hatte er mehr als einmal gespürt, dass Richie wieder Lunte gerochen hatte.

Irgendwie musste er ihn davon überzeugen, das alles wieder in Gang zu setzen. Vielleicht fehlte nur ein kleiner Schubs.

In der Mittagspause rief er Richie an.

„Hallo, ich bin's. Kann ich nachher kurz vorbeikommen?" Krampfhaft hielt er sein Handy fest.

„Jeff, Hallo. Worum geht's denn?"

„Ich habe noch was vergessen."

„Aha."

„Wann bist du denn zu Hause?"

„Ich bin hier."

„Dann fahre ich gleich los." Eigentlich lag noch eine Arbeitsstunde vor ihm, aber er pfiff darauf. Wen scherte es, wenn er jetzt einfach wegginge?

„Gut."

Jeff nahm vorsorglich seine Gitarre mit. Vielleicht könnte er irgendwie zur eigenen Musik lenken. Eine zusammengefaltete Plastiktüte und einen Blumenstrauß, den Naikye ausgesucht hatte, legte er daneben.

Er durchquerte die Stadt bis zum Außenbezirk, wo Richie wohnte. Nach zwanzig Minuten Fahrt bog er in die Glückaufstraße ein.

Ohne Kinder auf der Fahrbahn war es diesmal ruhig.
Fast immer hatten sie nachmittags draußen Ball, Fangen oder etwas anderes gespielt.

Auch die ältere Frau von gegenüber fehlte an ihrem angestammten Fensterplatz. Vielleicht gönnte sie sich eine Pause vor dem Fernseher.

Er stellte das Auto ab, nahm die Tüte samt Strauß und stieg aus. Nach kurzem Klingeln öffnete ihm Richie.

„Hallo, Alter. Komm rein." Anerkennend würdigte er die bunten Nelken.

„Hi."

Sie setzten sich ins Wohnzimmer.

„Der Strauß ist natürlich für Britt. Wo ist sie denn?" Er äugte zum Flur.

„Ist nicht da. Wollte zu ihren Eltern für ein paar Tage." Richie nahm den Strauß entgegen und ging auf den Flur. Nach wenigen Momenten kam er mit einer Vase zurück, darin die Blumen. Auf einem Schränkchen setzte er sie ab.

„Und wie gefällt's dir in der WG?"

Jeff pustete durch. „Die ist schon wieder Geschichte."

„Hat nicht so geklappt?"

„Reden wir nicht drüber."

„Wo wohnst du denn jetzt? Hat Inga klein beigegeben?", sagte Richie und setzte sich.

„Ich bin seit ein paar Tagen bei einer Freundin. Könnte für länger sein."

„So schnell?" Dreimal pfiff er langgezogen. „Respekt."

Jeff lächelte milde.

„Und was hast du bei uns vergessen?", sagte Richie.

Jeff druckste herum. „Nun, … ich bin euch ganz schön zur Last gefallen, oder?"

Sein alter Studienkumpel winkte ab. „Wozu sind Freunde da? Das hättest du auch für mich gemacht."

„Ich habe mich gar nicht richtig bedankt, deshalb der Strauß." Er griff in die Tüte und holte eine CD hervor. „Und das hier. Als kleine Wiedergutmachung."

Richie nahm den Silberling entgegen und betrachtete die Rückseite. „Danke dir. Scheint ja alles drauf zu sein, was wir immer mochten."

„Stell sie doch gleich mal an."

Richie ging zur Musikanlage und legte die Compilation der frühen Achtziger ein.

Das hypnotische „Disorder" von Joy Division erklang aus den Boxen, immer eine Blaupause für einen Gitarristen. Beide nickten zum trockenen Beat und der aggressiven Performance ihrer legendären Vorbilder.

„Das ist immer noch grandios", sagte Richie. „Habe ich ewig nicht gehört."

Jeffs Plan schien aufzugehen. Lege einem Hund Futter hin und er wird vermehrt Speichel produzieren.

CDs waren für echte Musikliebhaber zwar nicht dasselbe wie Futter für einen Hund. Aber die Konditionierung funktionierte genauso wie bei dem Wissenschaftler namens Pawlow und seinen Experimenten bei der Fütterung.

Jeff nickte zufrieden zur Musik. Danach folgte „Leave in Silence" von Depeche Mode, das sie hinsichtlich Rhythmus, Bass und Melodieführung immer zu eigenen Ideen inspiriert hatte. Eine Zeit lang hatten sie sogar überlegt, ihren Sound mit einem Keyboard aufzupeppen. Sie kannten aber niemanden, der die Tasten einigermaßen beherrschte.

Jeff und Clay, ihr Drummer, verließen sich ganz auf Richies Wirkung. Seine Bühnenpräsenz war unschlag-bar, so mancher handwerkliche Mangel ließ sich dadurch wettmachen.

Er besaß zwar nicht das Charisma dieser Sänger, denen sie gerade zuhörten, nicht im Ansatz.

Auch konnte er nicht mit den stakkatohaften Bewegungen eines Curtis mithalten, beeinflusst durch dessen Epilepsie. Genauso wenig mit den atemberaubenden Tanzeinlagen von Gahan, dem Sänger von Depeche Mode.

Die winzigen Bühnen, auf denen „Debbie Cries" spielte, boten auch gar nicht den Platz dafür. Manchmal hatten sie keine Bühne, sondern standen mitten auf der Tanzfläche der Mittwochs-Party. Auf gleicher Höhe wie ihre Zuhörer, die Sicherheitsabstand hielten. Richie überragte mit seinen beeindruckenden hundertneunzig Zentimetern trotzdem die meisten von ihnen.

Und seine Stimme hatte eine eigene Qualität, die selten war. Seine intime Präsenz, die er in den Gesang legte, vermittelte ihrem Publikum das Gefühl, er singe für jeden einzelnen von ihnen. Mühelos zog er sie in seinen Bann.

Abwerbeversuche anderer Bands hatten sie stets im Keim erstickt. Schließlich waren Jeff und er doch dicke Freunde. Das, was sie musikalisch zusammen erschaffen hatten, ließe sich nicht beliebig in anderen Konstellationen fortführen.

„Willst du ein Bier?", fragte Richie.

„Klar."

Er ging auf den Flur. Mit zwei Flaschen kam er aus der Küche zurück und stellte sie auf den Tisch.

„Singst du eigentlich noch?", fragte Jeff, nachdem er einen Schluck vom Urpils getrunken hatte.

Richie kratzte sich am Auge. „Wie meinst du das?"

„Ob du noch singst? So zum Spaß."

„Hin und wieder." Er rutschte nach hinten. „Letztens hat eine Frau vom Büro geheiratet. Da haben wir ihr ein Ständchen gesungen."

„Sonst nicht?"

„Nein, weniger." Vehement schüttelte er den Kopf. Lieber schien er dem Song „Ashes to Ashes" von David Bowie zuzuhören, als über seine eigenen Sangeskünste zu reden. Er nickte zum Takt und wisperte den Text dazu.

„Schade."

„Warum das?"

„Nun", Jeff rieb die Handflächen gegeneinander, „ich habe da einen neuen Song. Dazu passt aber nur deine Stimme."

In Wirklichkeit war es ein alter Song, den er seinen Bandkollegen aber nie vorgespielt hatte.

Irgendwie hatte Jeff ihn für sich behalten wollen, ohne zu wissen, ob ihn irgendwann jemand anders zu hören kriegte.

„Soll ich ihn mal singen?", fragte er unsicher.

Richie nahm einen Schluck. „Okay, gut. Leg los." Sein Kumpel ging zur Anlage und stoppte „Blue Monday" von New Order.

„Willst du nicht auch die Harmonien dazu kennen?"

„Wie das denn? Willst du etwa dazu summen?"

„Ich hab meine Gitarre noch im Auto."

Richie nickte zögerlich. „Ja, … meinetwegen."

Jeff ging nach draußen. Jetzt stand die Alte am Fenster gegenüber und rauchte.

Er beachtete sie nicht.

Stattdessen schloss er das Auto auf und nahm die Gitarre heraus. Beschwingt lief er zurück.

„Ich fühle mich wie vor einem Auftritt", sagte er, als er ins Wohnzimmer zurückkam.

„Du hast Glück. Ich bin ja als Publikum völlig unkritisch."

Jeff setzte sich, lockerte seine Finger und legte sie auf die Saiten. Er ging in sich, stimmte einige B-Mollakkorde an. Dazu sang er mit geschlossenen Augen:

„Meaningless
or just the best
A total mess
The feeling in my chest
Extremity
Is what I need
In between
Nothing I see"

Er öffnete kurz seine Lider, um sich Richies Aufmerksamkeit zu versichern.

Dieser wippte leicht mit dem Kopf.

„Jetzt kommt der Refrain", sagte Jeff und schloss seine Augen wieder.

„I am just here
To lose my fear
Get to know me
How I feel
I don't need more
To keep the course

Now I´m self assured
That´s my source"

„Ja", sagte Richie nickend, als Jeff nach einem wiederholten Pattern aufgehört hatte. „Klingt nach „Debbie Cries." Da war es wieder, sein schelmisches Lächeln. Wie damals, nachdem manche ihrer Zuhörer lautstark applaudiert oder ihnen bei der anschließenden Party ein paar Bier ausgegeben hatten.

„Gibt noch mehr Strophen. Die habe ich aber noch nicht im Kopf", log Jeff. „Im Grunde ist das der komplette Song. Die Bridge ist ja auch drin."

„Ließe sich ausbauen", sagte Richie anerkennend.

Jeff strich sanft über das Gehäuse. „Ich könnte … auch mal etwas von früher spielen", sagte er hoffnungsvoll. „Kannst ja dazu singen, wenn du Lust hast."

Richie verzog den Mund. „Du erinnerst dich an die Noten?"

„Hatte ich doch alles aufgeschrieben."

„Du warst schon immer der Ordentliche."

Nachdenklich blickte Jeff zum Boden.

„Worauf wartest du?"

„Gibt es eigentlich den Drumcomputer noch?"

Richie visierte ihn erstaunt an. „Du meinst das nicht ernst, oder?"

„Wieso nicht?"

„Verstehe ich das richtig? Du willst, dass wir einen alten Song zusammen spielen? Einfach so zur Erinnerung?"

„Genau.“ Er stockte kurz, entschied sich aufs Ganze zu gehen. „Und wenn es uns noch gefällt …, ja, dann könnte das doch wieder in Gang kommen.“

„Nur wir zwei? Als „Debbie Cries“?“ Seine Augen riss Richie weit auf.

„Clay war super, aber er hat keine Songs geschrieben. Wir können auch ohne ihn spielen.“

„Er hatte einige Songs.“

Jeff hob sein Kinn. „Hmm, davon weiß ich nichts.“

„Ich dachte, sie passen nicht rein und … hab ihm das gesagt.“

„Waren sie gut?“

„Schon, war aber nicht unser Stil. Eher in Richtung U2 oder Simple Minds.“

Hätten diese Songs vielleicht den Unterschied ausgemacht? Zwischen einer mäßig bekannten Uniband und einem erfolgreichen Trio, das weit über die Campusgrenzen hinaus aufgetreten wäre?

„Warum hat er mir die Stücke nicht vorgespielt?“

„Hat sich vielleicht nicht getraut. Du weißt ja, wie er manchmal war.“

„Egal. Wir haben genügend Songs.“

Nach einem dringlichen Blick von Jeff sagte Richie: „Okay, okay. Verstaubt alles im Keller. Komm mit.“

Sie gingen auf den Flur, wo Richie eine Tür aufschloss und Licht machte. Eine kurze Treppe führte hinunter.

Mehrere dunkle Türen verrieten nicht, was sich dahinter verbergen mochte.

Richie ging zielsicher auf ein deckenhohes Holzregal zu, in dem mehrere Sorten Rotwein lagerten. Daneben stapelten sich einige Großkartons.

Einen davon, auf dem in Großbuchstaben „DRUMS“ stand, reichte ihm Richie herunter und nahm den nächsten vom Stapel, beschriftet mit „AMP“.

Vorsichtig gingen sie wieder nach oben.

„Keine Ahnung, ob die noch funktionieren“, sagte er, als sie die Kartons abstellten.

„Ist doch wasserdicht verpackt."

Richie zog die Augenbrauen hoch.

„Das Mikro war jedenfalls kaputt, das weiß ich noch. Habe ich entsorgt.“

„Echt schade.“

„Wieso?“, sagte Richie tonlos. „Ich brauche es ja nicht mehr.“

Jeff biss sich auf die Lippen.

Sie nahmen das Equipment, eingewickelt in große Plastiktüten, heraus. Richie schloss beides an und Jeff stöpselte seine Gitarre in den Verstärker. „Viervierteltakt?“

„Was sonst?“

„Hören die Obermieter das nicht?“ Jeff guckte zur Decke.

„Die drehen den Fernseher immer auf volle Pulle, weißt du ja. Und die von nebenan sind kein Problem. Wir können's krachen lassen.“

„Ich stelle auf Hundert beats per minute, das geht immer“, sagte Jeff und zählte ein. Auf „four“ startete er die programmierten Drums.

Im Takt stampfte er mit dem Fuß auf und spielte die Melodiefolge eines Stücks, mit dem ihr Set meistens seinen Höhepunkt erreicht hatte.

Wummernd dröhnte der Verstärker.

„Gleich in die Vollen?“, sagte Richie.

„Kannst du dich an den Text erinnern?“, rief Jeff und dehnte das Intro aus.

Sein Kumpel sang lautstark drauf los:

„Things are not going my way
better believe me
when I say
I´m waiting now
for rain

When I look at yesterday
All I can see
is decay
and dreams been found
in shade“

Jeff spielte ein Solo, schwang seine Gitarre zur Seite und schickte ein paar düstere Akkorde hinterher.

„Weiter weiß ich nicht mehr genau“, sagte Richie und klopfte auf seinen Oberschenkel.

Jeff lachte ungezwungen wie als Kind. „Mann, das macht doch Spaß, oder?“ Mehrmals nickte er kräftig und wartete auf Richies Reaktion.

„Ich sehe schon. Du meinst das todernst.“ Er stoppte den mechanischen Beat, der für einige Momente unbegleitet ins Nichts getrommelt hatte.

„Was haben wir zu verlieren?“

„Glaubst du, da draußen wartet irgendjemand auf uns, Jeff?“

„Wir kommen einfach ungefragt.“

„Die haben uns doch längst vergessen. Unsere Leute sind doch in alle Winde zerstreut.“

Jeff schüttelte den Kopf. „Gibt immer neue Generationen, die solche Musik mögen. Besonders unter Studis.“

Richie setzte sich auf den Sessel und schlug ein Bein über.

„Hast du denn noch Kontakte? Ich meine, zu Unileuten oder so?“

Verschmitzt lächelte Jeff. „Die habe ich tatsächlich.“ Im Moment herrschte zwar Funkstille zwischen Klaus und ihm. Aber es gab ja noch Tessa, deren Nummer er hatte.

Richie brummte etwas Unverständliches in seinen rötlichen Vollbart.

„Was?“, fragte Jeff und legte seine Gitarre aufs Sofa. Daneben fläzte er sich hin, mit den Fingernägeln an den Saiten spielend.

„Ja, ja“, er räusperte sich kräftig. „Ich im Grunde auch. Die Marlies von der Kultur … die organisiert Events am Campus.“

„Hervorragend. Frag sie doch.“

„Wonach?“

„Nach einem Gig natürlich. Wäre doch eine Supersache. Der nette Beamte singt kostenlos für die armen Studis.“ Jeff machte eine Pause „Ein Ex-Architekt ist auch dabei.“

Beide verfielen in ein herzhaftes Lachen.

„Das klingt echt bescheuert, Jeff. Aber … aber wäre eine Schlagzeile im Lokalteil wert.“

„Ja, sieh es doch als Werbung für die Stadt. So … quasi als Jobmarketing.“

Sie spannen noch ein wenig, wie alles hätte werden können, wenn Clay damals nicht nach England zurückgekehrt wäre. Einen Termin im Tonstudio hatte Jeff schon angefragt, aber nicht dingfest gemacht.

Nun wollte sich Richie um ihren nächsten Auftritt kümmern. Und das nach fünfzehn Jahren Kreativpause.

„Wann treffen wir uns wieder?“, fragte Jeff energisch, um Richie in die Verantwortung zu nehmen.

„Britt kommt erst in einer Woche. Die ist bei ihren Eltern in Rostock.“

„Morgen Abend?“

Er schien zu überlegen. „Okay.“ Richie wirkte wie damals, als sie ihr nächstes Bandtreffen verabredet hatten. Wieder zeigte er sein schelmisches Lächeln, er war zurück im Spiel.

„Die Zeit müsste reichen, um wieder in den Flow zu kommen.“

„Ja, vielleicht geht das mit dem Gig schneller als wir denken. Prio 1 B, oder so für Marlies. Wäre peinlich, wenn wir ausgerechnet auf dem Campus abstinken.“

„Falls du Texthänger hast, singe einfach ich weiter.“

„Aber bring trotzdem deine Lyrics mit.“

Statt ihres einvernehmlichen Blickes, den sie wechselten, hätten andere Leute mehrere Sätze miteinander austauschen müssen. Jeff würde sowieso alles mitbringen: Songbooks, seine Schatulle mit den Texten, dazu ein paar Kassetten und einige Cds. Vielleicht noch ein Sixpack oder etwas Härteres, das sie zusätzlich in Hochstimmung brachte.

Was konnte es Besseres geben, als mit einem alten Kumpel wieder Musik zu machen?

Das Ende der Band hatte immer wie ein Stachel in ihm gesteckt. „Debbie Cries“ nach all der Zeit zu beleben, fühlte sich goldrichtig an.

***

Aus einer inneren Unruhe heraus rief Klaus bei Tessa an. Er versuchte es einige Male ohne Erfolg.

Schlief sie um diese Zeit noch? Oder schon wieder? Vierzehn Uhr war durch, aber er wusste aus eigener Erfahrung, dass Studenten manchmal einfach liegenblieben. Niemand erwartete einen, die Profs erst recht nicht.

Oder war sie tatsächlich in einer Vorlesung?

Verbissen drückte er die Wahlwiederholung. Wieder erklang ihr Sprüchlein, das er schon auswendig kannte.

„Hallöchen, hier spricht Tessa. Nur supernette Nachrichten erwünscht nach dem …“ Ein Piepgeräusch ertönte.

„Was soll's?“, sagte er sich. Er sprach ihr auf die Box, dass sie ihn bitte zurückrufen möge, es wäre dringend.

Er legte auf und fläzte sich in seinen Schreibtischstuhl.

Durch Fernsehen und Internet versuchte er sich in der Folge abzulenken. Das funktionierte nur mittelprächtig, denn immer wieder blickte er zum stummen Telefon. Tessa würde irgendwann zurückrufen. Hoffentlich noch heute.

Er hasste es, zur Untätigkeit verdammt zu sein. Natürlich konnte er irgendetwas tun, fühlte sich aber eingeschränkt. Im Zimmer ging er auf und ab. Trotz der Möbel sah er es wieder so vor sich, wie es vor sieben Jahren gewesen war.

Hell und von einer trostlosen Leere.

Über die Jahre hatte er viel Krimskrams angesammelt. Das alles würde er ausräumen müssen. Und zwar in Kürze.

Die vielen Magazine, die Comics und sogar richtige Bücher. Dazu haufenweise Kartons und Kisten, in denen ausrangierte Kleidung vor sich hinmüffelte. Irgendwo lagen auch Sammelhefte von Weltmeisterschaften herum. Vergilbte Bilder einer vergangenen Jugend.

Er musterte seine Kästen, in denen er die Karteikarten alphabetisch einsortiert hatte. Über zwanzig Jahre pflegte er Infos zu Ländern der Erde ein. Dabei zeigte er die Geduld eines Briefmarkensammlers.

Im Grunde war es das Einzige, was er jemals akribisch durchgehalten hatte. Die zweitlängste Periode seines Lebens stellte die Unizeit dar.

Noch war nicht klar, was dabei herauskam. Das Ende war offen.

Er ging unmotiviert auf den Flur und blickte zur Garderobe. Jeffs und Lindas Jacken fehlten. Aber viel mehr vermisste er die Geräusche, die sie machten, ihre Worte und Persönlichkeiten. Wie ferngesteuert drückte er die Klinke von Jeffs Zimmer, das zu seiner Überraschung nicht verschlossen war. Verlassener konnte es darin nicht wirken. Das Bild seiner Tochter war verschwunden, ebenso die Motive, die an den Wänden gehangen hatten. Vor Tagen hatte Jeff hier noch auf seiner Gitarre gespielt.

Er ging hinaus. In Lindas Raum zu schauen, traute er sich nicht. Bestimmt war er verschlossen.

Sein Handy klingelte. Er eilte in sein Zimmer und nahm ab.

„Klaus hier."

„Hi, die Tessa. Was gibt es denn so Intimes zwischen uns, dass du mir eine Nachricht hinterlässt?"

„Äh, gut, gut, dass du da bist."

„Ist dein Kaffee alle? Oder hast du schon … was anderes getrunken?"

„Nee, nee. Gut, dass du endlich dran bist."

„Was hat er denn auf dem Herzen, der Klaus?" Sie schnalzte laut.

„Wo soll ich anfangen?"

„Am Besten vorne."

„Okay, direkt mit der Tür ins Haus." Er hüstelte. „Ich …, also wir …"

„Ja?"

„Wir müssen hier raus."

„Du und ich? Einfach so durchbrennen?"

„Nee, Quatsch. Ist kein Spaß, Tessa!" Er atmete durch. „Meine Wohnung ist weg. Wird saniert und arschteuer danach."

„Puh! Einfach so?"

„Ist 'ne längere Geschichte. Erzähle ich dir alles später."

„Und was willst du jetzt von mir?"

„Du wohnst doch im Studiheim." Vielleicht kannte sie jemanden, der seine Wohnung vermietete, weil er mit dem Studium fertig war.

„Gut aufgepasst."

Er stockte. Es gäbe noch eine andere Möglichkeit. Aber wie sollte er sie danach fragen?

Das wäre beinahe so, als würden sie zusammenziehen. Oder als wollte er wissen, ob sie ihn gernhat. Kompliziert also. Alles wäre verbindlich und dadurch viel mehr, als er normalerweise zuließ.

„Bist du noch da?"

„Jo, sicher."

„Also, hör zu. Du hast Glück. Auf meinem Flur wird gerade was frei. Wenn du willst, mache ich das für dich klar."

Verschaukelte sie ihn oder stimmte es tatsächlich?

Manchmal wusste er das nicht so genau. Gab es etwa ein Glückslos mit seinem Namen darauf? Nur wer hatte es ausgefüllt?

Wenn das im Studiheim doch nicht klappte, blieb ihm nur die schändliche Rückkehr nach Hohenlockstedt.

Es wäre kein Strich durch die Rechnung seiner Eltern, sondern sein Scheitern auf hohem Niveau, doppelt unterstrichen.

„Das … das würdest du für mich tun?" Er sackte in sich zusammen.

„Höchst ungern, aber ich ringe mich dazu durch", sagte sie ironisch.

„Echt super, Tessa. Ich danke dir. Du bist meine letzte Rettung!"

„Nun mach bitte keine Operette draus."

„Was … was kostet das Zimmer denn?" Er erwartete, von einer horrenden Miete zu hören, die alles zunichtemachte.

„Nicht die Welt. Hundertsechzig mit allem Pipapo."

Erleichtert pustete er durch. Mit der Nachhilfe müsste er das hinbekommen. Besonders, falls er auch Philines Freundin beim Lernen half.

Acht Stunden müsste er ihnen im Monat geben. Oder nur etwa fünf, falls er bald dreißig Euro pro Stunde dafür bekäme.

„Kriegst du das denn hin?"

„Finanziell?"

„Auch. Aber mit all den Leuten hier? Da sind schon echte Chaoten dabei."

Er überlegte, was ihm bevorstand. Lauter Studenten auf engstem Raum. Ständig kämen sie in die Küche herein, gingen auf den Flur oder begegneten ihm bei den Gemeinschaftsklos. Was erwarteten die von ihm? Interessante Fachgespräche oder Unterhaltungen über Privates? Etwa kollegiales Beisammensein wie Jeff es ihm geschildert hatte?

„Du bist ja auch noch da. Außerdem wächst man mit seinen Aufgaben."

„Gut, dann deichsel ich das mal. Ich sag dir Bescheid, wann du vorbeikommen kannst. Zur Schlüsselübergabe."

„Mir fallen tausend Steine vom Herzen, Tessa."

„Ruhig Blut, das kriegen wir schon hin."

Sie verabschiedeten sich voneinander.

Geschafft fiel Klaus auf sein Bett und pustete durch. Seine Zukunft nahm deutlichere Konturen an.

Das Studiheim, in dem Tessa wohnte, lag in der Nähe des Campus. Wenn er dort zum Fenster hinausschaute, würde er sicherlich die Gebäude sehen. Was bliebe ihm anderes übrig, als sich auf seinen Hosenboden zu setzen und für die Prüfung zu lernen?

Die meisten Studis wären in Tessas Alter, vielleicht zwei oder drei Jahre älter. Mit seinen siebenundzwanzig gehörte er dort sicher zum alten Eisen.

Aber hatte er nicht dafür genügend Erfahrungen gesammelt? Überwiegend schlechte.

Durch die Irrwege, die er in den meisten Semestern gegangen war, hatte er einiges gelernt. Dinge, die es zu vermeiden galt wie bestimmte Lehrbücher zu kaufen, die kein Mensch brauchte, oder Seminare zu besuchen, nach denen kein Hahn krähte.

Egal, ob in Mathe, Bio oder in irgendeinem anderen Fach. Die Methoden waren stets dieselben. Profs und Tutoren schwatzten den unwissenden Erstis Lehrbücher auf, die die Kassen der Läden zum Klingeln brachten. Dabei konnte man doch alles in der Bibo ausleihen.

Besonders auf diese Stolperfallen konnte er junge Studenten hinweisen und sie dadurch vielleicht etwas beeindrucken.

17.

Tagelang hatte er nichts von Jeff gehört, was ihm recht gewesen war. So hatte er es sich jedenfalls eingeredet.

Jeff machte es sich herzlich einfach. Er hatte alles für die Sanierung eingefädelt, bestimmt die Pläne vorbereitet und Berechnungen erstellt.

Von der Umsetzung jedoch hatte er sich distanziert. Nun wollte er damit nichts mehr zu tun haben. Bald würden die Wohnungen hier vergrößert und modernisiert, damit sich so ein Richter, Arzt oder Direktor darin wohlfühlen könnte. Einer mit Geld würde einen armen Schlucker ersetzen, der keines hatte. Ganze Viertel verloren so ihre Identität. Auch Klaus' Wohnung war nicht mehr dieselbe.

Jeffs Abwesenheit störte ihn gewaltig. Auch Linda fehlte ihm. Jetzt, da Klaus wieder allein war, wollte er es nicht mehr sein. Die Ruhe war erdrückend, fast schon zu laut.

Wo Jeff sich die letzten Tage verschanzt hatte, wusste Klaus nicht, aber plötzlich stand er vor der Tür und tat so, als sei zwischen ihnen nichts vorgefallen. Um die Sache zügig abzuwickeln, verschwieg Klaus ihren Disput ebenso.

„Und … und warum bist du hier?"

Im Freizeitlook, Sportjacke und Kniehose, wirkte Jeff, als wolle er den Nachmittag an einem Baggersee verbringen.

„Da sind noch ein paar Sachen, die ich mitnehme. Ist ja kein Sperrmüll, oder?“

„Wärst du nicht vorbeigekommen, hätte ich es aber stehenlassen.“

Jeff kratzte sich an der Wange. „Äh, ich kann dir tragen helfen, Klaus, dann geht es schneller. Außerdem habe ich eine Verstärkung dabei.“

Er öffnete die Tür etwas mehr und lugte an ihm vorbei nach draußen. Niemand sonst war im Flur.

„Da sind schon zwei Typen, die Tessa angeschleppt hat.“

„Ja, habe ich unten gesehen. Beim Anhänger.“

Einmal drückte Klaus fest die Klinke, öffnete die Tür dann ganz. „Gut, komm rein.“

Mutmaßlich das letzte Mal lief er die Stufen hinunter, dreiundzwanzig, vierundzwanzig. Hinauf nicht mehr. Es war alles erledigt, wie besprochen.

Er redete sich ein, dass er Lebensmittel besorgen musste, malte sich aus, was er einkaufen würde, aber täuschen konnte er seinen Verstand nicht. Kein Kühlschrank mehr, in dem er etwas lagern konnte, nur die Küchenzeile, die dem Vermieter gehörte.

„Schaffen die es allein?“, fragte Jeff und rückte den Karton unter seinem Arm zurecht.

„Haben wir nicht genug geschleppt?“, sagte Klaus.

Sie schlenderten die Treppe hinunter, die vertrauten Stufen, vierzig an der Zahl. Klaus voran, dann Jeff, sichtlich ausgeruhter, und dahinter Naikye, die er ihm als seine Bekannte vorgestellt hatte.

Der ungläubige Blick und der Rippenstüber der spektakulären Frau, die eine bleiche Latzhose trug, hatten Klaus versichert, dass sie eher ein frisches Liebespaar waren. Ihren Überschwang konnte Naikye nicht kontrollieren. Sie neckte Jeff und klopfte dadurch die Verbindung auf ihren Wert ab. Das ließ Klaus hoffen, jetzt ungestört bei Tessa punkten zu können.

Nach anfänglichem Unmut hatten Klaus und Jeff den Disput um den Hausverkauf verdaut. Niemand wollte gerne auf eigene Fehler hingewiesen werden, aber war es überhaupt einer gewesen? Hatte Jeff nicht doch recht gehabt mit dem, was er zu ihm gesagt hatte?

Vielleicht hatte sein Einzug auch etwas Positives gehabt. Hätte Klaus den Brief der Immobilienfirma früher geöffnet, wäre er Jeff, Linda und Tessa nie begegnet. Stattdessen hätte er das Studium geschmissen und zurück zu seinen Eltern nach Hohenlockstedt gemusst. Arbeitssuchend hätte Klaus sich nicht gemeldet. Dem innigen Kontakt mit der Bürokratie dieses Landes hätte er vor Wochen noch nicht standgehalten.

Doch es war alles anders gekommen. Klaus hatte seine Scheu, bestärkt durch die neuen Kontakte, entscheidend verringert. Wenn er jetzt auf sein früheres Ich zurückschaute, war es, als läge ein anderes Leben hinter ihm.

Leere Bierkästen in den Händen mochten Unbeteiligte verwundern, aber als Sitzfläche waren die Behälter unschlagbar. Jeff brachte die Rahmen weg, wofür die fünf Euro, die Klaus erhalten hatte, zu viel waren. Womöglich ließ sich eine zarte Freundschaft mit zwei Euro Differenz oder einigen Getränken beziffern. Die Skala war nach oben hin offen.

Draußen angekommen, verstärkte sich das beklommene Abschiedsgefühl. Jeff setzte die Kiste samt Karton ab und räusperte sich. Dann zog er etwas aus seiner Hosentasche.

„Wenn du kommen magst, ich würde mich freuen", sagte Jeff und drückte ihm einen Flyer in die Hand.

Klaus musterte das glänzende Papier, darauf ein Bild von drei dunkel gekleideten Typen.

Sie sahen aus wie Musiker. Links unverkennbar Jeff, eine Sonnenbrille tragend. „Debbie Cries" stand darüber. Seitlich prangten Datum, Uhrzeit und Ort: nächsten Mittwoch um neun im Forum.

„Du hast eine Band?"

„Jetzt wieder. Wir probieren es noch einmal zusammen. Allerdings nur noch als Duo."

„Cool." Nickend schlug Klaus in dessen Hand ein. „Bis denne, Jeff. Mach's gut … und jo, ich schau vorbei. Und vielleicht bringe ich Tessa mit."

„Apropos. Ist Linda eigentlich auch wieder auf dem Damm?"

Klaus blickte gedankenvoll zur Seite. „Jo, es geht ihr viel besser, sagt Tessa. Sie erholt sich wohl schnell."

„Vielleicht braucht sie ja auch ein bisschen Ablenkung." Er neigte fragend seinen Kopf. „Gerade nach so einer Sache."

„Du meinst beim Konzert?"

„Exakt."

Klaus dachte an Tessas Worte. „Geht ihr wieder super, echt. Alles klar!", hatte sie ihm getextet.

Selbst hatte er nicht mit Linda gesprochen. Jeff wohl auch nicht.

Beide hatten sie Rücksicht auf ihre Mitbewohnerin genommen, dabei als Mann ihren Beschützerinstinkt walten lassen. Irgendwann träfen sie sich alle wieder, das war klar. Vielleicht noch nicht bei dem Konzert, aber bei einer der Partys, die ihn sicherlich bald erwarteten.

„Tessa müsste wissen, ob Linda schon Lust darauf hat."

„Nun, ich würde mich wahnsinnig freuen, wenn ihr alle kommt. Mein Kumpel bestimmt auch."

„Ich mache kräftig Werbung für euch. Im Studiheim. Vielleicht wird's dann rappelvoll."

„Danke dir dafür, wäre echt grandios. Auch für das andere."

„Dass die Wohnung weg ist?"

„Du kommst schon darauf."

„Besuch uns mal", sagte Naikye mit einladender Stimme. Trotz ihres jungen Alters stand sie selbstbewusst neben Jeff. Ganz wie eine ebenbürtige Partnerin. Sie schien gewohnt zu sein, Weisungen zu erteilen, Informationen zu geben und sich um Menschen zu kümmern.

„Bestimmt."

„Gib her. Wir laden ein." Jeff blickte zu seinem Wagen seitlich vor dem Haus.

„Den Bierkasten behalte ich. Wer weiß, wie lang ich warten muss."

„Freilich."

Ehe sich Klaus versah, küsste Naikye ihn dreimal feucht auf die Wangen. Der Schirm ihrer Basecap berührte seine Schläfen, und ihre dunklen Augen erweichten, um sofort entschlossen zu blicken. Hätten ein Farbeimer samt Rolle bereitgestanden, würde sie nun wohl die Wohnung streichen.

„Tschau“, sagte sie und folgte Jeff zum Auto. Ihr sinnliches Parfum blieb zurück.

Klaus hob die Hand und lächelte milde. Zweimal hupte Jeff, dann fuhren sie ab.

Klaus fühlte sich, als käme er von einer stimmungsvollen Party.

Bis auf das Regal und das Bettgestell, die ausgedient hatten, war die Wohnung geräumt. Das Leben war von dort gewichen. Noch einmal hallten Worte hindurch und wollten einen letzten Eindruck machen, der lange vorhielt.

Anstelle von Klaus, Herrn Altwegner und all den anderen, die hier gewohnt hatten, würden trendige Leute einziehen. Mit ihnen ihre teuren Möbel. Schon bald würden im Haus andere Stimmen und andere Geräusche erklingen.

Die beiden Studis, die Tessa hergeschickt hatte, bugsierten den Klubtisch durch die offene Haustür.

„Ging’s?“, fragte Klaus.

Der Kräftigere der beiden antwortete: „Den Schlüssel einwerfen?“

„Alright“, sagte Yves, den Tessa von der Uni kannte, im Vorbeigehen. Mit seiner Löwenmähne und dem flatternden Collagenshirt wirkte er, als würde er die Kunst von Morgen gestalten. Klaus nickte und rief ihm „Danke“ hinterher.

Vorsichtig hievten sie den Glastisch auf die Ladefläche des gelben Planenanhängers, hin zu den anderen Möbeln. Tessas Bekannter verschloss die Rampe, dann die Plane, und beide gingen zum braunen Taunus. Die Türen schlugen zu und der Motor startete. Wagen um Wagen rauschte vorbei.

Dann gliederte sich das etwa neun Meter lange Gefährt in den Verkehr ein.

Gleichzeitig setzten sich acht Reifen in Bewegung, nahmen Fahrt auf, bis sie nach der Kreuzung in die Baedekerstraße abbogen. Da war noch der Anhänger, dann nichts mehr. Das Inventar, das den größten Wert hatte, war auf seinem Weg zum Bestimmungsort.

Das beruhigte Klaus.

Wie hätte er es ohne das Geld, das ihm der Verkauf der Möbel gebracht hatte, schaffen sollen?

In die Wohnung konnte er nicht zurück. Nicht nur, weil sie geräumt war. Er hatte keinen Schlüssel mehr. In seinem Briefkasten lagen drei für die Wohnung plus jenem für das Postfach. Klaus entriegelte den Türstopper und nutzte eine günstige Phase, um die Straßenseite zu wechseln.

Halb vier war vorüber. Fünf Minuten zu warten, machte ihm nichts aus. Danach begann die Grauzone der Irritation, des Unglaubens, und jetzt, wo zehn Minuten vorüber waren, setzte er sich auf die Bierkiste. Das Bild, das er abgab, könnte als trostlos oder verwahrlost, bestenfalls als hilflos interpretiert werden. Nur war ihm das egal. Es war eines von unzähligen Schicksalen in dieser Stadt, die keine Augenbraue runzelte, wenn ein weiteres hinzukam.

Um diese Zeit waren die Verkehrsadern derart verstopft wie sonst nur in den Morgenstunden. Tief atmete er die Luft ein. Den unverwechselbaren würzigen Geruch aus Mittagessen und Feinstaub, so als könnte er das, was er verlor, zu seinem künftigen Wohnort mitnehmen. Dort hatte er fünfzehn Quadratmeter.

Dabei Campus, Strom und das Internet inklusive.

Vor allem aber Tessa, die am Ende seines Gangs wohnte.

Sollte er einen Zwischenstopp bei Dino einlegen, um sich von ihm zu verabschieden? Die Bierkiste würde er ihm dalassen, damit andere, wie Klaus, sie auffüllen konnten.

Hinter der Ampel an vierter Position. Umriss, Größe und Farbe ihres Autos stimmten.

Klaus griff zur Tragetasche und stand auf. Dann nahm er die Kiste.

Er blickte wehmütig zur anderen Straßenseite hinüber. Hoch zur dritten Etage. Ganz links, da waren seine schwarzen Vierecke.

Ein letzter Gruß an seine Vergangenheit.

ENDE

Der Autor Jürgen W. Müller

Jürgen Werner Müller ist Jahrgang 1971 und Diplom-Kaufmann. Nach seinem Studium hat er für anderthalb Dekaden in Dortmund gelebt, wo er für die Stadt und eine Werbeagentur arbeitete.

Erst eine joblose Phase zeigte ihm auf, dass er sich allein fühlte. Deshalb reifte in ihm die Grundidee zum vorliegenden Roman „Pop-up“.

Er vertieft sich nunmehr in Vollzeit darin, Texte zu verfassen und zu überarbeiten.

Danksagung

Mein Dank gilt vor allem:
Tanja Bochmann, Kai Rademaker, Christiane Sipeer, Nadjenka Borch und anderen Testlesern der Plattform http://www.leselupe.de

Paul Steinbeck

Julia – Die Suche

Julia, eine Managerin wie aus dem Bilderbuch: top erfolgreich, immer auf dem Weg steil nach oben. Nichts ist zu viel, nichts zu schwierig, immer wild am Rodeo-Reiten in der Arena der Erfolgreichen. Mann, Kinder, Geliebter, Macht, Geld, Haus, Rasen mit Gartenzaun drum herum, alles vorhanden. Es könnte wunderbar so weitergehen. Wenn nicht alles aus ihr herausgebrochen wäre, an jenem fatalen Tag auf dem Flughafen in Amsterdam. Sie dreht durch, rastet aus. Zerstört damit ihr bisheriges Leben und wagt den Schritt hinaus in eine vollkommen neue Welt, die ihr alles nimmt und vieles gibt. Vor allem wird sie mit den dunklen Seiten ihrer Vergangenheit konfrontiert.

Umfang: 320 Seiten

ISBN: 978-3-949768-12-5

Preis 15,90 EUR

Lutz Büge

Noah schläft –
Die Rückkehr der Arche

Was zuerst für einen Asteroiden gehalten wird, der auf die Erde zu stürzen droht, entpuppt sich als Arche namens Allerdings. Mit solchen riesigen Transportern sind die Patriarchen, ein uraltes Volk von Unsterblichen, im Universum unterwegs, um Geschöpfe vor Katastrophen zu retten. So setzen sie den Großen Plan des Alten H'rrn um. Allerdings hinken sie diesem Plan weit hinterher. Jetzt wollen sie Geschöpfe auf der Erde aussetzen, die sie vor 65 Millionen Jahren von hier gerettet haben. Entsetzt registrieren sie, dass die Erde bereits wieder bevölkert ist. Darum wird der Menschheit der Räumungsbescheid angekündigt: Sie wird die Erde verlassen müssen.

Doch eine Taxifahrerin, ein Physiklehrer und ein schwuler Pornostar von der Erde kommen ihnen in die Quere.

Umfang: 360 Seiten

ISBN: Hardcover: 978-3-949768-08-8

Preis Hardcover: 22,50 EUR